Peter Heiland, Anfang dreißig, Schwabe und Kommissar in Berlin, wird in seinem Urlaub Zeuge, als Usedomer Fischer in ihrem Schleppnetz eine nackte Frauenleiche an Land ziehen. Zunächst sieht es nach einem Mord in der Drogenszene aus. Doch schon bald ist klar: Es steckt weit mehr dahinter.

Die Spur führt zurück nach Berlin in die Welt der Nanotechnologie. Ein revolutionärer neuer Werkstoff wird unter strengster Geheimhaltung in einem Berliner Labor entwickelt. Er wird den Markt verändern. Sein Schöpfer würde schlagartig zu einem der wichtigsten Global Player. Manch einer scheut da kein Risiko und investiert auch in den einen oder anderen Mord.

Felix Huby schreibt seit 1976 Kriminalromane, Tatorte und Krimiserien. Aus seiner Feder stammen die Kommissare Bienzle, Palü, Schimanski und nun auch Peter Heiland. Felix Huby wurde für sein Werk mit dem »Ehrenglauser« der Autorengruppe Deutsche Kriminalliteratur DAS SYNDIKAT ausgezeichnet.

Der Autor im Netz: www.felixhuby.de

Unsere Adresse im Internet: www.fischerverlage.de

Felix Huby

Der Falschspieler

Peter Heilands zweiter Fall

Roman

Fischer Taschenbuch Verlag

Veröffentlicht im Fischer Taschenbuch Verlag,
einem Unternehmen der S. Fischer Verlag GmbH,
Frankfurt am Main, November 2007

Lizenzausgabe mit freundlicher Genehmigung des Scherz Verlages,
ein Unternehmen der S. Fischer Verlag GmbH, Frankfurt am Main

Druck und Bindung: Ebner & Spiegel, Ulm
Printed in Germany
ISBN 978-3-596-17135-4

1

Warum war er bloß nicht auf die Schwäbische Alb oder an den Bodensee gefahren, wie er es eigentlich den ganzen Winter über und auch noch im Frühjahr vorgehabt hatte. Das war sein erster Urlaub seit seinem Dienstantritt vor neun Monaten in der Hauptstadt. Kollegen hatten ihm vorgeschwärmt, Usedom sei die Badewanne Berlins, sonnensicher, und man atme dort eine Luft wie Champagner. Und jetzt? Über Insel und Meer lagen schwere graue Wolken, die ineinander verschwammen. Man konnte kaum erkennen, wo das Meer aufhörte und wo der Himmel anfing. Die Luft freilich war gut, wenn auch für die Jahreszeit viel zu kalt.

Peter Heiland lag schon seit vier Uhr morgens wach. Das Nebelhorn eines Schiffes, das zwei Kilometer vor dem Hafen Swinemünde auf Reede lag, tutete laut über die Ostsee herüber, gleichförmig dreimal, setzte dann aus, und wenn man meinte, endlich höre es auf, kamen wieder die gleichen drei Töne über das Wasser und bohrten sich in die Schläfen.

Peter Heiland stand schließlich entnervt auf und zog seinen Jogginganzug und die sündteuren Turnschuhe an, von denen es hieß, sie glichen jeden Stoß über ein raffiniertes System von Luftkammern und Gummipuffern aus. Von der Anlage in Heringsdorf, wo er eine kleine Wohnung gemietet hatte, waren es nur vierzig Meter bis zur Strandpromenade. Der Weg dorthin führte durch einen schön angelegten parkähnlichen Garten mit wunderbar gepflegten Rosenbeeten, die in der Sonne herrlich leuchten mussten, wenn die Sonne denn einmal scheinen sollte. Über einen schmalen Holzsteg ging es dann vollends hinab zum Strand.

Im dichten Grau sah er eine diffuse Lichtquelle etwa zweihundert Meter entfernt draußen auf dem Meer, oder war das ein Flugobjekt am Himmel? Peter Heiland kniff die Augen zusammen. Jetzt erkannte er: Das Licht kam von einem Boot.

Ungefähr fünfhundert Meter vor ihm tuckerte ein Traktor mit ungewöhnlich hohen Rädern von der Dünenkrone hinab zu der Stelle, auf die auch das Schiff zuhielt. Peter Heiland fiel in leichten Trab. Er wusste, dass die wenigen Fischer, die es in den drei Kaiserbädern Ahlbeck, Heringsdorf und Bansin noch gab, um diese Zeit ihren Fang an Land brachten. Er hatte auch schon einmal beobachtet, wie die Ahlbecker die Kähne mit ihren schweren Bulldozern aus dem Wasser zogen: Der Traktor wurde etwa zehn Meter in die Fluten gefahren. Dann wendete ihn sein

Fahrer in einem großen Bogen bis die Vorderräder wieder zum Land hin zeigten. Ein Stahlseil wurde am Bug des Bootes und an einem Anhängerhaken der Zugmaschine befestigt. Rechts und links gestützt von zwei Fischern in ihren bis unter die Achseln reichenden Gummihosen, wurde das Boot an Land gezogen. Gut zwanzig Meter weiter oben blieb es im Sand stehen. Was die Männer gefangen hatten, passte meist in drei, vier flache Kunststoffkörbe. Das Meer in Küstennähe gab nicht mehr viel her.

Normalerweise riefen sich die Fischer und ihre Helfer an Land in ihrem Usedomer Platt Satzfetzen zu, die Heiland nicht verstand.

Dennoch hörte er es gerne. Es klang derb und fröhlich zugleich. Aber heute sagte nur einer einen Satz. Alle gingen daraufhin zum Boot, starrten hinein und schienen wie gelähmt zu sein. Kein Wort wurde gesprochen, bis der Älteste von ihnen sagte: »Mein Gott, das arme Ding!«

Peter ging näher zu dem Boot, aber einer der Fischer fuhr zu ihm herum und machte eine abwehrende Bewegung. »Bleiben Sie weg!«

»Was ist denn passiert?«, wollte Peter Heiland wissen.

Ein anderer sagte: »Wir müssen die Polizei rufen.«

Peter hätte gerne gesagt: ›Ich bin von der Polizei‹, in dieser Situation hätte das freilich unglaubwürdig geklungen. Aber zurückweisen ließ er sich jetzt auch nicht mehr. Er schlug einen Bogen um den Fischer und erreichte das Boot am Heck. In einem graugrünen Netz zwischen Tang und toten Fischen lag die nackte Leiche einer Frau. Ein Glück, dass um diese Zeit und bei diesen Temperaturen kaum jemand am Strand war.

Peter trank in einer weißen Imbissbaracke nahe der Landungsbrücke einen Kaffee. Er saß dicht an einem Fenster und konnte von hier aus beobachten, wie zuerst die Polizei, dann ein Notarztwagen und schließlich die Fahrzeuge der Spurensicherung eintrafen. Das Treiben kam ihm fremd und unwirklich vor, obwohl er alles, was dort unten am Strand geschah, kannte und gut einordnen konnte. Schließlich erschien eine größere Limousine. Ein kleiner dicker Mann stieg aus, stülpte sich einen Leinenhut, der aussah wie ein Südwester, auf den Kopf und stapfte mit breit ausgestellten Füßen durch den tiefen Sand zu dem Fischerboot, das inzwischen mit weiß-roten Bändern vor den Neugierigen gesichert worden war. Peter sah auf seine Uhr. Es war kurz nach acht.

Um neun Uhr war Heiland wieder in der Ferienwohnung. Er duschte heiß und setzte sich in einen Sessel, der neben der Terrassentür stand. Durch die Sträucher und Bäume an der Uferpromenade schimmerten die Schaumkronen der Ostseewellen. Peter beschloss, noch am selben Tag abzureisen.

Zum Mittagessen ging er noch einmal in das Bistro auf der Heringsdorfer Landungsbrücke. Das rundum verglaste Gebäude saß wie ein Tempel auf der äußersten Spitze des hölzernen Stegs, der gut vierhundertfünfzig Meter ins Wasser hinaus reichte und bei der Anlegestelle für die Fahrgastschiffe endete. Peter Heiland hatte sich an einen Tisch mit Blick auf die offene See gesetzt und eine Fischsuppe bestellt. Das sollte sein Abschiedsessen sein. Er schrieb noch eine Ansichtskarte an seinen Opa Henry in Riedlingen. Als er danach den Kopf hob, entdeckte er am Nachbartisch den kleinen dicken Mann, den er am frühen Morgen bei den Fischern beobachtet hatte. Der Mann aß mit gutem Appetit einen Brathering mit Kartoffelsalat und trank ein großes Bier dazu. Als er das Glas wieder einmal zum Mund hob, begegneten sich ihre Blicke. Der kleine dicke Mann setzte das Glas wieder ab, ohne getrunken zu haben, und sagte: »Was interessiert Sie eigentlich so an mir?«

»Wir sind Kollegen«, sagte Peter Heiland.

»Und woher wissen Sie das?«

»Ich habe Sie heute Morgen gesehen. Dort drüben.« Er nickte zu der Stelle hin, wo die Fischerboote lagen. Die kleinen Schiffe waren plötzlich gut zu sehen, weil in diesem Moment die Sonne durch die Wolken brach.

»Sind Sie aus Schwaben?«, fragte der kleine dicke Mann. »Es hört sich so an.«

»Es hört sich nicht nur so an, es ist auch so.«

»Kripo Stuttgart?«

»Ja, früher mal.«

»Und jetzt?«

»LKA Berlin.«

Der kleine Mann nahm seinen Teller, sein Besteck und sein Glas und balancierte alles geschickt zu Peters Tisch herüber. Er setzte sich Heiland gegenüber. »Dann müssten Sie den Ernst Bienzle kennen.«

Peter Heiland nickte. »Der war mein Chef.« Er musterte den Kollegen. Er mochte ungefähr in Bienzles Alter sein.

»Wir haben früher mal zusammengearbeitet. Marstaller, mein Name. Leitender Hauptkommissar Ulrich Marstaller, Kripo Anklam.«

»Peter Heiland.«

Sie reichten sich die Hände über den Tisch.

»Weiß man, wer die tote Frau in dem Boot war?«

»Haben Sie sie gesehen?«

Peter nickte und schob die leere Terrine von sich.

»Wir haben keine Ahnung«, sagte Marstaller. »Aber sie hatte ein Gewicht an den Füßen. Die Füße waren gefesselt. Ein Unfall kommt also kaum infrage.«

»Irgendwelche Hinweise auf ihre Identität?«

»Mein Gott! Sie haben sie doch gesehen!«

Marstaller erzählte dann noch bereitwillig, man werde die Tote in der Gerichtsmedizin so weit herrichten, dass man ein Foto von ihr machen könne, auf dem sie halbwegs zu erkennen sei. Sie verabschiedeten sich und Peter Heiland kehrte in seine Ferienwohnung zurück.

Er nahm den Rucksack von dem Haken gleich neben der Tür und stopfte wahllos seine Schmutzwäsche hinein. Oben drauf packte er die noch saubere Wäsche, zwei Paar Socken und zwei Hemden, die ebenfalls noch nicht benutzt worden waren. Er warf den Rucksack unter der Garderobe auf den Boden und trat noch mal auf den Balkon hinaus. Eigentlich hatte er noch für fünf weitere Tage gebucht, und der Vermieter, ein wortkarger Pommer, würde ihm bestimmt nichts von der Miete nachlassen, wenn er früher abfuhr. Vom Meer her kam eine leichte Brise. Über den Kiefern der Uferpromenade wölbte sich ein makelloser blauer Himmel.

Peter Heiland beschloss, noch einmal zum Meer hinunterzugehen. Bis 20 Uhr 15 fuhr alle zwei Stunden die Bäderbahn bis Züssow, und dort hatte er Anschluss an einen Regionalexpress nach Berlin. Es war also noch Zeit. Wenn er den letzten Zug nehmen würde, wäre er um 0 Uhr 33 in Berlin.

Am Ende des Stegs setzte er sich in den Sand, zog

seine langen Beine an und legte sein Kinn auf seine spitzen Knie. Ende September. Die Schulferien waren vorbei. Der Strand wurde vor allem von Familien mit Kindern im Vorschulalter bevölkert. Die meisten von ihnen schufteten mit großem Ernst an ihren Sandbauwerken. Peter Heiland sah begeistert zu, wie sie ganz in ihrer Arbeit aufgingen, Burgen zu bauen, Kanäle zu ziehen oder ihre auf dem Rücken liegenden Väter bis an den Hals zuzuschaufeln. Ein Stück weiter hatte eine Gruppe Jugendlicher ein Beach-Volleyball-Feld abgesteckt und ein Netz gespannt. Sie trieben den Ball bis zur totalen körperlichen Erschöpfung übers Netz. Ein Eisverkäufer schob seinen zweirädrigen Wagen durch den tiefen Sand. Er kam nur mit Mühe vorwärts. Ein Stück weiter ließen ein Vater und sein vielleicht fünfjähriger Sohn einen Drachen steigen, und auch als sich ihr Flugobjekt zum zehnten oder elften Mal schon nach wenigen Sekunden wieder in den Strand bohrte, ließen sie sich nicht entmutigen. Weit draußen zog eine hohe weiße Fähre vor dem Horizont entlang nach Westen.

Peter Heiland ließ sich zurückfallen, streckte die langen dünnen Beine weit von sich und schloss die Augen. Die Sonne wärmte sein Gesicht, und bald schon befand er sich in einem seltsamen Zustand zwischen Wachsein und Schlaf. Er spürte, wie ihn ein angenehmes Gefühl der Melancholie erfasste. Die Strandgeräusche gingen ineinander über und vermischten sich zu einem Sound, in dem man einzelne Geräusche nicht mehr unterscheiden konnte, wenn man sich nicht darauf konzentrierte. In solchen Momenten schien es Peter Heiland, als ob sein Leben sinnlos wäre. Ob es ihn gab oder nicht, wo war da der Unterschied? Er glaubte nicht, dass die Welt ihn brauchte. Na ja, sein Opa Henry vielleicht. Der alte Mann hing an seinem Enkel, das wusste Heiland wohl. Und er wusste auch, dass ihm Henry seinen Umzug nach Berlin übel nahm.

Plötzlich spürte Peter Heiland, wie ein Schatten auf sein Gesicht fiel. Er blinzelte und öffnete langsam die Augen.

»Ihnen geht's gut«, sagte Marstaller, der breitbeinig über ihm stand.

»Ich bin ja auch im Urlaub!«

»Die Tote hatte Wasser in der Lunge!«

Peter richtete sich auf die Ellbogen auf. »Das bedeutet . . .«

»Ja, das bedeutet, dass sie bei lebendigem Leib ins Wasser geworfen wurde.«

Peter wollte sich das nicht vorstellen. »Warum erzählen Sie mir das?«, stieß er wütend hervor.

Marstaller ließ sich nicht beirren. »Sieht nach einer Bestrafungsaktion aus.«

»Lassen Sie mich in Ruhe!« Peter schnellte mit einer erstaunlich elastischen Bewegung auf die Füße.

Marstaller sah ihn anerkennend an. »Das habe ich früher auch mal gekonnt.«

Eine Frau in einem knappen gelben Bikini kam vorbei. Zirka dreißig, 172, schlank, gelocktes braunes Haar, sportlicher Gang. Peter registrierte das alles wie für einen Polizeibericht. Auch Marstaller sah ihr nach und sagte dann mehr zu sich selbst: »So jung, so schön und so tot! – Entschuldigung, ich musste grade wieder an das Mordopfer denken. Die Tote war dieser Typ.« Er nickte zu der Frau im gelben Bikini hinüber. »Vielleicht ein bisschen älter.«

Der Eisverkäufer hielt seine Karre ganz in der Nähe an. »Sie auch eins?«, fragte Marstaller.

»Laden Sie mich ein?«

»Ach so, ja, Sie sind ja Schwabe«, sagte der Kommissar aus Anklam vergnügt, ging zu dem Eismann und kam mit zwei mit Schokolade umhüllten Eis am Stiel zurück. »Morgen ist ein Bild von der jungen Frau in allen Zeitungen.«

Peter Heiland nickte. Das war Routine.

»Sehe ich Sie morgen noch hier?«, fragte Marstaller, und Peter Heiland antwortete zu seiner eigenen Überraschung mit »Ja«.

Marstaller ließ sich auf den Hintern plumpsen und kreuzte seine kurzen, dicken Beine. Auch Heiland setzte sich wieder in den Sand.

»Die Gerichtsmedizin hat schnell gearbeitet«, sagte der Kommissar aus Anklam. »Das Opfer hat einige

Zeit vor seinem Tod eine größere Menge Kokain zu sich genommen. Offenbar eine Frau, die ausschweifend gelebt hat.«

Heiland sagte nichts dazu. Marstaller legte seinen runden Kopf schief und sah seinen jüngeren Kollegen von der Seite an. »War vielleicht ein rauschendes Fest auf irgendeiner Yacht. Da draußen auf hoher See.« Peter Heiland schloss die Augen und ließ seinen langen Oberkörper in den Sand zurücksinken, sagte aber immer noch nichts.

Peter Heiland wollte sich gegen die Bilder wehren, die in ihm aufstiegen. Eine junge Frau wird unter Drogen gesetzt. Ein Mann oder mehrere Männer fallen womöglich über sie her. »Irgendwelche Spuren von Gewalt?«, fragte er.

»Ja! Das kann man sagen. Bevor der oder die Täter ihre Beine gefesselt haben und schwere Gewichte dran hängten, muss sie sich heftig gegen ihre Peiniger gewehrt haben. Sie wurde niedergeschlagen und war vermutlich nicht mehr bei Bewusstsein, als sie über Bord gestoßen wurde.«

»Eine schreckliche Vorstellung«, sagte Peter Heiland.

Marstaller sah ihn an: »Solche Dinge gehören zu unserem Beruf.«

»Ich werd mich trotzdem nie daran gewöhnen!«, antwortete Heiland. Sandkörner knirschten zwischen seinen Zähnen. Er sprang auf und warf das restliche Eis in einen Abfallkorb. Als er zurückkam, sagte er zu

Marstaller, der unverändert im Schneidersitz dasaß: »Entschuldigen Sie, aber ein solcher Tod macht mich wahnsinnig wütend.«

Marstaller lächelte. »Ja«, sagte er, »das kann ich gut verstehen. – Kann ich Sie für heute Abend zum Essen einladen?«

»Ja, gerne.«

»In die Tapas-Bar?«

»Ein Spanier auf Usedom?«, fragte Heiland.

»Kathrin und Henry stammen von hier, aber Henry ist ein besonders guter Koch, und wenn hier keine Saison ist, schließt er den Laden und studiert in anderen Ländern, wie man dort die Speisen zubereitet. Andalusien hat es ihm besonders angetan. Eigentlich könnten die spanischen Köche jetzt nach Heringsdorf kommen und sich bei ihm etwas abgucken.«

»Henry heißt er? Ist mir sympathisch. Mein Opa heißt auch so!« Heiland erzählte dem Kollegen, dass er von diesem Großvater aufgezogen worden war, dass der Mann Vater und Mutter in einer Person für ihn gewesen sei, nachdem seine Eltern durch einen Verkehrsunfall ums Leben gekommen waren, und dass Opa Henry noch immer der wichtigste Mensch in seinem Leben sei.

Sie aßen nacheinander Pill Pill, eingelegte Kapernbeeren, Käse aus der La Mancha und tranken einen kräftigen Rotwein dazu. Es stellte sich heraus, dass

Marstaller die Wirtsleute schon seit Jahren kannte. Oft fahre er nur schnell von Anklam herüber, um hier zu essen, sagte er.

Man saß an einfachen, groben Holztischen. Der Raum glich einem Gewölbekeller. Die Wände zierten Flaschenregale, in denen die berühmtesten andalusischen Weine aufgereiht waren.

»Nach Polen sind es nur drei Kilometer«, sagte Marstaller plötzlich.

»Ist ja jetzt alles Europa.« Peter Heiland beschäftigte sich intensiv mit einer Langustenschale, die sich ihm offenbar heftig widersetzte. Heiland war nicht besonders geschickt mit seinen Fingern.

»Das glauben aber auch nur Sie!«, erwiderte der Ältere. Peter sah ihn überrascht an. »Was meinen Sie, wie hier die Konkurrenz von drüben gefürchtet wird? Die Leute gehen ja zum Friseur nach Swinemünde rüber, weil ein Haarschnitt dort nur die Hälfte kostet. Billige Arbeitskräfte aus Polen nehmen den Einheimischen die Arbeitsplätze weg. Das ist auch der Grund dafür, dass es keine durchgehende Straße gibt. Dabei wäre es so einfach. Man müsste nur die Grenzbefestigung wegreißen.«

Für Peter war das Problem neu.

»Und noch etwas«, sagte Marstaller. »Der Strand in Polen ist genauso schön wie hier, die Landschaft ist die gleiche. Auch der Tourismus wird dort bald heftiger florieren als hier, und dann nehmen die Polen den braven Vorpommern die Feriengäste weg. Das gibt böses Blut!«

»Aber das alles hat nichts mit Ihrem Fall zu tun, oder?«

Marstaller wiegte den Kopf hin und her. »Wer weiß?«, sagte er. »Man konnte der toten jungen Frau ihre Nationalität ja nicht ansehen.«

Am nächsten Tag war das Bild der Toten in fast allen regionalen Zeitungen. Auch die Berliner Blätter bildeten die verstorbene junge Frau ab. Als Peter Heiland von seinem Morgenlauf in die Ferienwohnung zurückkehrte, las er auf dem Display seines Handys ›1 Anruf in Abwesenheit‹. Er hörte die Nachricht ab. Ron Wischnewskis Stimme tönte aus dem Telefon: »Wenn Sie noch auf Usedom sind, melden Sie sich. Und zwar sofort!«

Peter überlegte einen Moment, ob er den Anruf seines Chefs einfach ignorieren sollte. Schließlich war er im Urlaub. »Wenn Sie noch auf Usedom sind . . .«? Er konnte ja später immer sagen, er sei zu diesem Zeitpunkt längst woanders gewesen. Während ihm all diese Gedanken durch den Kopf schossen, wählte er bereits Ron Wischnewskis Nummer.

»Da oben auf der Insel ist 'ne Tote gefunden worden. Ermordet«, sagte der Kriminalrat.

»Ich war dabei!«, antwortete Peter Heiland. »Zufällig!«

Peter Heiland nahm sich vor, sofort aufzulegen, wenn Ron Wischnewski jetzt sagen würde: ›Es gibt keine Zufälle.‹ Aber der meinte nur: »Na, umso besser! Wir haben hier eine Frau, die das Opfer glaubt identifizieren zu können.«

»Der bearbeitende Kommissar heißt Marstaller.«

»Weiß ich«, bellte Wischnewski. »Aber jetzt ist es auch unser Fall. Die Frau wohnte in Charlottenburg. Wenn sie's ist. Die Zeugin ist auf dem Weg nach Anklam, um die Tote zu identifizieren. Wäre gut, wenn Sie dabei sein könnten.«

»Ich bin hier im Urlaub!«

»Sie langweilen sich doch eh«, gab Wischnewski zurück. »Also tun Sie, was ich Ihnen sage. Ich werde keinen Beamten da raufschicken, wenn ich schon einen Mann dort habe. Berlin muss sparen!« Damit legte er auf.

Peter Heiland starrte sein Handy an. Am liebsten hätte er sofort zurückgerufen und zu seinem Chef gesagt: ›Sie können mich mal!‹ Aber auf dem Display war zu sehen, dass just in diesem Moment der Akku seines Mobiltelefons leer war. Das Ladekabel lag ganz unten in dem Rucksack, den Peter Heiland am Abend zuvor gepackt hatte. Er wühlte mit beiden Händen danach, konnte es aber zwischen seiner Schmutzwäsche nicht fühlen. Also kippte er den ganzen Rucksack um und schüttete den Inhalt auf den Teppichboden. Die kleine Wasserflasche, die er mit eingepackt hatte und in der er eine Vitamin-Brausetablette aufgelöst hatte, war wohl nicht vollkommen verschlossen gewesen. Jedenfalls ergoss sich der klebrige Inhalt jetzt über seine Klamotten und den Teppich. Als Peter nach der Flasche griff, rutschte sie ihm aus der Hand, und der Verschluss sprang vollends ab. Wütend pfefferte er die Plastikflasche in eine Ecke. Dort nässten die Reste des Vitamingetränks den Saum eines Vorhangs ein.

Es klingelte an der Tür. Peter wickelte sich ein Küchenhandtuch um seine klebrigen Finger und öffnete. Marstaller stand auf der Schwelle. »Sie arbeiten tatsächlich bei Ron Wischnewski? Das haben Sie mir gar nicht gesagt!«

»Warum sollte ich?«, brummte Peter unwillig.

»Ist was passiert?« Marstaller sah sich um. »Ist ja 'ne schöne Sauerei. – So was muss er gemeint haben.«

»Wer?«

»Na, Ihr Chef in Berlin. Er sagt, Sie seien ein bisschen linkisch und stünden sich manchmal selbst im Weg, aber sonst seien Sie ein ganz guter Mann.«

»Ich bin gerührt.« Peter Heiland versuchte mit dem Handtuch die Flecken aus dem Teppich zu reiben.

»Nicht reiben! Tupfen!«, rief Marstaller. »Geben Sie her. Haben Sie irgendwo ein Stück Seife – Kernseife am besten!«

Während nun Marstaller auf den Knien herumrutschte und den Teppich mit Wasser und Kernseife reinigte, sagte er: »Wischnewski kenne ich seit fünfzehn Jahren. Beruflich ist er top. Privat ist er eine arme Sau!«

»Er redet nie über sein Privatleben«, sagte Peter.

Marstaller ging nicht darauf ein. »Wischnewski sagt, Sie werden mich heute nach Anklam begleiten.«

Peter seufzte. Es nutzte ja nichts, wenn er widersprach. Er würde der Anweisung seines Vorgesetzten folgen. Und wenn er sich darüber beschwerte, hatte er auch nichts davon.

Am Himmel drängten sich tief hängende graue Wolken, hinter denen man die Sonne gelegentlich als schwachen Schemen wahrnehmen konnte. Offenbar war tags zuvor nur ein kurzes Zwischenhoch über Mecklenburg-Vorpommern hinweggezogen. Marstaller fuhr. Heiland saß schweigend neben ihm. Eigentlich hätte er seinen Rucksack gleich mitnehmen und in Anklam den Zug nach Berlin besteigen können. Aber als ihm das einfiel, rollte der Wagen schon auf die Hebebrücke über den Penestrom zu, die Usedom mit dem Festland verband. Die rote Ampel leuchtete auf. Ein Schlagbaum senkte sich. »Natürlich«, sagte Peter.

»Was ist natürlich?«

»Die Brücke geht hoch, wenn ich komme. Das ist immer so. Alle rutschen durch, nur ich . . .«

»Sie und noch ein paar andere«, sagte Marstaller. Er

wuchtete seinen kleinen dicken Körper aus dem Wagen und zündete sich ein Zigarillo an. Zwei Brückenteile hoben sich, sahen vorübergehend aus wie ein Dach überm Wasser und richteten sich dann vollends in die Senkrechte auf. Im Strom dümpelten auf beiden Seiten der Brücke je drei Segelschiffe. Sie glitten nacheinander durch die enge Durchfahrt. Zuerst jene, die der See zustrebten, dann die anderen, die vom Meer her kamen und ins Landesinnere fuhren. Marstaller erklärte, man könne per Boot von hier bis nach Berlin schippern. Die Wasserstraßen seien hervorragend ausgebaut. Peter Heiland schlenderte auf die Brücke. Nur deren Mitte öffnete sich für die Schiffe. Der schlaksige Kommissar beugte sich über das Geländer. Ein schönes Bild war das schon, wie die Boote auf der sanft gekräuselten Wasserfläche sich nach und nach hintereinander einreihten wie Enten, die im Verband schwimmen. Ganz zum Schluss kam das größte Schiff. Eine elegante Segelyacht. Das Tuch war allerdings gerefft. Ein Motor schob das Boot langsam vorwärts. Peter zog seine Digitalkamera aus der Jackentasche und hielt das Bild fest. Die majestätische Yacht glitt nun als letztes Schiff auf den Durchlass zu. Ein Mann in einer gelben Segeljacke winkte herauf. Er war groß und breitschultrig, trug eine Kapitänsmütze und hatte eine Pfeife zwischen die Zähne geklemmt. »Herausgeputzt wie für ein Werbefoto«, sagte Heiland und winkte müde zurück. In diesem Augenblick kam ein kleinerer untersetzter Mann aus dem Niedergang des Schiffes und legte seine Hand auf die Schulter des Pfeifenrauchers. Unwillkürlich drückte Peter Heiland noch einmal auf den Auslöser. Das Schiff hieß Aurora.

Er ging über die Fahrbahn und sah dem eleganten Kahn nach. Am Heck tänzelte hinter dem großen Schiff ein kleines Motorboot, das mit einem Tau festgemacht war, auf dem Wasser wie ein Fohlen, das ein Reiter an den Sattel seines Pferdes gebunden hat.

Es hatte eine knappe Viertelstunde gedauert, bis die Schiffe den Brückendurchlass passiert hatten. Jetzt kamen die Autos wieder in Bewegung. Marstaller hielt neben Heiland und ließ ihn zusteigen, nicht ohne ihn darauf hinzuweisen, es sei streng verboten, die Brücke während der Durchfahrtmanöver zu betreten. Peter zuckte nur mit seinen knochigen Schultern und sagte nichts dazu. Im Zweifel hätte er eben seinen Polizeiausweis gezeigt.

Dorothee Ziemer war zweiunddreißig Jahre alt, fast so groß wie Peter Heiland und für seinen Geschmack viel zu dünn – so dünn etwa wie er selbst. Sie hatte ein ernstes Gesicht, und er vermutete, dass dies nicht allein dem Ereignis zuzurechnen war, dessentwegen sie nach Anklam gekommen war. Marstaller und er hatten die junge Frau am Anklamer Bahnhof abgeholt. Der schmucklose Backsteinbau stand verlassen am Ende einer Sackgasse, und Peter Heiland ertappte sich bei dem Gedanken, dass es etwas besonders Seltsames sein müsste, von hier aus eine Weltreise oder auch nur eine Fahrt nach Garmisch-Partenkirchen anzutreten.

Auf dem Weg zur Leichenhalle sprachen sie nur wenig. Dorothee Ziemer wirkte angespannt, aber nicht nervös. Sie trug einen eng anliegenden schwarzen Hosenanzug, darunter eine hellgraue Seidenbluse und um den Hals ein schmales silbernes Kettchen. Marstaller fragte sie, was sie beruflich mache. »Ich bin Chemikerin und arbeite bei einem Pharmazieunternehmen in Berlin.«

»Und Ihre Freundin?«

»Sie ist nicht meine Freundin. Im Übrigen sage ich nichts, bevor ich nicht weiß, ob sie es wirklich ist.«

Die beiden Männer schauten sich überrascht an. »Ich denke, Sie haben sie auf dem Foto erkannt«, sagte Peter Heiland.

»Eine gewisse Ähnlichkeit . . .« Dann verbesserte sie sich: »Eine starke Ähnlichkeit.«

Auf der restlichen Fahrt schwiegen alle drei. Als sie ausstiegen, sagte Marstaller zu Frau Ziemer: »Wenn Sie die Tote kennen, werden Sie mit uns reden müssen.«

»Selbstverständlich!«, antwortete sie knapp.

Eine halbe Stunde später verließen sie die Leichenhalle. Dorothee Ziemer war blass geworden und nahm dankbar Heilands Arm, als er ihn ihr anbot. »Sie waren sehr tapfer«, sagte Heiland leise.

»Danke! Man sieht ja so was in Filmen, aber wenn man so etwas erlebt, ist es doch etwas ganz anderes.«

Sie ließen den Wagen stehen und gingen zu Fuß bis zu einem kleinen Lokal dicht beim Oberen Tor. Marstaller bestellte noch unter der Tür drei Korn. Sie setzten sich an einen massiven runden Holztisch in eine ruhige Ecke. Dorothee begann nach einer Weile ganz von selbst zu erzählen. Marstaller unterbrach nur, um eine weitere Bestellung aufzugeben. Peter hatte seinen Stuhl weit vom Tisch abgerückt, die Beine lang gemacht und den Kopf in den Nacken gelegt. Die Augen hielt er halb geschlossen. Dennoch ließ er die junge Frau keine Sekunde aus den Augen.

Erstaunlicherweise gab es hier einen sehr guten Grauburgunder aus Baden.

Dorothee Ziemer sagte: »Sie heißt Heike Schmückle.«

»Klingt schwäbisch«, sagte Peter.

Dorothee nickte. »Heike kommt aus Geislingen . . .«

»Geislinge an dr Steig?«

»Ja, ich glaube.«

Peter beugte seinen Oberkörper plötzlich weit nach vorne. »Und was hat se g'schafft?« Und als er den befremdeten Ausdruck in Dorothees Augen bemerkte, verbesserte er sich: »Was hat sie gearbeitet – wenn überhaupt?«

»Oh ja, sie war sehr tüchtig und sehr erfolgreich. Eine absolute Koryphäe.«

»In was? Ich mein, worin?«

Zum ersten Mal huschte so etwas wie ein Lächeln über Dorothees Gesicht. »Festkörperphysik. Sie war auf Nanotechnik spezialisiert.«

Die beiden Männer schauten sich an. Alles Mögliche hatten sie erwartet, aber das nicht. »Und Sie sind sicher, dass die Tote diese Frau ist, von der Sie sprechen?«

»Ich habe keinerlei Zweifel.«

»Ein naher Verwandter wird sie auch noch identifizieren müssen«, sagte Marstaller.

»Mir ist egal, ob Sie mir glauben!« Dorothees Mund war sehr schmal geworden.

»Ich glaube Ihnen. Aber das Gesetz schreibt es so vor.«

Peter Heiland nahm wieder das Wort: »Sie war also Wissenschaftlerin. Und was war sie noch?«

Wieder diese Andeutung eines Lächelns. »Ein Luder!«

»Was?«, riefen Marstaller und Heiland wie aus einem Mund.

»Das ist doch heute ein gängiges Wort«, sagte Dorothee Ziemer. »Heike war lebenshungrig, wenn Sie's altmodischer haben wollen. Oder nennen Sie sie eine ›Femme fatale‹. Ich hatte das Gefühl, sie stand ständig unter Strom. Sie gehörte zu den Menschen, die immer denken, es müsse mehr als alles geben. Deshalb konnten wir auch nicht befreundet sein. Ich brauche meine Ruhe, meine Pausen . . .«

Peter Heiland nickte. Das verstand er nur zu gut.

»Aber sie . . . sie hat keine Party ausgelassen. Na ja, sie war attraktiv, hatte Charme und Esprit, lange Beine und eine Figur wie Marilyn Monroe!«

»Klingt überhaupt nicht nach Nanotechnologie«, brummte Marstaller.

»In Ihrer Arbeit war sie absolut diszipliniert. Da konnte ihr keiner etwas nachsagen. Wie sie das alles unter einen Hut gebracht hat, weiß ich nicht. Aber es ist ihr gelungen. Heike muss eine unwahrscheinliche Kraft gehabt haben. Ich habe manchmal zu ihr gesagt, in dir stecken mindestens drei Weiber. Dann hat sie gelacht und geantwortet: ›Sechs, Dorothee – ein halbes Dutzend.‹«

»Irgendeine feste Beziehung?«, fragte Marstaller.

»Nur die zu ihrem Job. Alles andere war Fluktuation.«

»Ob so ein Mensch glücklich sein kann?«, fragte Peter Heiland.

»Wenn sie vielleicht manchmal unglücklich war, ist mir das verborgen geblieben.«

»Wie alt war sie denn?«, fragte Marstaller.

»Sechsunddreißig, ich glaube, im Dezember wäre sie siebenunddreißig geworden. Ja, im Dezember. Sie ist ja Schütze – ein ganz typischer Schütze . . .«

Die Kommissare fragten ihre Zeugin noch danach, ob sie wisse, mit wem Heike Schmückle am Wochenende verabredet gewesen sei.

»Über so etwas hat sie nicht geredet. Zumindest nicht mit mir.«

Erst jetzt fragte Marstaller: »Und woher kennen Sie Frau Schmückle?«

»Wir wohnen im selben Haus.«

»Wo?«

»Charlottenburg. Pestalozzistraße 34. Schöner Kiez.«

Peter nickte unwillkürlich. Er kannte sich in der Ecke aus. Seine Kollegin Hanna Iglau wohnte nicht weit davon in der Mommsenstraße. Im Stillen war er sehr damit zufrieden, dass er Bescheid wusste. In solchen Augenblicken war es ihm manchmal so, als sei er inzwischen in Berlin doch ein wenig heimisch geworden.

Das hätte er seinem Opa Henry freilich nicht sagen dürfen. Für den war Berlin nach wie vor so weit im Osten, dass er glaubte, gleich hinter den Stadtgrenzen beginne Sibirien. Deshalb hatte er sich bisher auch hartnäckig geweigert, seinen Enkel in der Hauptstadt zu besuchen. Dass Berlin überhaupt wieder zur Hauptstadt geworden war, hielt der alte Heiland für eine der schwersten politischen Sünden. »Onderm Adenauer hätt's des net gebe!«, pflegte er zu schimpfen. Und als Peter einmal scheinheilig fragte: »Adenauer? Wer war denn des?«, obwohl er es natürlich wusste, war der Alte förmlich ausgeflippt. »Wenn du des net weischt, lass dir dein Schulgeld z'rückzahle! Den han i zwar nie g'wählt! Immerhin bin ich mein Leben lang Gewerkschafter gwesa. Aber wer des war, muss mr trotzdem wisse. Scho weil er die letzte Kriegsgefangene aus Russland heimg'holt hat!«

Schulgeld hatte man schon längst nicht mehr bezahlt, als Peter seinen ersten Schultag hatte. Aber das kümmerte Henry, der eigentlich ja Heinrich hieß, nicht. Jeder verstand schließlich, was mit diesem Spruch gemeint war. Und Peter hatte in Riedlingen genug Lehrer gehabt, die den vergangenen Dingen so verhaftet waren, dass sie nicht nur Adenauers Verdienste ständig im Munde führten, sondern manchmal noch die des Führers, wie sie Adolf Hitler auch zu jener Zeit noch nannten. »Er war schlimm! Ja, natürlich! Er war furchtbar. Aber er hat den Menschen Arbeit gegeben, und er hat die Autobahnen gebaut!« Peter hatte schon als kleiner Junge verstanden, wie verlogen das alles war. Er konnte sich später nicht erklären, warum ihm das sofort klar war. Vielleicht hatte auch sein Opa Henry einen Anteil daran. Womöglich hatte Peter schon damals ganz einfach ein Ohr für falsche Töne. Doch das war dann vermutlich auch ein Verdienst seines Großvaters gewesen.

»Sie wohnen im selben Haus?«, nahm Peter Heiland den Faden wieder auf. »Und weiter?«

»Ich habe ihre Katzen versorgt, wenn sie weg war. Und sie war ja oft weg.«

»Haben Sie sich geduzt?«, fragte Marstaller.

»Ja, aber das hatte nichts zu bedeuten. Ich glaube, Heike hat so ziemlich jeden geduzt. Vielleicht eine schwäbische Eigenart?«

»Um Gottes willa, noi!«, entfuhr es Peter Heiland.

Dorothee Ziemer hatte sich ein wenig entspannt. Jetzt lächelte sie zum ersten Mal wirklich. »Sie sind auch Schwabe, nicht wahr?«

»Das hört man ja«, sagte Marstaller.

Peter Heiland hatte schon vor ein paar Augenblicken beschlossen, am nächsten Tag nach Berlin zurückzukehren, obwohl sich etwas in ihm dagegen sträubte. Es würde ja vielleicht so aussehen, als geschehe das im vorauseilenden Gehorsam gegenüber seinem Chef Ron Wischnewski. »Ich werde morgen mal bei Ihnen vorbeischauen«, sagte er zu Dorothee Ziemer.

»Das wird nicht gehen. Jetzt, da ich schon mal hier bin, will ich noch eine Studienfreundin in Greifswald besuchen.«

»Übernehmen Sie die Ermittlungen?«, fragte Marstaller Peter Heiland.

»Natürlich nicht. Es ist ja Ihr Fall. Aber es interessiert einen halt.«

Marstaller sagte: »Sobald sich der Fall nach Berlin verlagert, gebe ich ihn nur zu gerne ab.«

2

Peter Heiland hatte sein Auto, das er erst seit drei Wochen besaß, seinem Freund Manuel überlassen. Der dunkelhäutige Artist, Schriftsteller, Menschenkenner und Philosoph holte den Kommissar am Ostbahnhof ab. Wie immer trug er eine bunte gestrickte Mütze auf dem Kopf. Um sich die Zeit bis zur – natürlich verspäteten – Ankunft des ICs aus Stralsund über Anklam, Pasewalk, Prenzlau und so weiter zu verkürzen, jonglierte er mit seinen bunten Bällen. Er hatte ihre Zahl erst kürzlich auf fünf erhöht. Die Fehlversuche überwogen die geglückten Nummern noch beträchtlich. Aber das machte ja einen echten Artisten aus: Rückschläge waren nichts anderes als Herausforderungen. Sein Freund Peter Heiland hatte ihm schon öfter gesagt, in der Kriminalistik sei dies nicht anders.

Als Peter aus dem Zug stieg, stand Manuel exakt vor der entsprechenden Waggontür. Er hielt das für absolut normal und hatte deshalb gar nichts anderes erwartet. Er umarmte den langen Heiland, und der fühlte sich wie immer unwohl dabei. Sein Großvater hatte ihn pietistisch erzogen. Und da umarmte man sich nicht, es sei denn heimlich, wenn es niemand sah, und auch dann nur zwischen Mann und Frau. Einmal hatte Peter dem Opa vorgeworfen, das Äußerste an körperlicher Zärtlichkeit zwischen ihnen sei es gewesen, wenn der Alte dem Enkel ein paar Brotkrümel vom Pullover geklaubt habe. Aber er hatte sofort gesehen, wie sehr dies den Großvater schmerzte. Vermutlich hatte er nicht weniger darunter gelitten als er selbst. In diesem Augenblick hatte er dann seinen Opa Henry zum ersten Mal in die Arme genommen. Überrascht sah er, dass dem Alten die Tränen in die Augen stiegen. Im gleichen Augenblick sagte Henry: »Ha komm! Ha komm! Was soll jetzt au des?«

»Ins Büro?«, fragte Manuel.

»Nein, Pestalozzistraße 34. Findest du das?«

»Ey, was is'n das für 'ne Frage. Ich war zwei Jahre lang Taxifahrer.«

»Du warst . . .?«

»Hab ich dir das nicht erzählt?«

»Du hast mir viel erzählt. Aber wo da noch zwei Jahre Taxifahren dazwischenpassen sollen, ist mir schleierhaft.«

Das Haus befand sich in einem kurzen Stück der Pestalozzistraße zwischen Kaiser-Friedrich- und Wilmersdorfer Straße, die in diesem Bereich Fußgängerzone war. Hinter der Wilmersdorfer setzte sich die Pestalozzi fort und führte bis zur Grolmannstraße.

Manuel hielt vor einer kleinen Bäckerei mit Café. »Da muss es sein. Soll ich mitkommen?«

»Ne, lass mal.«

»Und das Auto?«

»Brauchst du es noch?«, fragte Peter Heiland.

»Und du?«

»Von hier komm ich ja prima mit den öffentlichen Verkehrsmitteln weiter. Ich frag mich sowieso, warum ich mir überhaupt ein Auto angeschafft habe.«

»Dann kann ich den Wagen also noch behalten?«, fragte Manuel.

»Mhm«, machte Peter, »obwohl das kein ›Wagen‹, sondern a ganz normals kloins Auto ischt!«

»Den Rucksack bring ich zu dir nach Hause«, rief Manuel noch und brauste zufrieden davon.

Auf dem Weg nach Friedrichshain, wo Manuel wohnte, wiederholte er ein ums andere Mal: ». . . obwohl das kein ›Wagen‹, sondern a ganz normals kloins Auto ischt!« Beinahe hätte er einen Unfall gebaut, weil er das so komisch fand, dass er immer wieder lauthals drüber lachen musste.

Das Treppenhaus des Mietshauses war mit dem Duft frischer Backwaren erfüllt. Von außen hatte man dem Gebäude nicht ansehen können, dass es offenbar ein Jugendstilhaus war. In den Fünfziger- oder Sechzigerjahren musste ein verrückt gewordener Modernisierer allen Schmuck und jegliche Verzierung abgeschlagen und dem Haus einen Nullachtfünfzehn-Look verpasst haben. Jetzt war die Fassade mit schmucklosem, dreckig gelbem Rauputz zugekleistert. Aber innen ließ sich die einstige Schönheit noch erahnen. Decken und Wände waren mit Stuck geschmückt, der freilich unter einer Schmutzschicht kaum zu erkennen war. Der Handlauf der Treppe war kunstfertig gedrechselt. Die Türen zu den Wohnungen waren aus schwerem Holz. Nicht alle hatten so schöne Namensschilder wie jene, hinter der Heike Schmückle gelebt hatte. Peter Heiland sah sofort, dass die Doppeltür aufgebrochen worden war. Er drückte mit der flachen Hand gegen den rechten Flügel, der nach innen aufschwang. Vorsichtig betrat der Kommissar die Wohnung.

Am anderen Ende eines kurzen Korridors konnte man durch die geöffnete Tür direkt in die Küche schauen. Links ging eine hohe Flügeltür zum Wohnzimmer ab. Rechts befanden sich eine Kammer und ein Bad. Alle Türen standen offen.

Peter Heiland hörte ein Geräusch. Er fasste unter die Jacke und schalt sich im gleichen Moment einen Idioten. Natürlich hatte er seine Dienstwaffe nicht dabei – wie denn auch? Schließlich war er im Urlaub!

Vorsichtig näherte er sich der Wohnzimmertür. Er lauschte angestrengt. Wieder dieses kleine Geräusch. Ein Scharren oder Kratzen. Es kam aus der Küche. Auf Zehenspitzen schlich er näher heran. Er lugte um den Türbalken. Eine Katze schob mit dem Schnäuzchen eine leere Futterschüssel über den Boden. Jetzt entdeckte sie ihn, hob den Kopf und miaute leise. Peter ging in die Hocke und nahm das Tier auf den Arm. Sofort begann es zu schnurren und seinen Kopf an Peters Kinn zu reiben.

Mit der Katze auf dem Arm ging er ins Wohnzimmer. Man musste kein geschulter Ermittler sein, um zu sehen, dass hier jemand eingebrochen war, um etwas zu suchen. Alle Schubladen waren aus den Schränken gerissen, auf dem Boden häuften sich Papiere. Von dem großen Wohnraum mit seiner hohen Stuckdecke gingen nach links und rechts wiederum zwei Flügeltüren ab, die offen standen. Hinter der einen verbarg sich ein Schlafzimmer, hinter der anderen ein Arbeitsraum.

Peter Heiland trat in das Arbeitszimmer. Auf dem Schreibtisch musste ein Computer gestanden haben. Die Umrisse des Gerätes waren zu erkennen. Aber der Rechner fehlte. Auch das Regal, in dem die Bewohnerin offenbar ihre CDs gestapelt hatte, war leer. Peter drückte auf den Wiedergabeknopf des Anrufbeantworters. Eine technische Stimme sagte: »Sie haben einen Anruf. Anruf eins: Mittwoch, 16 Uhr 30.« Dann war eine männliche Stimme zu hören: »Frank hier. Ich muss dich unbedingt sprechen. Rede um Gottes willen mit niemandem über unser Projekt. Verstehscht, mit niemandem! Und am allerwenigsten mit unserem neuen Freund.«

Für Heiland war der Anrufer unzweifelhaft ein Schwabe. Der Kommissar suchte in seiner Jackentasche. Er brachte gut ein Dutzend Zettel und Zettelchen hervor: Kneipenrechnungen, halbe Briefkuverts, Parkscheine, Papiertaschentücher. Fast überall war etwas draufgekritzelt. Er fand einen zerknitterten Zettel, auf dem noch Platz genug war, und notierte den Text. Dann rief er die Spurensicherung und den technischen Dienst des Landeskriminalamtes an und bestellte die Kollegen in Heike Schmückles Wohnung. Es konnte nicht schwer sein, den Anrufer zu identifizieren.

Während er auf die Mannschaft der Spurensicherung wartete, öffnete er nacheinander die Schränke und Schubladen, soweit die Einbrecher dies noch nicht getan hatten. Er verstand nicht viel von weiblicher Kleidung, aber dass die Kostüme, Hosen, Blusen und Kleider, die in einem Schrank hingen, ein Vermögen gekostet haben mussten, verstand auch er. Allein die drei Pelzmäntel, die unter durchsichtigen Plastiküberzügen aufgehängt waren, mussten mehrere tausend Euro gekostet haben. In zwei Schränken reihten sich gut und gerne zweihundert Paar Schuhe aneinander. In mehreren Schubladen stapelten sich Strümpfe und Wäschestücke, wie Peter Heiland sie noch nie in seinem Leben gesehen hatte, es sei denn in Filmen oder Hochglanzprospekten. Die Wohnung lag in einer unspektakulären Gegend und in einem ziemlich heruntergekommenen Haus, aber sie barg einen Reichtum, der in krassem Widerspruch zu dessen Fassade stand. Ob die Bilder an den Wänden echt waren, konnte Peter nicht sagen. Davon verstand er zu wenig. Aber Drucke waren es sicher nicht. Wer immer hier eingebrochen war – an den exquisiten Besitztümern von Frau Schmückle war er nicht interessiert gewesen. Ihm war es ganz offensichtlich nur um den Laptop und die CDs gegangen.

Er suchte im Kühlschrank nach Katzenfutter, fand einen ganzen Stapel Dosen, öffnete zwei davon und fütterte das Tier. Er ging davon aus, dass Dorothee Ziemer sich um die Katze kümmern würde, wenn sie zurückkam.

Als Peter Heiland die Tür zum Sekretariat der achten Mordkommission aufstieß, hob Christine Reichert, die an ihrem Computer saß, nur kurz den Kopf. »Der Chef will dich gleich sehen.«

»Grüß Gott erst mal«, sagte Peter. »Willst du mich nicht fragen, wie mein Urlaub war?«

»Kann nicht so besonders gewesen sein, sonst wärst du ja nicht schon wieder da!«

Peter lachte, klopfte kurz an Ron Wischnewskis Tür und stieß sie fast gleichzeitig auf. Der Kriminalrat saß hinter seinem Schreibtisch und schrieb mit einem Bleistiftstummel eine Bemerkung an den Rand eines Aktenblattes. »Setzen Sie sich!«

»Grüß Gott«, sagte Peter.

Sein Chef erwiderte den Gruß nur mit einem Knurren. Dann warf er den Bleistiftstummel auf den Tisch und hob seinen schweren Kopf. Die Lider bedeckten seine Augen zur Hälfte. »Da sind Sie ja endlich!«

Peter sah seinen Chef nur an und schüttelte leicht den Kopf.

»Was ist? Was haben Sie?«, herrschte ihn Wischnewski an.

»Ich hätte schon gestern am Telefon sagen sollen, dass ich nichts mit dem Fall zu tun haben will. Ich habe noch vier Tage Urlaub.«

»Geschenkt!« Wischnewski legte seine Unterarme auf den Tisch, faltete die Hände und stellte seine Ellbogen weit aus. »Ich höre, Sie waren bereits in der Wohnung des Opfers?«

»Sie sagen doch immer, was man nicht innerhalb achtundvierzig Stunden ermittelt, schafft man vielleicht nie mehr.«

»Die Frau ist seit mindestens achtundfünfzig Stunden tot!«

»Starkes Argument«, sagte Peter.

Ron Wischnewski ging nicht darauf ein. Er schob einen kleinen karierten Zettel über den Tisch. »Das ist der Teilnehmer, von dessen Apparat Frau Schmückle angerufen worden ist.«

Peter las: »Frank Hülsdorff . . . Industriestraße 17, vierter Hof. Telefon 030/8789332. Wo ist das?«

»In Adlershof, irgend so eine Industriebrache. Dort sollten Sie gleich mal hinfahren.«

»Ich?«

»Ja, Sie. Den Urlaub holen Sie später nach. Ich hab die Bilder von der Leiche gesehen. Den Scheißkerl, der das getan hat, will ich haben. Verstanden?!«

Peter Heiland starrte seinen Chef an. Der hatte schon wieder eine Akte in der Hand und schien seinen Mitarbeiter bereits vergessen zu haben. Peter setzte an, etwas zu sagen: »Ich denke mal . . .«

»Was glauben Sie, wie oft ich schon meinen Urlaub verschieben oder ganz drauf verzichten musste«, fuhr ihm der Kriminalrat in die Parade. Peter stand auf, nahm den karierten Zettel, steckte ihn zu all den anderen in seine Jackentasche und verließ wortlos Wischnewskis Büro. Der Kriminalrat legte die Akte auf die Tischplatte zurück, lehnte sich weit nach hinten und starrte auf die Tür, die hinter Peter Heiland zugefallen war. Ihm war nicht wohl bei der Sache.

Peter Heiland ging in das Büro, das er mit Hanna Iglau teilte. Die Kollegin sprang auf, kam auf ihn zu, breitete die Arme aus und ließ sie dann plötzlich fallen. Leise sagte sie: »Hallo, Peter!«

Heiland ging auf sie zu, fasste sie sanft an beiden Schultern, zog sie zu sich her und hauchte einen Kuss auf ihre Stirn. »Hallo, Hanna. Wie geht es Schnurriburr?«

»Ich glaube, er vermisst dich!« Sie ging auf ihren Platz zurück. Als sie sich wieder gesetzt hatte, fügte sie leise hinzu: »Ich hab dich übrigens auch ein bisschen vermisst.«

Ein Lächeln huschte über Peters Gesicht. »Ich muss gleich wieder los. Kann ich heute Abend bei dir vorbeikommen und den Kater abholen?«

»Mhm.« Hanna nickte.

Peter beugte sich vor und versuchte ihren Blick aufzufangen. »Fremdelscht a bissle?«, schwäbelte er plötzlich.

»Man weiß ja nie, wo man bei dir dran ist«, gab sie trotzig zurück.

Peter ging zur Tür. »Ja, da könntescht Recht haben!« Und raus war er. Hanna Iglau fuhr sich mit den gespreizten Fingern durch ihr kurzes sandfarbenes Haar. Sie war den Tränen nahe. Aber eigentlich gab es doch gar keinen Grund dafür.

Peter Heiland hatte sich von der Fahrbereitschaft einen Wagen geben lassen. Überrascht stellte er fest, dass die Autobahn Richtung Dresden schon wieder ein Stück weiter fertig geworden war. Sie ging jetzt bis Adlershof.

Er parkte den Wagen am Eingang zu einer Landschaft aus grauen Fabrikgebäuden. Es hatte zu regnen begonnen, als er ausstieg. Die nassen Pflastersteine glänzten. Keines der Gebäude schien mehr genutzt zu werden.

Trotzdem standen auf dem weitläufigen Parkplatz ein knappes Dutzend Fahrzeuge. Ob sich ihre Besitzer auf diesem Areal, auf dem früher einmal hunderte Menschen gearbeitet haben mussten, nicht verdammt einsam vorkamen? Nirgendwo ein Mensch, den man fragen konnte. Manche der Fabrikhallen waren gut vierzig Meter hoch. Dazwischen standen niedrige Baracken. Am hinteren Ende des Geländes ragte einsam und steil ein Schornstein, der nirgendwo dazuzugehören schien, in den Regenhimmel. Zwischen den Pflastersteinen standen Pfützen.

Peter holte alle Zettel aus seiner Jackentasche und fand erstaunlich schnell den karierten, auf dem Wischnewski Frank Hülsdorffs Nummer notiert hatte. Fünf andere Zettel fielen in eine Pfütze. Peter klaubte sie auf und schob die nassen Fetzen achtlos zu den anderen Blättchen. Dann wählte er die Nummer auf seinem Handy. Es dauerte eine Weile, bis sich eine Stimme meldete. »Ja?«, bellte sie.

»Peter Heiland. Spreche ich mit Frank Hülsdorff?«

»Ja!«

»Ich würde Sie gerne besuchen.«

»Warum?«

»Wegen Heike Schmückle.«

Plötzlich bekam die Stimme einen alarmierten Klang. »Was ist mit ihr?«

»Herr Hülsdorff, ich bin Polizeibeamter – mir solltet unbedingt mitanander schwätza!«

Das plötzliche Schwäbisch schien das Eis zu brechen. »Wo sind Sie?«

»Ich bin an einem der Eingangstore, warten Sie, da steht Tor 7.«

»Sehen Sie den Fabrikschlot, der da so allein rumsteht?«

»Seh ich.«

»Rechts davon steht eine ziemlich riesige Halle.«

»Ja!«

»Die Tür auf der Giebelseite ist offen. Da gehen Sie rein, steigen die Eisentreppe hoch bis unters Dach. Und dann rufen Sie meine Nummer noch mal an.«

»Mach ich!« Peter Heiland schaltete sein Handy ab und machte sich auf den Weg. Was würde wohl mit all den Hallen geschehen? Vermutlich standen sie nur noch, weil der Abriss zu teuer gewesen wäre. Die meisten Fenster waren zertrümmert. Die Eisengerippe, die einst die quadratischen Glasscheiben gefasst hatten, rosteten vor sich hin.

Der Regen wurde dichter. Peter fröstelte. Sein Blick ging an dem frei stehenden Schornstein hinauf. Einzelne Ziegelsteine waren aus seiner Ummantelung herausgebrochen. Eines Tages würde der alte Fabrikschlot zusammenstürzen.

Peter stieß die Eisentür auf der Giebelseite mit dem Fuß auf. Sie gab ein hässliches Geräusch von sich und schlug mit einem Knall gegen die Betonwand. Er betrat den riesigen Raum. Tauben flatterten hoch und setzten sich auf einen Stahlträger dicht unter der Decke.

Langsam ging Peter weiter. Er passierte eine Tür, die neu eingesetzt worden sein musste. Durch eine Scheibe am oberen Rand fiel Licht. Peter öffnete die Tür. Vor einer riesigen Leinwand stand ein Mann mit nacktem Oberkörper. Aus einer Musikanlage dröhnte Musik, die Peter nicht kannte. Der Mann bückte sich. Jetzt sah der Kommissar, dass er in Tellern, die am Boden standen, seine Farben angemischt hatte. Die Art, wie der Maler die Farbe mit dem Pinsel aufnahm und dann in mächtigen Strichen auf die Leinwand aufbrachte, hatte etwas Gewalttätiges. Peter zog die Tür leise wieder zu. Der Maler schien ihn nicht bemerkt zu haben.

Am Ende der Halle führte eine schmale rostige Eisentreppe in mehreren Etappen nach oben. Dazwischen erreichte man kleine quadratische Absätze. Die Stiege endete vor einer Eisentür. Peter wählte wieder die Nummer.

»Sind Sie da?«, meldete sich Frank Hülsdorff. »Warten Sie, ich komme!«

Wenig später hörte Peter, wie ein Schlüssel im Schloss der alten Metalltür gedreht wurde. Dann öffnete sie sich. Der Mann war zunächst nur als Schattenriss zu erkennen, denn hinter ihm brannte ein helles Licht in einem langen Korridor.

»Hallo«, sagte Peter und zeigte seinen Polizeiausweis.

»Was ist mit Heike?«

»Lassen Sie uns reingehen. Ich erzähl's Ihnen gleich.«

»Okay. Ich geh voraus!«

Frank Hülsdorff drückte die Eisentür zu und schloss sie sorgfältig ab. Er schritt schnell durch den Gang, der wohl erst kürzlich geweißt worden war. Hülsdorff war ein kleiner, stämmiger Mann. Seine Schritte waren kurz. Er ging sehr aufrecht, die Schultern leicht nach hinten gedrückt. Am Ende des Korridors stand eine Tür offen. Frank Hülsdorff trat zur Seite und machte eine einladende Geste. »Kommen Sie rein!« Jetzt erst konnte Peter sein Gesicht sehen. Der Mann war so um die vierzig, hatte eine hohe, glatte Stirn und dünnes blondes Haar, das eng am Kopf anlag. Seine Augen hatten die Farbe von Granit.

Der Raum war gut zweihundert Quadratmeter groß und bekam sein Licht durch zwei Glasdächer, die sich giebelförmig über die ganze Länge der Decke hinzogen. Auf der rechten Seite standen auf hellen Resopaltischen mehrere Computer. Die andere Seite wurde von einem seltsamen Gerät aus Glas eingenommen, das aus zahllosen Rohren und Kolben bestand. Flüssigkeiten in verschiedenen Farben schossen durch die Glasadern.

»Was ist denn das? So was hab ich noch nie gesehen«, sagte Peter.

»Ein Reaktor.«

»Hä?«, entfuhr es Peter.

Hülsdorff lächelte. »Ja, Laien denken immer gleich an Atomreaktoren. Aber es gibt so viele chemische Reaktionen, die man in den Griff kriegen muss. Jetzt aber raus mit der Sprache. Was ist mit Heike?«

»Ist sie Ihre Freundin?«

»Wir sind kein Liebespaar, wenn Sie das meinen.«

»Gott sei Dank!«, stieß Peter Heiland hervor.

»Was ist passiert?« Frank Hülsdorff fasste nach Peters Arm.

»Sie ist tot.«

Frank ließ Peters Arm ruckartig los. Seine Augen weiteten sich. Alle Farbe wich aus seinem Gesicht. »Das ist nicht wahr!«

»Doch!«

»Wie . . . wie ist es passiert?«

Peter setzte sich auf einen dreibeinigen Hocker, der vor einem Mikroskop stand. »Sie ist ermordet worden.«

»Nein!!« Frank Hülsdorffs Schrei hallte von den kahlen Wänden wider.

»Tut mir leid!«

»Wer hat es getan?«

»Wenn ich das wüsste, wäre ich jetzt nicht hier.«

Frank Hülsdorff stand unbeweglich und mit hängenden Armen mitten im Raum. Seine Granitaugen schimmerten nun viel dunkler als zuvor. »Wann ist das passiert? Und wo?« Der Wissenschaftler musste sich erkennbar zu diesen Fragen zwingen. Jetzt standen Tränen in seinen Augen.

»Wir nehmen an, auf einer Yacht.«

»Wie bitte?«

»Die Leiche wurde vor der Usedomer Küste von Fischern entdeckt. Ersparen Sie mir die Einzelheiten. Aber es besteht kein Zweifel, dass Heike Schmückle umgebracht worden ist.«

Frank Hülsdorff ließ sich ganz langsam auf einen Stuhl sinken und vergrub sein Gesicht in seinen Händen.

»Wissen Sie, wer es getan haben könnte?«, fragte Peter.

Frank schüttelte den Kopf, ohne seine Hände vom Gesicht zu nehmen.

»Wir haben mit Dorothee Ziemer gesprochen.«

»Ach ja?« Frank Hülsdorff blickte auf.

»Was fällt Ihnen zu dem Namen ein?«

»Sie ist eine sehr gute Freundin.«

»Frau Ziemer sagt, Heike Schmückle sei eine . . . na ja, eine ziemlich leichtlebige Person gewesen.«

Hülsdorff schnaubte. »Ja, ja.«

»Was heißt das: ›Ja, ja‹?«

»›Leichtlebig‹ – was für ein Wort. Heike hat gern gelebt. ›Gernlebig‹, das Wort gibt es nicht, oder?«

Peter lächelte ein wenig. »Nein, ich glaube nicht.«

»Aber man muss Dorothee verstehen. Heike hat alles, was sie nicht hat. Doch wie oft hab ich ihr schon gesagt, dass sie ganz andere Qualitäten hat!« Hülsdorff ging zu einem hohen blauen Kühlschrank, öffnete ihn und nahm eine Whiskyflasche heraus. »Sie auch einen?«

»Ja, gerne. Ich bin ja eigentlich im Urlaub.«

»Was?«

Peter erklärte es ihm. Als er den ersten Schluck genommen hatte, nickte er zu dem Glasreaktor hinüber. »Hat das etwas mit Nanotechnologie zu tun?«

Hülsdorff sah den Kommissar aus seinen granitgrauen Augen überrascht an und sagte: »Ja, genau!«

»Und Sie arbeiten alleine?«

»Meistens.«

»Haben Sie mit Heike Schmückle zusammengearbeitet?«

»Gelegentlich.«

Peter nickte, als ob er nichts anderes erwartet hätte. »Jetzt müssen Sie mir etwas erklären.«

»Gern, wenn ich kann.«

»Ich habe Frau Schmückles Anrufbeantworter abgehört. Da sagen Sie . . .« Peter fingerte seine Zettel aus der Tasche und suchte nach dem richtigen. »Da«, sagte er dann plötzlich, »da steht es: ›Frank hier. Ich muss dich unbedingt sprechen. Rede um Gottes willen mit niemandem über unser Projekt. Verstehscht, mit niemandem! Und am allerwenigsten mit unserem neuen Freund.‹ – Was ist das, ›unser Projekt‹, und wer ist dieser neue Freund?«

Frank Hülsdorff sprang von seinem Stuhl auf und tigerte mit kurzen, schnellen Schritten durch den lang gezogenen Raum. Dabei schlug er immer wieder seine rechte Faust in die offene linke Hand.

»Bitte, reden Sie«, sagte Peter Heiland leise.

»Ich habe Ihnen nichts zu sagen!«

»Das glaube ich nicht!«

»Dann lassen Sie's.«

»Was sind Nanowerkstoffe?«, fragte Peter. »Können Sie mir das wenigstens erklären?«

Hülsdorff trat dicht vor Peter Heiland hin, der noch immer auf dem dreibeinigen Hocker saß. »Die Nanotechnologie ermöglicht die Konstruktion völlig neuer Werkstoffe – superleicht, transparent, hoch fest, Feuer hemmend, dämmend, leicht zu verarbeiten, quer durch die Industrie vielseitig einsetzbar. Deshalb werden Nanowerkstoffe zum Beispiel im Gebäude-, Automobil- und Flugzeugbau und auch bei der Raumfahrt Verwendung finden, und zwar in einem Ausmaß . . .« Er ließ den Satz in der Luft hängen und machte eine wegwerfende Bewegung mit dem Arm, als ob er sagen wollte: ›Das verstehen Sie ja sowieso nicht.‹

»Hört sich an, als wäre diese neue Entwicklung so etwas wie eine Revolution auf dem Werkstoffmarkt.«

»Das hört sich nicht nur so an, das ist so! Und wissen Sie, was das bedeutet?«

»Es wird ein Milliardengeschäft für die einschlägige Industrie!«

»Genau! Weltweit! Die Nanotechnik macht heutzutage ungefähr siebzig Prozent der technischen Innovationen im Werkstoffbereich aus.«

Heiland kratzte sich im Nacken. »Ein Milliardengeschäft also. Wenn so viel Geld im Spiel ist . . .« Er führte den Gedanken nicht zu Ende. Stattdessen fragte er: »Wer ist dieser ominöse neue Freund?«

»Ich kann Ihnen dazu nichts sagen.«

»Warum denn nicht? Erklären Sie mir wenigstens das!«

»Wer sich in Gefahr begibt, kommt darin um«, sagte Frank Hülsdorff. »Das hat man ja bei Heike gesehen.« Er wendete sich ab, ging zu seinem Reaktor, änderte ein paar Einstellungen, entnahm am Ende der vielfach verschlungenen Glasrohre und -kolben eine Probe, indem er einen Hahn aus Glas aufdrehte und eine kleine Menge in ein Keramikschälchen abfüllte.

»Sie arbeiten an diesem Werkstoff?«

»Ich habe daran gearbeitet, solange ich bei Chemical Globe war.«

»Und jetzt?«

»Bin ich arbeitslos.«

»Sieht aber nicht so aus.«

»Das hier sind kleine private Spielereien.«

Peter Heiland trat näher und betrachtete den Glasreaktor. Es sah tatsächlich nach einer Spielerei aus, was hier geschah. Er warf einen Blick auf das Schälchen, das der Chemiker abgefüllt hatte.

Hülsdorff griff nach einer Pinzette und entnahm ein winziges Körnchen aus dem Schälchen. Er ließ die Miniprobe in ein Reagenzglas fallen und stellte das Glas in einen Holzständer.

Peter Heiland sagte: »Chemical Globe. Wenn ich jetzt dorthin gehe, was werden die mir über Sie erzählen?«

»Weiß nicht. Vermutlich nicht viel Schmeichelhaftes.«

»Und über Heike Schmückle?«

»Sie war noch immer dort beschäftigt.«

»Aber sie arbeitete gleichzeitig mit Ihnen an diesem Projekt!« Peter klopfte mit dem Fingerknöchel gegen einen Kolben des Reaktors.

»Hören Sie auf! Sie gehen mir auf den Senkel mit Ihrer blödsinnigen Fragerei.«

»Haben Frau Schmückles Chefs davon gewusst?«

Endlich wandte sich der Forscher wieder Peter Heiland zu. »Ich weiß nicht, ob sie es gewusst haben. Das wäre auch völlig Wurscht gewesen. Wenn Sie glauben, irgendein Einzelner könnte auf eigene Faust so einen Werkstoff entwickeln, dann haben sie keine Ahnung von den Vorgängen in der heutigen Forschung. Da braucht man viele qualifizierte, teamfähige Leute und einen Haufen Kapital.«

»Das will ich gerne glauben.« Peter Heiland legte seine Visitenkarte auf den weißen Resopaltisch. »Sie können mich jederzeit anrufen!«

»Das wird nicht nötig sein«, sagte Frank Hülsdorff, ohne sich umzudrehen. »Außerdem sind Sie doch im Urlaub.«

Peter Heiland stieg die Eisentreppe hinunter. Ihm wurde ein wenig schwindlig dabei. Als er die drittletzte Stufe erreicht hatte, verfing sich seine Jackentasche in einer vorstehenden Schraube. Der Stoff riss gut zehn Zentimeter lang auf. »Verdammte Scheiße noch mal!«, entfuhr es Peter.

Er kam wieder an dem Maleratelier vorbei. Die Tür wurde aufgestoßen. »Helfen Sie mir grade mal«, rief der Mann mit dem nackten Oberkörper. Er war höchstens 1,70 Meter groß und hatte eine schrankbreite Brust, auf der einzelne schwarze Haarbüschel sprossen. Einen Moment glaubte Peter Heiland, er müsse ihn kennen. Aber wahrscheinlich war er einer dieser Prototypen, die es häufig gibt.

»Wobei denn helfen?«, fragte Peter.

»Das Bild da raustragen.« Er deutete mit dem Daumen über die Schulter.

Widerstrebend trat Peter Heiland in den Raum des Malers. Dieses gewaltige Format konnte wirklich einer alleine nicht transportieren, selbst wenn er so stark war wie der Atelierbesitzer. Während sie das Bild aus der Halle schleppten und in einen Kleinbus verluden, fragte Peter: »Kennen Sie Herrn Hülsdorff?«

»Wie man sich halt so kennt, wenn man im selben Haus arbeitet.«

»Sind ja auch ganz verschiedene Jobs.«

»Stimmt!«

»Kriegt er öfter Besuch?«

»Da achte ich nicht drauf.«

»Und seine Freundin, Heike Schmückle, haben Sie die gekannt?«

»Kenn ich. Klar.« Dann erst schien der Maler zu begreifen. Er hielt mitten in der Bewegung inne. »Was soll denn das heißen, ob ich sie gekannt habe. Wieso reden Sie in der Vergangenheit?«

Sie schoben das Bild gerade in den Kleinbus. »Weil sie tot ist«, sagte Heiland nüchtern und ließ den Maler dabei nicht aus den Augen. Der hielt mitten in der Bewegung inne.

»Sie werden sich erkälten. So mit dem nackten Oberkörper in dem kalten Regen«, sagte Peter Heiland.

»Sie ist tot? Wer sagt das?«

»Ich sage das. Ich habe die Nachricht eben Herrn Hülsdorff überbracht.«

Das Bild stand mit dem vorderen Teil des Rahmens schon auf der Ladefläche. Peter hielt den hinteren Teil. Sein Blick fiel auf die Signatur. »Schwer zu entziffern. Was heißt das?«

»Gerry Hettich.«

Peter schob das Bild vollends hinein, und Hettich fixierte es mit ein paar elastischen Bändern.

»Sie ist wirklich tot?«

»Ja«, sagte der Kommissar.

»Gestorben? Einfach so?«

»Nicht einfach so. Sie wurde ermordet.« Peter ging ohne ein weiteres Wort zu seinem Wagen, stieg ein, drehte den Zündschlüssel und ließ die Scheibenwischer laufen. Er fuhr quer über den unbefestigten Parkplatz, der mit Schlaglöchern übersät war. Aus den Augenwinkeln sah er, wie sich ein anderes Fahrzeug in Bewegung setzte. Ein schwarzer Renault, wenn er recht sah. Im Verlauf der Jahre hatte er ein Gespür für solche Situationen entwickelt. Es war nicht auszuschließen, dass der andere Wagen ihm folgte.

Heiland fuhr an Tor 6 vorbei, holperte weiter über Dreck und Schotter und nahm Tor 5. Der andere Wagen war durch Tor 6 auf die Straße hinausgefahren. Als Peter Heiland die Fahrbahn erreichte, war der schwarze Renault nirgendwo mehr zu sehen.

Diesmal nahm Heiland nicht das neue Autobahnstück, sondern fuhr über das Adlergestell. Am S-Bahnhof Baumschulenweg hielt er an, stellte seinen Wagen ins Halteverbot und ging zum Kiosk, um sich eine Zeitung zu kaufen. Auf dem Weg zu seinem Dienstwagen warf er einen Blick auf die Titelseite. Ein Bild der toten Frau vom Usedomer Strand prangte darauf, dreispaltig, direkt unter der fetten Überschrift ›Spitzenwissenschaftlerin bestialisch ermordet‹. Peter Heiland las im Gehen den Vorspann.

›Sie war jung, sie war schön, sie war erfolgreich. Und sie liebte das Leben. Wissenschaftlerinnen stellt man sich anders vor. Noch vor zwei Monaten brillierte Heike Schmückle auf dem großen Brüsseler Technologiekongress – eine Frau, die selbst die kompliziertesten technischen Vorgänge verständlich machen konnte. Jetzt starb sie unter mysteriösen Umständen . . .‹

Er hätte besser auf den Weg achten sollen. Sein rechter Fuß glitt nach vorne. Der Kommissar verlor das Gleichgewicht und wäre auf den Hintern gefallen, wenn er den Sturz nicht im letzten Moment noch abgefangen hätte, indem er schnell nach der Sandsteinwand des S-Bahnausgangs fasste. Wütend versuchte er, an der Bordsteinkante die Hundekacke von der Sohle seines rechten Slippers zu kratzen. Sein Blick hielt immer noch die Schlagzeile fest: ›Spitzenwissenschaftlerin . . .‹ Der Zeitungsjournalist spekulierte offensichtlich mit dem Gedanken, dass der plötzliche Tod der jungen Frau mit ihrer Arbeit zusammenhängen könnte. Peter Heiland senkte die Zeitung, faltete sie zweimal und steckte sie in die rechte Außentasche seines Jacketts.

Er hob den Kopf. Vor einem chinesischen Restaurant stand der schwarze Renault mit beiden rechten Rädern auf dem Gehsteig. Der Fahrer war durch die getönten Scheiben nicht zu erkennen. Aber Peter Heiland hatte keinen Zweifel, dass er sich für ihn interessierte.

Der Kommissar kehrte zu seinem Fahrzeug zurück. Eine Politesse war grade dabei, einen Strafzettel an die Windschutzscheibe zu heften. »Das ist ein Polizeifahrzeug.« Peter zeigte seinen Ausweis.

Die junge Frau hob die Schultern. »Das juckt mich nicht!« Sie klemmte das Knöllchen unter den Scheibenwischer und ging zum nächsten Wagen. Peter Heiland wollte noch etwas sagen, schenkte es sich aber. Man soll mit seinen Energien haushalten, sagte er sich und stieg in das Dienstauto. Aber er fuhr nicht gleich los. Er beobachtete im Rückspiegel, wie die Politesse das nächste Strafmandat platzierte und nun auf den Renault zuging. Der Fahrer setzte den Blinker und fuhr los. Er passierte Peters Wagen. Der Fahrer war eine Frau. Ihre langen blonden Haare fielen bis auf die Schultern hinab. Auf dem Kopf trug sie eine Baskenmütze. Und obwohl der Himmel noch immer düster verhangen war und Regentropfen fielen, schützte sie ihre Augen durch eine große Sonnenbrille. Peter notierte die Nummer des Fahrzeugs, fuhr dann ebenfalls los, wendete aber schon nach wenigen Metern mit einem halsbrecherischen Manöver, fuhr mit hoher Geschwindigkeit zurück und nahm den Weg Richtung Berlin-Mitte. Die Blonde würde keine Chance mehr haben, ihm zu folgen.

Auf Ron Wischnewskis Schreibtisch lag die Boulevardzeitung, die auch Peter Heiland gekauft hatte. Der

Kriminalrat schlug die dritte Seite auf. Dort, so wurde versprochen, gebe es noch mehr Einzelheiten über das Opfer des spektakulären Mordes von Usedom. Die Journalisten hatten fleißig recherchiert und offensichtlich genügend Bekannte der Toten aufgespürt, um an ein paar private Fotos zu kommen: Heike Schmückle als Vierjährige auf einer Kinderschaukel im elterlichen Garten, im Hintergrund sanft ansteigende Streuobstwiesen mit Apfel- und Pflaumenbäumen. Heike Schmückle mit siebzehn beim Abschlussball ihrer Tanzstunde. Heike Schmückle bei der Abiturfeier in Geislingen und bei der Promotionsfeier an der Universität Tübingen. Und dann – größer als alle anderen Fotos – Heike Schmückle in der Pose der Lola aus dem *Blauen Engel.* ›*Ich bin die fesche Lola, der Liebling der Saison, ich hab ein Pianola zu Haus auf dem Balkon* . . .‹ Zylinder, Korsage, Strapse, zehn Zentimeter nackte Schenkel, schwarze Strümpfe, in der Hand eine lange Zigarettenspitze. ›*Und will mich wer begleiten, da drunten aus dem Saal, den hau ich in die Saiten und tret ihm aufs Pedal* . . .‹ Wischnewski summte das Lied leise vor sich hin. Das Foto machte ihn nervös. Er hatte schon immer großes Mitleid mit dem Professor Unrat gehabt. Unter der Aufnahme stand: ›Betriebsfest beim Chemical Globe.‹ So eine Firma machte ein Betriebsfest? Das glaubte Wischnewski nicht.

Er rief in der Redaktion an. »Ich würde gerne mal

bei Ihnen vorbeikommen«, sagte er, nachdem er seinen Dienstgrad und seinen Namen genannt hatte.

»Sie werden doch nicht im Ernst glauben, dass wir Ihnen unsere Quellen nennen«, bellte der Polizeireporter, der sich als Horst Koppel vorgestellt hatte.

Wischnewski blieb ruhig. »Verbinden Sie mich mal mit Doktor Heinen?«

»Sie kennen unseren Chefredakteur?«

»Ja, noch aus seiner Zeit, als *er* Polizeireporter war. Wir haben schließlich alle mal klein angefangen«, sagte Wischnewski. »Sie sollten also die Hoffnung nicht aufgeben.«

Koppel legte auf. Wischnewski wählte neu und ließ sich von der Zentrale in die Chefredaktion durchstellen. Als sich Heinen meldete, sagte der Kriminalrat: »Können Sie sich einen Polizeireporter vorstellen, der sich mit uns Bullen nicht gut stellen will?«

»Komische Frage. Aber die Antwort ist nein«, sagte Heinen.

»Sie haben so einen. Koppel heißt er, wenn ich seinen Namen richtig verstanden habe.«

»Also wenn er Ihnen auf den Wecker geht, verehrter Herr Wischnewski, hat er vielleicht Qualitäten, die mir bisher entgangen sind.«

»Vergessen Sie's! Ich will den Kerl nicht anschwärzen . . .«

»Ich glaube, Sie haben es grade versucht, verehrter Herr Kriminalrat! Also, worum geht es?«

»Bei Ihnen steht ein Artikel über den Mordfall Schmückle. Der ist so weit in Ordnung!«

»Danke«, tönte es süffisant aus dem Hörer.

»Aber die Bildunterschrift unter der feschen Lola . . . Ich glaube nicht, dass das Foto bei einer Betriebsfeier aufgenommen wurde.«

»Ist das denn so wichtig?«

»Für uns schon!«

»Ich geh der Sache nach. Wenn Sie so lange dran bleiben wollen.«

Wischnewski drückte auf ›Lautsprecher‹ und legte den Hörer auf die Tischplatte. Im gleichen Augenblick ging die Tür auf. Peter Heiland kam herein. Wischnewski schaute ihn an. »Nun?«

Peter berichtete im Telegrammstil, versuchte, nichts auszulassen, und erzählte deshalb auch getreulich, wie er in einen der geschätzten zweieinhalb Millionen kackfrischen Hundehaufen Berlins getreten war, während er die Zeitung las. – »Die Zeitung, die da vor Ihnen auf dem Tisch liegt!« – Irgendwie klang es so, als trage Wischnewski die Schuld an Heilands Missgeschick.

Plötzlich erklang Heinens Stimme aus dem Telefonlautsprecher. »Sie haben Recht, verehrter Mister Holmes, die Bildunterschrift ist falsch. Verdammte Schluderei das! Das Bild stammt aus dem Klub Erosnova, in einem Wort geschrieben übrigens, weiß der Himmel, warum, vielleicht wegen des Internets.«

Wischnewski verdrehte die Augen. Leise flüsterte er Heiland zu: »Wie kann ein Mann, der vom Schreiben lebt, nur so viel reden?!«

Peter Heiland verstand ohnehin nicht, worum es ging, deshalb nickte er aufs Geratewohl.

Wischnewski fragte ins Telefon: »Und was ist das für ein Klub?«

»Fragen Sie mich was Leichteres, Verehrtester, aber Sie haben ja tüchtige Leute, die so was rauskriegen. Und ich nehme an, wir erfahren es dann von Ihnen.«

»Ja, vielleicht wendet sich ja Ihr Herr Koppel vertrauensvoll an mich.« Damit beendete Wischnewski das Telefongespräch. Er sah Peter Heiland an. »Sie haben es ja gehört.«

»Ja, schon, aber . . .«

»Erosnova! Als ich so alt war wie Sie, war ich verdammt scharf auf Ermittlungen in solchen Etablissements.«

»Eigentlich wollte ich heute Abend meinen Kater abholen. Und nicht in irgendwelchen Rotlichtschuppen rumhängen.«

»Tja«, sagte Kriminalrat Ron Wischnewski, »man kann sich's nicht immer aussuchen!«

Peter verließ wortlos das Zimmer des Chefs, nahm sich auf dem Weg in sein Büro bei Christine Reichert einen Kaffe mit und ließ sich zwei Minuten später auf seinen Bürostuhl sinken. Hanna Iglau, die über Internet alles auf ihren Computer heruntergeladen hatte, was über Nanotechnik zu kriegen war, sah von ihrem Bildschirm auf und sagte: »Du hast auch schon mal glücklicher ausgesehen!«

»Da kannst du mal sehen: Ich bin wie ein offenes Buch. – Hast du Lust, mit mir heute Abend in den Klub Erosnova zu gehen?«

»Ich denke, du holst Schnurriburr ab. Ich hab im Ökoladen einen Pizzaboden gekauft und alles, was draufkommt, auch.«

»Wischnewski will nicht, dass wir Pizza essen! Aber nach dem Erotikschuppen hole ich den Kater gerne ab.«

Einmal mehr fragte sich Hanna Iglau, wie man einen Mann so verabscheuen und gleichzeitig so gern haben konnte wie sie Peter Heiland.

Peter sah sie an und sagte: »Du findest mich ziemlich blöd, gell? Und trotzdem magst du mich.«

Hanna starrte ihn an. Konnte der Kerl etwa auch noch Gedanken lesen?

Ein scheues Lächeln überzog sein Gesicht, als er sagte: »Ich würde mich wirklich freuen, wenn du mich bei diesen Ermittlungen nicht alleine lassen würdest.«

Hanna schüttelte den Kopf, dass sich die kurzen Haare verzwirbelten. »Ich durchschaue dich genau, Heiland, und trotzdem falle ich immer wieder auf dich rein. Okay, gehen wir ins Erosnova, was immer das auch sein mag.«

Es war ein Klub, in den man nicht hineinkam, wenn man nicht einen sündhaft teuren Jahresbeitrag bezahlt hatte. Er lag in der Goethestraße in Charlottenburg. Die bürgerliche Umwelt bot eine willkommene Fassade. ›Exklusivität ist unsere Spezialität‹ stand auf einem Plakat, das hinter der Garderobe hing, die so aussah, als sei sie von Karl Lagerfeld gestylt worden. Peter Heiland sagte zu Hanna: »Der Spruch ist für so einen Laden doch eigentlich weit unter Niveau!« Er sagte es so laut, dass es jeder im Umkreis von zehn Metern gut verstehen konnte.

Hereingekommen waren sie mit ihren Polizeiausweisen, was Peter zu der Bemerkung veranlasste: »Man müsste als Kripobeamter eigentlich mal ausrechnen, was wir durch diesen Ausweis alles sparen könnten. Wir kommen doch überall rein, ohne zu bezahlen.«

Irgendwie konnte Hanna Iglau nicht darüber lachen. Sie ertappte sich bei dem Gedanken, dass man sich an Peter Heiland immer wieder aufs Neue gewöhnen musste. Und sie fragte sich, ob das auf die Dauer nicht zu anstrengend sei. Gleichzeitig aber fühlte sie sich just in diesem Augenblick so zu ihm hingezogen, dass sie nahezu alles dafür gegeben hätte, ihn nicht aus ihrer Nähe zu verlieren.

Als sie ihre Ausweise gezeigt hatten, hatte der Empfangschef, eine Mischung aus Muhammad Ali und Thomas Gottschalk, unter die Tischplatte des Empfangstresens gegriffen. Der 1,93 Meter große Peter Heiland flankte im selben Moment, nur auf seine linke Hand gestützt, über den Tresen und trat mit der rechten Schuhspitze die Hand des Mannes weg. Kaum dass der Kommissar sicher auf der anderen Seite gelandet war, sagte er: »Hier drückt keiner auf den Warnknopf. Im Übrigen, wir ermitteln nicht gegen Ihren feinen Klub, sondern gegen Unbekannt wegen des Mordes an einer jungen Frau, die kürzlich hier noch 'ne große Schau abgezogen hat!«

Dem Empfangschef blieb der Mund offen stehen. Peter fuhr fort: »Und wenn Sie uns dabei unterstützen wollen, begleiten Sie uns einfach in die inneren Räume!«

Muhammad Ali Gottschalk klappte den Mund zu, atmete mehrmals hörbar durch die Nase, öffnete den Mund wieder und sagte: »Wenn Sie mir dann bitte folgen würden.«

»Des glaubscht doch net!« Peter verfiel immer seltener ins Schwäbische, je länger er in Berlin lebte. Aber wenn ihn echt etwas umtrieb, ließ sich der Rückfall in den Dialekt nicht vermeiden.

Die Klubräume waren in der unaufdringlichen Eleganz gestaltet, die schon den Eingangsbereich ausgezeichnet hatte. Die Gäste saßen auf hochlehnigen Sofas und Sesseln an quadratischen Glastischen und betrachteten eine Erotikschau, die auf einer runden Bühne aus Plexiglas in der Mitte des Raumes lief. Peter Heiland hatte schon davon gehört, dass in solchen Klubs Hardcore-Pornos abliefen – life, nicht auf einer Leinwand. Aber er hatte so etwas noch nie gesehen. Fasziniert blieb er stehen. Das Paar auf der Bühne war nackt, und der Akt, den es vorführte, war offenbar nicht simuliert. Jedenfalls stieß der junge Mann sein erigiertes Glied in immer schnellerem Rhythmus in die Frau hinein, die vor ihm kniete. Peter Heiland spürte, wie sich Hannas Fingernägel in seinen Arm krallten. Als der männliche Akteur zum Höhepunkt kam, zog er sein Glied heraus, um seinem Publikum zu demonstrieren, dass er tatsächlich einen Samenerguss hatte. Beifall rauschte auf. Die Darsteller verbeugten sich artig und verschwanden fast fluchtartig hinter einem blauen Vorhang.

Peter ließ seinen Blick über die Gäste gleiten. Sie waren allesamt gut gekleidet. Die Männer zumeist in dreiteiligen Anzügen, die Frauen in eleganten Kleidern. Nur wenige der Damen verfügten über tiefe Ausschnitte oder kurze Rocklängen. Das Verführerische fand auf der Bühne statt. Erstaunt hatte Peter Heiland schon beim Hereinkommen registriert, dass etwa ein Drittel der Gäste Frauen waren.

Peter erkannte einen Mann in einem taubenblauen Doppelreiher. Vor etwa sechs Wochen hatte er vor ihm aussagen müssen. Dr. Hornung, Oberstaatsanwalt. Ihre Blicke trafen sich. Der Jurist schien sich nicht an den Kommissar zu erinnern. Als Heiland ihm zunickte, zog er die Augenbrauen zusammen und machte das Gesicht eines Menschen, der sich vergeblich zu erinnern versucht. Der Oberstaatsanwalt war in Gesellschaft einer großen schlanken Frau und eines eher grobschlächtigen dicken Mannes, auf dessen Glatze Schweißperlen standen. Die Frau hatte ihre rote Haarpracht hoch aufgetürmt und trug ein schwarzes Kleid mit Spaghettiträgern, das für Heiland wie ein Unterrock aussah. Der Saum war mit hellgrauer Spitze gefasst. Der Kommissar schaute zu seiner Kollegin hinüber. Hanna Iglau, die flache Schuhe, Cordjeans und eine blaue Jacke aus Fallschirmseide trug, wirkte hier genau so deplatziert wie er selbst, der noch nie besonders auf seine Kleidung geachtet hatte.

Nach dem Abgang der Pornodarsteller waren alle Augen auf die beiden Neuankömmlinge gerichtet. Hanna zog ihre Krallen aus Peters Arm und starrte herausfordernd zurück. Peter sagte leise zu dem Empfangschef: »Kennen Sie hier irgendjemanden von der Firma Chemical Globe?« Der Gefragte nickte zu dem Tisch des Oberstaatsanwalts hinüber.

Peter zog die zusammengefaltete Zeitung aus der Seitentasche seiner Jacke und zeigte dem Empfangschef das Foto der feschen Lola Schmückle.

»Ja, ich hab das Bild gesehen. Es ist hier aufgenommen.«

»Klar!« Peter Heiland verglich das Bild mit dem Raum. Heike Schmückle hatte auf einem Stuhl auf der Plexiglasbühne gesessen. Im Hintergrund erkannte man den blauen Vorhang.

»Er war auch da.« Wieder nickte der Empfangschef zum Tisch des Oberstaatsanwalts hin.

»Der Dicke?«

»Ja. Aber damals hatte er vier Russen dabei. Heike saß zuerst mit am Tisch. Der Dicke hat auf sie eingeredet. Ich weiß nicht, was er ihr versprochen hat, aber am Ende ging sie in die Garderobe und kam dann in dem Lola-Kostüm wieder. Sie hat auch das Lied gesungen.« Der Empfangschef wirkte traurig, als er die Szene aus seinem Gedächtnis zurückholte.

Peter hatte ihn die ganze Zeit nicht aus den Augen gelassen. »Sie haben grade gesagt: ›Heike saß zuerst mit am Tisch.‹ Sie haben nicht gesagt: ›Die Frau auf dem Bild.‹«

»Ja, wir kennen . . . wir kannten uns schon länger.«

»Wie lange?«

Ein kleiner Mann in einem schwarzen Anzug trat zu ihnen. »Dirk, Sie werden draußen gebraucht. Es sind neue Gäste gekommen.«

»Entschuldigung, Herr Andresen«, sagte der Angesprochene, machte Peter gegenüber eine bedauernde Geste und ging rasch hinaus.

»Sind Sie Mitglieder?«, fragte der kleine Mann, dessen Hemdkragen bis kurz unters Kinn ging und mit einer albernen Fliege geschmückt war, auf der lauter kleine Putten abgebildet waren, dralle nackte Engelchen, wie Peter sie aus den Barockkirchen Oberschwabens kannte.

»Nein, und wir haben auch nicht vor, welche zu werden«, sagte Peter und zeigte dem kleinen Mann seinen Ausweis, sodass jeder im Raum erkennen konnte: Hier handelte es sich um einen Kripomann. Für einige war das offenbar das Signal zum Aufbruch. Peter Heiland beugte sich zu dem kleinen Mann hinunter. »Gehen die jetzt wegen uns?«

»Schon möglich«, schnappte der.

»Sie sind der Chef hier?«

»Der Geschäftsführer, ja.«

»Gut, Herr Andresen. Was fällt Ihnen zu diesem Bild ein?« Er zeigte auch dem Klubchef das Zeitungsbild. Andresen antwortete, ohne zu zögern: »Die Dame war öfter hier. Sie war Mitglied.«

»Ach. Sie selbst. Sie war nicht nur die Begleiterin eines Herrn?«

Andresen lächelte mit schmalen Lippen. »Eher umgekehrt. Manchmal brachte sie einen Begleiter mit. Frau Schmückle war eine sehr selbständige Person!«

»Ja, solche Frauen gibt's jetzt immer öfter«, sagte Peter Heiland. Ohne weiter auf Andresen zu achten, ging er zum Tisch des Oberstaatsanwaltes hinüber. Hanna folgte ihm zögernd. Auch sie hatte Dr. Hornung erkannt. Und sie wusste, dass der als ›scharfer Hund‹ verschrien war.

Hornung hatte inzwischen auch registriert, dass es sich bei den beiden jungen Leuten um Kripobeamte handeln musste. Er sah Peter entgegen. »Wir kennen uns, oder?«

»Ich kenne Sie«, antwortete Peter lächelnd. »Ich habe im Fall Tillkowski ermittelt.«

»Ah ja, richtig, stimmt ja. Na dann erzählen Sie mal!«

»Darum wollte ich Sie grade bitten.« Peter Heiland schob die Zeitung über den Tisch. »Heike Schmückle war Stammgast hier. Kannten Sie die Dame?«

»Ich hab sie wohl mal gesehen, aber ich habe sie nie kennen gelernt.«

»Und Sie?«, fragte Peter den zweiten Mann am Tisch.

»Für mich gilt das Gleiche.«

»Obwohl Frau Schmückle bei Ihnen beschäftigt war?«

»Ach, *das* meinen Sie. In unserem Hause kann man Geschäftliches und Privates sehr gut trennen. Dass wir zufällig im gleichen Klub Mitglied sind . . .«

Peter unterbrach barsch: »Sie haben Frau Schmückle zu diesem Auftritt überredet!« Er klopfte mit der Kuppe seines Zeigefingers so heftig auf das Bild, dass der Finger plötzlich schmerzte.

»Wer sagt das?«

»Ich sage das. Sie waren in Begleitung von vier russischen Geschäftsfreunden . . .«

»Ach ja, jetzt, wo Sie es sagen. Könnte sein. Ja, ja, könnte tatsächlich sein . . . Aber überredet . . .? Frau Schmückle musste man zu so etwas nicht überreden!«

Peter Heiland sagte: »Haben Sie ein Kärtchen für mich? Ich würde Sie gerne mal in Ihrer Firma besuchen.«

»Warum *das* denn? Glauben Sie, der Tod von Frau Schmückle habe etwas mit Chemical Globe zu tun?«

»Keine Ahnung. Aber genau das würde ich gerne rauskriegen.«

Der Dicke fingerte eine Visitenkarte aus dem Brusttäschchen seines Jacketts. Dabei wendete er sich an den Oberstaatsanwalt: »Finden Sie das okay, Sven?«

Der Angesprochene hob beide Hände flach nach oben. »Das muss die Polizei entscheiden. Im Zweifel auch die Staatsanwaltschaft. Aber es handelt sich um einen Fall, der nicht bei mir ressortiert, mein Lieber. Wenigstens bis jetzt noch nicht.«

»Er liegt noch bei der Staatsanwaltschaft Anklam. Wir leisten nur Amtshilfe«, sagte Peter Heiland.

»Ach so ist das.« Dr. Hornung schien erleichtert zu sein.

»Und warum?«, fragte der Dicke.

»Weil diese Frau«, Peter deutete wieder auf das Boulevardblatt, »vor der Küste von Usedom ermordet wurde. Die Fischer von Ahlbeck haben sie in ihren Netzen gefunden.«

»Schrecklich!« Der Dicke sagte das so teilnahmslos, als ob er festgestellt hätte, dass es draußen regnete.

Peter nahm die Visitenkarte entgegen. »Danke!«

Zum ersten Mal meldete sich Hanna Iglau zu Wort: »Können Sie uns irgendwelche Angaben über Freunde und Bekannte von Frau Schmückle machen?«

»Absolutly no!«, kam es barsch zurück. »Ihr Privatleben hat mich nie interessiert.«

Peter musterte die Visitenkarte. ›Dr. Arnold Fahrenholtz‹ stand da, ›Hauptgeschäftsführer‹, und dann folgte sowohl die Firmen- als auch seine Privatanschrift. »Bis morgen, Herr Dr. Fahrenholtz!«

Als sie sich von dem Empfangschef verabschiedeten, sagte der: »Denken Sie bitte nichts Falsches über mich.« Peter Heiland sah ihn überrascht an. »Haben Sie eine Ahnung, was manche Menschen heutzutage tun müssen, um nur einigermaßen über die Runden zu kommen.«

»Ich wüsste es gerne«, sagte Heiland ernst, »dann wäre auch für uns manches leichter.«

»Ja, ihr seid Beamte«, sagte der Empfangschef, ohne zu erklären, was er damit meinte.

Hanna Iglau trat dicht vor ihn hin. »Wer hat das Foto von Heike Schmückle gemacht?«

Unvermittelt traten Schweißtropfen auf die Stirn des Empfangschefs.

»Waren Sie das?«, stieß die Kriminalkommissarin nach.

»Ja, also . . .«

»Also ja«, sagte Hanna scharf. »Und Sie haben das Bild an die Zeitung verhökert.«

»Ich sage ja, man muss heutzutage sehen, wie man . . .«

»Und weil Sie nicht wollten, dass man auf Sie kommt, haben Sie die Zeitungsleute gebeten, drunter zu schreiben, es sei auf einem Betriebsfest aufgenommen.«

»Ja«, sagte der junge Mann schlicht und setzte leise hinzu: »Jetzt tut es mir leid. Ich hätte ihr das nicht antun dürfen.«

»Wie heißt du?«, fragte Peter. Zu seiner eigenen Überraschung ging er plötzlich zum Du über.

»Dirk – Dirk Keinath.«

»Sie war also eine sehr gute Freundin von dir?«

»Nein, aber wir haben uns ganz gut verstanden. Sie gehörte nicht zu den Leuten, die einen wie mich einfach links liegen lassen. Heike ist . . . Heike war eine Klasse für sich. Sie war nicht hochmütig. Sie war nur – wie soll ich sagen – sehr zielorientiert.«

»Und auf welches Ziel hin?«, fragte Hanna Iglau.

»Da müssen Sie andere Leute fragen. Leute aus ihrer Branche. Einmal hat sie zu mir gesagt: ›Dirk, in fünf Jahren spätestens kriege ich den Nobelpreis, wenn mir nicht einer noch alles wegnimmt.‹«

»Und jetzt sieht es so aus, als ob genau das passiert wäre«, sagte Peter.

»Sie glauben nicht, dass es einer aus Eifersucht getan hat?«

»So einer wie Sie?«, fragte Hanna.

Peter ging dazwischen: »Hanna, hat des jetzt sei müsse . . .?«

Aber seine Kollegin ließ sich nicht beirren. »Wo waren Sie am Mittwochabend? Hier?«

»Nein, Mittwoch und Donnerstag hatte ich frei.«

»Und? Wo waren Sie?«

»Zu Hause. Wenn ich mal nicht hier arbeiten muss, verlasse ich meine Bude nicht. Ich muss ja auch meine Arbeiten pünktlich abliefern, damit ich meine Scheine zusammenkriege.«

»Was studierst du denn?«, fragte Peter dazwischen.

»Sport und Musik!«

»Interessante Kombination.«

»Ich will später Lehrer werden.«

Peter reichte Dirk seine Visitenkarte. »Ruf an, wenn dir was einfällt. Oder einfach auch so. Wir könnten mal was zusammen trinken.«

»Ja, warum nicht?«

Als sie in Hannas antikem Citroën 2 CV das kurze Stück von der Goethestraße in die Mommsenstraße fuhren, sagte Hanna: »Glaubst du, dass er mehr weiß, als er uns gesagt hat?«

»Das müssen wir rauskriegen. Egal wie.«

»Und warum hast du versucht, mich zu stoppen?«

»Hab ich doch gar nicht. Aber ich fand es übertrieben, dass du ihn gleich verdächtigt hast.«

»Immerhin habe ich mit offenen Karten gespielt. Und von dir denkt er jetzt, du wärst ein Freund!«

»Und du denkst jetzt, bei mir sei alles Berechnung«, gab Peter Heiland zurück.

Hanna sagte nichts dazu. Sie biss sich auf die Unterlippe und schaute durch die schmale Windschutzscheibe nach vorn. Es regnete immer noch.

»Es ist beides«, sagte Peter Heiland. »Ich mag ihn. Ich will ihn nicht reinlegen, aber er soll mir sagen, was er weiß!«

»Der Zweck heiligt die Mittel?«

»Kann sein. Ja. Vielleicht. Ich weiß nicht.«

»Aber du musst doch wissen, was für dich wichtiger ist – die Beziehung oder der Fahndungserfolg?«

»Ach, Hanna, wie arbeiten wir denn? Wir haben ein Ziel, und das verfolgen wir. Jeder auf seine Weise. Ich kann nur hoffen, dass ich dabei nicht allzu viele Menschen verrate.«

Als er das sagte, lenkte Hanna ihre Ente grade in eine Parklücke. Nachdem sie die Handbremse gezogen und das Licht ausgeschaltet hatte, blieben beide sitzen und starrten geradeaus in den Regen, der vor der Windschutzscheibe einen feinen Vorhang bildete. Sie schwiegen, bis Peter Heiland sagte: »Was glaubst du, wie oft ich in letzter Zeit darüber nachgedacht habe, mir einen anderen Beruf zu suchen.«

»Was denn für einen?«

»Wanderführer auf der Schwäbischen Alb zum Beispiel.«

Einen Moment schien es so, als hielten beide den Atem an. Dann prustete Hanna los. Sie lachte, bis ihr die Luft wegblieb.

Peter sagte: »Ich finde das überhaupt nicht komisch.«

Schnurriburr begrüßte Hanna. Peter Heiland beachtete er nicht. Da konnte das Herrchen noch so um den Kater werben. Hanna genoss die Situation und schmuste mit dem Tier, als habe sie in ihm endlich einen Liebhaber gefunden. Peter sah den beiden eine Weile zu und sagte dann: »Am besten bleibt das Katzentier ja hier. So glücklich, wie ihr miteinander seid.« Zehn Sekunden später hatte er die Wohnung Hanna Iglaus verlassen.

Die Blicke, mit denen Hanna und der Kater auf die Tür schauten, die Peter leise von außen zugezogen hatte, glichen sich auf seltsame Weise.

Peter Heiland ging die Mommsenstraße hinauf, bog in die Wilmersdorfer ein und strebte dem Adenauerplatz zu. Dort würde er die U-Bahn kriegen. In diesem Augenblick bereute er es zutiefst, dass er nicht auf Usedom geblieben war.

Vielleicht würde er Manuel noch antreffen. Der

saß um diese Zeit oft in der Bodega schräg gegenüber dem Haus, in dem Peter Heiland in der Stargarder Straße wohnte.

Als er die Gethsemanekirche und den Friedhof passiert hatte und die Dunckerstraße überqueren wollte, blieb er überrascht stehen. Die Straßenecke gegenüber war mit Blumen geschmückt. Auf einem Campingtisch zwischen Blumen, Karten und Kerzen stand auf einem Schild aus Pappe: ›Kurt ist tot.‹ Seit fünfzehn Jahren hatte er dort gesessen. Von morgens bis Mitternacht. Zumindest hatte er das Peter einmal erzählt. Im Sommer trug er eine Latzhose auf dem nackten Leib. Im Winter war er in alte Mäntel und Decken eingemummelt. Sein Flachmann wurde von den Geschäftsinhabern der näheren Umgebung immer wieder aufgefüllt. Das Essen spendierten ihm die Wirte der umliegenden Kneipen.

Kurt war ein freundlicher Mensch gewesen. Er hatte ein gutmütiges Gesicht voller Falten, die sich um seine Augenwinkel zu kleinen Strahlenkränzen verdichteten. Er redete und lachte gerne mit den Kindern. Sie hatten in dieser Straße alle Hautfarben, die es auf Erden gab. Manchmal kehrte Kurt den Bürgersteig, mit einem Reisigbesen, den er zu seinen wenigen Habseligkeiten zählte. War ja schließlich so etwas wie seine Wohnstube. Bei gutem Wetter saß er auf einer Bank an der Friedhofsmauer und schmökerte in den Büchern, die ihm Nachbarn geschenkt hatten. Er las viel, und er konnte das meiste auch behalten. Immer hatte er ein paar Textstellen parat, die er Kindern vorlesen konnte, und genauso ein paar Gedichte, mit denen er zumeist ältere Passantinnen erfreute, die gerne bei ihm stehen blieben, weil sie noch einsamer waren als er. Nun war Kurt also gestorben.

Manuel saß tatsächlich in der Bodega. Er wischte sich verstohlen eine Träne aus dem Augenwinkel, als er auf den Toten zu sprechen kam. Vor drei Tagen habe sich Kurt am späten Abend auf seiner Bank einfach so zur Seite sinken lassen. Manuel machte es vor. Er habe die Beine angezogen und den Kopf auf beide Unterarme gelegt. Jeder, der vorbeikam, habe gedacht, dass er nur schlafe. Mancher habe ihm sogar noch ein freundliches »Gute Nacht, Kurt« zugeworfen. Doch da sei er schon tot gewesen. »Die Leute sagen ja, sein Gesicht sei entspannt und glücklich gewesen. Aber ich habe ihn gesehen. Sein Gesicht war voller Angst. Er musste gespürt haben, dass er sterben würde, und vielleicht ist ihm eingefallen, was in seinem Leben alles schief gelaufen ist.«

Peter bestellte für sich und Manuel einen Rioja und eine Portion Kapernbeeren, dazu warmes Fladenbrot. Sie tranken sich stumm zu. Außer ihnen waren nur noch drei Männer da, die am Tresen würfelten. Plötzlich fing Peter an zu erzählen. Er schilderte die Tote, wie er sie liegen sah – zuerst am Strand und dann in der Leichenhalle. Er wiederholte, was Dorothee Ziemer, diese ernste, große und zu dünne Frau, über Heike Schmückle gesagt hatte: »Sie war sehr tüchtig und sehr erfolgreich. Eine absolute Koryphäe in Festkörperphysik, vor allem in der Nanotechnik, und sie war ein Luder!«

Manuel hob den Kopf. »Ein Luder? – Du meinst, so etwas wie ein Boxenluder beim Formel-1-Rennen?«

»Nicht *ich* meine das«, gab Peter Heiland zurück, »Frau Ziemer hat das gemeint. Ich glaub, die war a bissle eifersüchtig auf das fröhliche, leichte Leben von Heike Schmückle.«

Manuel nickte. »Vielleicht wünscht sie sich, auch so sein zu können.«

»Bestimmt. Aber sie traut sich nicht.«

Peter schob das Zeitungsbild über den Tisch, auf dem Heike Schmückle als Blauer Engel zu sehen war. Manuel zog die Zeitung an sich und pfiff durch die Zähne.

Peter sagte: »Sie war nicht die Begleiterin eines Herrn. Eher umgekehrt. Manchmal brachte sie einen Begleiter mit. Frau Schmückle war eine sehr selbständige Person!«

Manuel sah seinen Freund forschend an.

»Das hat mir der Geschäftsführer des Erotikklubs gesagt, wo das Bild aufgenommen wurde.«

»Du wirst dich doch nicht in diese tote Frau verliebt haben«, sagte Manuel ernst.

»Spinnst du?« Peter massierte mit seinen langen Pianistenfingern seine Schläfen.

»Was sagt denn Hanna?«

»Ach die«, Peter winkte ab. »Die hat mir meinen Kater abspenstig gemacht.«

Manuel kicherte. »Erst verliebst du dich in 'ne Leiche, und dann bist du auf einen kastrierten Kater eifersüchtig. Mann, Mann, Mann!«

»Du weißt ja nicht, was du redest!« Peter leerte seinen Rotweinbecher mit einem Zug. Er überlegte, ob er noch einen bestellen sollte. Aber in diesem Augenblick zahlten die drei Männer am Tresen und verließen die Bodega. Der Wirt wollte sicher Schluss machen. Peter hätte es ungehörig gefunden, noch sitzen zu bleiben und dem Mann den Feierabend zu versauen. Der Wirt kam mit einem Tonkrug an den Tisch und schenkte unaufgefordert nach.

»Danke, Pepe«, sagte Peter Heiland, »aber du willst doch sicher zuschließen und ins Bett.«

»Warum machst du dir bloß immer die Gedanken der anderen?«, rief der Wirt fröhlich.

Peter sah ihn aufmerksam an. »Du hast Recht. Was meinst du, wie oft ich schon im Stillen nachgerechnet habe, ob dir die Einnahmen hier reichen, um zu überleben.«

Pepe und Manuel sahen sich an und begannen gleichzeitig zu lachen.

»Was ist denn?«, fragte Peter gereizt.

»Trinken wir«, sagte Pepe. »Und wenn du mal Geld brauchst, kannst du jederzeit zu mir kommen!«

Eine Stunde später stand Peter in seiner kleinen Wohnung vor dem Spiegel im Bad und putzte sich die Zähne. Eine Liedzeile fiel ihm ein, die er noch auf Usedom im Radio gehört hatte: »Ich steh allein in meinem Badezimmer. Ich denk an Gott. Es ist wie immer.« Peter spuckte das Zahnputzwasser aus. Auf dem Weg ins Wohnzimmer nahm er sein tragbares Festnetztelefon mit, das in dem schmalen, langen Flur auf einem Schränkchen stand. Die Nummer seines Großvaters hatte er einprogrammiert.

»Woischt du eigentlich, wie schpät es ischt?«, fragte Opa Henry.

»Kurz nach Mitternacht. Aber du gehst doch sowieso nie vor eins ins Bett.«

»Trotzdem! – Und warum schläfst du no ned?«

Peter erzählte es ihm. Sein Großvater liebte es, wenn sein Enkel ihn in seine Fälle einweihte. Und der Alte war fest überzeugt davon, dass Peter viele seiner kriminalistischen Rätsel ohne ihn niemals gelöst hätte.

Aber am Ende interessierte ihn in dieser Nacht nur eins: »Wenn des Mädle tatsächlich aus Geislingen ischt, dann kommscht doch bestimmt.«

»Und wann kommst du nach Berlin?«, fragte Peter, ohne darauf einzugehen.

Zur großen Überraschung seines Enkels sagte der Großvater: »Vielleicht schon in nächster Zeit!«

»Was??« Peter hatte noch all diese Sätze im Ohr:

›Berlin, das ischt doch kurz vor Sibirien. Da krieget mich keine zehn Gäul hin. Die deutsche Kulturlandschaft beginnt in Palermo und endet in Tauberbischofsheim.‹

»Wär des so schlimm?«, fragte der Großvater.

»Ich dät mich saumäßig freue«, gab Peter zurück. »Aber du hast doch immer g'sagt . . .«

»Ja, ja, ja, mr sagt viel, wenn dr Tag lang ischt. Die Sandra fährt mit dem Auto nüber und dät mich mitnehme.«

Sandra Teinacher. Plötzlich hatte Peter ihr Bild wieder ganz deutlich vor Augen. Sie war klein, schlank und drahtig. Ihr Gesicht war das eines schlauen Füchsleins. Das kam von den Augen, die von der Nasenwurzel aus schräg aufwärts zu den Schläfen liefen, von der kurzen Stupsnase, dem Gesicht voller Sommersprossen und den wild vom Kopf abstehenden roten Haaren.

Bis heute wusste Heiland nicht, ob er mit ihr verwandt war, und wenn ja, um wie viele Ecken. Sie hatte ihn bei seinem letzten Besuch zusammen mit Opa Henry vom Stuttgarter Bahnhof abgeholt. Sandra kümmerte sich um den alten Mann, erledigte wichtige Einkäufe für ihn, half Opa Henry, seinen Garten und sein Häuschen in Ordnung zu halten, und das alles auf so unaufgeregte Weise, dass man meinen konnte, sie habe überhaupt keine Arbeit damit. »Solche Mädle gibt's bloß bei ons im Schwobaland«, pflegte Henry zu sagen. Peters Widerspruch ließ er nicht gelten. Aber das war der Enkel gewohnt. Sein Großvater hatte die Wahrheit für sich gepachtet, und wenn sie ihm nicht passte, machte er sie für sich passend.

»Sie will im nächsten Semester in Berlin studieren«, fuhr der Großvater am anderen Ende der Leitung fort. »Und jetzt sucht sie a Zimmer oder a Wohnung.«

Peter schenkte es sich zu fragen, welche Rolle sein Opa Henry dabei spielen wollte.

»Aber dann bringscht au Zeit für mich mit!«, sagte er stattdessen.

»Gucke mr amal, wie sich's ausgeht.«

3

»Die Ermittlungen sind uns jetzt offiziell übertragen worden«, sagte Ron Wischnewski. »Wir alle gemeinsam bilden die Sonderkommission Schmückle. Mir hat man die Leitung übertragen.« Er schaute in die Runde. Vier lange Tische waren im Konferenzraum 3 zu einem Quadrat zusammengestellt worden. Nur ein Stuhl, links neben Hanna Iglau, war noch nicht besetzt. »Weiß jemand, wo der Schwabe ist?« Dabei schaute der Kriminalrat Hanna an. Im gleichen Augenblick ging die Tür auf. Der lange Peter Heiland betrat den Raum. Unter der Tür zog er unwillkürlich den Kopf ein, obwohl sie hoch genug war, um auch ihn mit seinen 1,93 Metern ungestreift passieren zu lassen.

»Entschuldigung«, murmelte er, »in der U-Bahn hat es gebrannt.« Er setzte sich neben Hanna Iglau und griff nach dem Schreibblock, der, wie auch ein Stadtplan und ein fein gespitzter Bleistift, an jedem Platz lag.

Ron Wischnewski nahm wieder das Wort. »Der Kollege aus Anklam – wie heißt er gleich noch mal . . .?«

»Marstaller«, sagte Peter Heiland.

»Ja, also der kommt gegen elf Uhr hier an. Sie werden sich um ihn kümmern, Herr Heiland. Sie kennen ihn ja bereits.«

Peter nickte.

»Unser Erkenntnisstand ist bisher sehr dürftig«, fuhr Wischewski fort. »Heike Schmückle lebt seit vier Jahren in Berlin. Sie ist Chemikerin und Physikerin und hat sich auf Festkörperphysik spezialisiert. Worum es bei ihrem Arbeitsgebiet geht, entnehmen Sie bitte dem Papier, das die Kollegin Iglau angefertigt hat. Auch der Bericht der Gerichtsmedizin liegt vor. Frau Schmückle wurde am Mittwochabend, vermutlich gegen 23 Uhr, ermordet. Sie atmete noch, als sie in die Ostsee geworfen wurde. Ihre Füße waren gefesselt und mit einem Gewicht versehen. Ob die Frau noch bei Bewusstsein war, als sie im Wasser unterging, kann die Gerichtsmedizin nicht sagen.«

Ein Stöhnen, das vor allem von den weiblichen Mitgliedern der Sonderkommission kam, war rund um die Tische zu vernehmen.

»Wir haben bisher keinerlei Hinweise darauf, wie sie auf die Ostsee gekommen ist. Man muss wohl davon ausgehen, dass sie auf einem Schiff gewesen ist. Das Seil, mit dem ihre Füße gefesselt waren, ist handelsüblich. So eins findet man vermutlich auf jedem Boot.«

Peter Heiland hob die Hand.

»Ja?«, bellte Wischnewski.

»Unsere bisherigen Ermittlungen ergeben, dass Frau Schmückle sehr gerne gelebt hat. Sie liebte den Luxus . . .«

»Woher wissen Sie das?«

»Ich habe bereits mit Zeugen gesprochen, und ich habe ihre Wohnung gesehen. Ihre Kleiderschränke enthielten ausschließlich teure Klamotten. Sie besaß mindestens zweihundert Paar Schuhe, und die waren ebenfalls vom Allerfeinsten. Es wurde übrigens bei ihr eingebrochen, aber offenbar wurden weder teure Kleidungsstücke noch Schmuck gestohlen. Nach den bisherigen Ermittlungen fehlt lediglich ihr Computer samt den CDs, auf denen sie vermutlich ihre Dateien abgespeichert hatte.« Peter hüstelte. »Aus der Art, wie sie offensichtlich gelebt hat, schließe ich, dass sie eventuell auf einer luxuriösen Yacht war, als sie getötet wurde. Der Mageninhalt ergab neben Spuren von Kokain auch Champagner und Hummerfleisch, und das alles hat sie kurz vor ihrem Tod zu sich genommen.«

Peter schloss die Augen. Für einen Moment sah er die elegante Yacht, die vom Meer her kam und unter der Usedomer Zugbrücke hindurchglitt. Und er sah den großen, breitschultrigen Mann in seiner blauen Segeljacke, der zu ihm heraufwinkte. Leise sagte er den Namen des Schiffes vor sich hin: »Aurora.«

»Was ist los? Was murmeln Sie da?«, herrschte ihn sein Chef an.

»Entschuldigung. Ich hab so ein schickes Boot

beobachtet, als ich auf Usedom war, und das hieß Aurora.«

»Und? Hat das irgendetwas mit unserem Fall zu tun?«

»Wohl kaum.« Peter zog den Schreibblock zu sich her, nahm den spitzen Bleistift und begann, die Yacht zu zeichnen, während Wischnewski nun die Aufträge verteilte. Peter fiel es zu, den Mann aufzusuchen, den er im Erosnova kennen gelernt hatte: Dr. Arnold Fahrenholtz.

Als sich die Versammlung auflöste, sagte Wischnewski zu Peter Heiland: »Ich habe gestern Abend noch mit ihrem früheren Chef in Stuttgart telefoniert.«

»Mit Bienzle?«

Ron Wischnewski nickte. »Er hat es übernommen, mit den Eltern von Heike Schmückle zu reden. Sie lässt er übrigens grüßen.«

»Danke!«

»Und er hat gefragt, wie's Ihnen geht in Berlin.«

»Was haben Sie ihm geantwortet?«

»Ich hab gesagt: ›Ich hab keine Ahnung.‹«

»Es interessiert Sie ja auch nicht.«

Wischnewski hob die Schultern. »Vielleicht trinken wir zwei mal ein Bier zusammen.« Damit verschwand er in seinem Büro.

Peter Heiland sah seinem Chef überrascht hinterher. Einen solchen Vorschlag hätte er zuletzt erwartet.

Mehr zu sich selbst sagte er: »Sachen gibt's!« Dann trottete er den öden, langen Gang hinunter, der ihn immer an ein trostloses Krankenhaus erinnerte.

Dr. Arnold Fahrenholtz residierte in einem gut fünfzig Quadratmeter großen Büro hinter einer gepolsterten Doppeltür. Peter Heilands Füße versanken in einem hochflorigen Teppich. Eingelassen hatte ihn eine ältliche Dame, deren Beine in einer glänzenden braunen Lederhose steckten und die ihre schwarzen, sicher gefärbten Haare als Bubikopf trug. Sie sprach sehr leise, als ob sie befürchtete, jemanden zu stören. Als Peter Heiland sie gefragte hatte, ob sie Heike Schmückle gekannt habe, sagte sie: »Natürlich!«

»Und? Wie war sie so?«, fragte er forsch.

»Sehr tüchtig.« Und dann wiederholte sie: »Sehr, sehr tüchtig!«

»Es gibt Zeugen, die sagen, sie sei besonders leichtlebig gewesen.«

»Nicht hier in der Firma!« Und sie wiederholte diese Aussage: »Bestimmt nicht hier in der Firma.«

»Haben Sie sie gemocht?«

Die Sekretärin sah Heiland befremdet an. Sie brauchte nicht zu antworten, um Peter klarzumachen, dass sie nicht in solchen Kategorien dachte – zumindest nicht ›in der Firma‹.

»Schon verstanden«, sagte Peter und lächelte ihr freundlich zu.

»Ich melde Sie an«, sagte die Frau und ging mit kurzen Trippelschritten zu der gepolsterten Doppeltür. Sie hielt sich sehr aufrecht wie jemand, der gegen ständige Kreuzschmerzen ankämpft.

Fahrenholtz wies mit seiner brennenden Zigarre auf eine Sitzgruppe in einer Ecke des Raumes. »Nehmen Sie Platz. Ich muss nur noch ein paar Briefe unterschreiben.«

Peter Heiland setzte sich auf ein braunes Ledersofa und ließ seinen Blick durch das Büro schweifen. Außer der Unterschriftenmappe lag nichts auf Fahrenholtz' Schreibtisch. Durch ein hohes Fenster an der rechten Längsseite des Raums konnte man auf die Fabrikanlagen hinunterschauen. Graue, lang gezogene Betongebäude. Hinter Fahrenholtz' Schreibtisch stand ein schmales Sideboard. Darauf waren Fotos platziert, die den kleinen dicken Mann in Begleitung verschiedener Personen zeigten.

Heiland erkannte den Wirtschaftsminister, den Vorsitzenden des Unternehmerverbandes, einen Schauspieler, dessen Name ihm nicht einfiel. Plötzlich sprang der Kriminalkommissar auf und durchquerte den Raum mit ein paar langen Schritten. Er hatte ein Foto entdeckt, das ihn besonders interessierte. Ungeniert nahm er es von dem Sideboard.

Erst jetzt hob Fahrenholtz den Kopf. »Ist was?«

»Wo ist dieses Bild aufgenommen?«

»Vor der Küste von Elba!«

Dass sich Fahrenholtz und die anderen Männer an Bord einer Yacht befanden, konnte man erst erkennen, wenn man den Segelmast in der Mitte und die Reling im Hintergrund identifiziert hatte.

»Sie segeln?«

»Nein. Es ist zwar unser Boot. Aber ich selbst habe nie die Zeit gefunden, den Sport zu erlernen.« Er tätschelte seinen Bauch. »Obwohl mir jede Art von Sport gut tun würde, wie Sie sehen.«

»Der Mann neben Ihnen?«

»Wen meinen Sie? Zeigen Sie her.«

Peter stellte das gerahmte Bild vor Fahrenholtz auf dessen Schreibtisch und deutete auf einen groß gewachsenen, breitschultrigen Mann, der eine blaue Segeljacke und eine Kapitänsmütze trug. Zwischen die Zähne hatte er eine Pfeife geklemmt.

»Das ist mein Bruder Marcel, warum fragen Sie?«

»Arbeitet er auch in Ihrer Firma?«

»Zurzeit nicht. Er . . . er hat schwere Zeiten hinter sich und alles Recht, sich zu erholen.«

»War er krank?«

Dr. Arnold Fahrenholtz stemmte sich aus seinem Sessel heraus. »Nein, so kann man es nicht nennen.«

»Wie dann?«

»Bitte, Sie rühren da an einen wunden Punkt. Lassen Sie uns das Thema beenden. Es hat ganz bestimmt nichts mit Ihrem Fall zu tun.«

»Vielleicht lassen Sie mich das entscheiden!«

»Bitte, gerne. Aber ich werde Ihnen nichts dazu sagen. Und jetzt die Fragen, die Ihre Ermittlungen betreffen.«

Peter Heiland kehrte zu der Sitzgruppe zurück.

»Rauchen Sie?«, fragte Dr. Fahrenholtz.

»Nein!«

»Schade, eine solche Zigarre finden Sie so schnell nicht wieder.«

»Ich suche gar keine.« Peter grinste den Manager an und begann die Befragung, wie er sie sich vorgenommen hatte: »Herr Dr. Fahrenholtz, welche Funktion hatte Frau Schmückle in Ihrem Unternehmen?«

»Sie war meine rechte Hand in der Entwicklung neuer Werkstoffe. Eine begnadete Physikerin und Chemikerin mit einem glasklaren Verstand.«

»Gestern in dem Erotikklub haben Sie noch so getan, als ob Sie Ihre rechte Hand gar nicht gekannt hätten.«

»Aber das wissen Sie doch: Man hält sich bedeckt, so lange, bis es nicht mehr anders geht. Wer will schon in so etwas hineingezogen werden. Jeder von uns weiß, wie die Boulevardpresse mit solchen Sachen umgeht!«

Peter nickte. Da konnte er schwer widersprechen.

»Wie lange war denn Frau Schmückle in Ihrem Betrieb?«

»Vier Jahre. Als sie angefangen hat, kam sie quasi direkt von der Uni. Sie hat davor nur ein paar Monate bei einer großen pharmazeutischen Firma gearbeitet.«

»Was war denn genau das Arbeitsgebiet von Frau Schmückle?«

»Ich weiß nicht, wie ich Ihnen das am besten erklären soll. Die Nanotechnologie ist die Zukunftstechnologie schlechthin. Statt ›Immer höher, immer weiter, immer größer‹ lautet hier das Motto ›Immer kleiner, immer schneller‹. Die Nanotechnologie erschließt uns die Welt der allerkleinsten Dinge.«

»Ja, das habe ich schon in der Schule gelernt«, warf Heiland ein, »ein Nanometer ist der millionste Teil eines Millimeters, fünfzigmal kleiner als der Durchmesser eines menschlichen Haars.«

»Sehr gut«, sagte Fahrenholtz im Ton eines milden Schulmeisters. »Wir haben Bausteine der Materie, die wir neu zusammensetzen, und wir lernen, wie die sich selbst organisieren.«

»Und was kommt dabei heraus?«, fragte Peter prosaisch.

»In unserem Fall zum Beispiel ein neues Glas, oder sagen wir besser, ein Ersatzwerkstoff für Glas, der tausendmal widerstandsfähiger ist als herkömmliches Material. Sie können ihn mechanisch nur mit überdimensionierten Kräften zertrümmern. Er hält einer Hitze bis zu 12 000 Grad stand und reinigt sich durch den so genannten Lotuseffekt permanent selber.«

»Mal angenommen, solches Glas wäre im World Trade Center verwendet worden . . .«, sagte Peter Heiland.

»Gut! Sehr gut!« Da war er wieder, der Schulmeister in Herrn Dr. Fahrenholtz. »Es wäre nicht zum Einsturz der Gebäude gekommen. Es gäbe heute keinen ›Ground Zero‹. Die Terroristen hätten den beiden Türmen zwar einen gewaltigen Schaden zufügen können, aber das World Trade Center wäre stehen geblieben und inzwischen längst wieder funktionsfähig.« Die dicken roten Backen des Dr. Fahrenholtz leuchteten.

»Andere Anwendungsbereiche?«, fragte Peter trocken.

»Die Nanotechnologie hilft uns, immer kleinere Datenspeicher mit immer größeren Kapazitäten zu bauen, sie ermöglicht es, hochwirksame Filter für die Abwasseraufbereitung zu konstruieren. Fotovoltaikfenster liefern Energie. Die Automobilindustrie wird bald ultraleichte Motoren und Karosserien herstellen können, die gleichwohl stabiler und langlebiger sein werden als alles bisher Dagewesene. Und vergessen Sie die Medizin nicht. Zum Beispiel können künftig künstliche Gelenke geschaffen werden, die durch organische Nanooberflächen für den menschlichen Körper viel verträglicher sind als alle, die bisher verwendet werden.«

»Gut«, sagte Peter Heiland, »und warum, glauben Sie, wurde Heike Schmückle ermordet?«

Arnold Fahrenholtz stieß die Luft aus, als ob er sie die ganze Zeit angehalten hätte. »Das fragen Sie mich?«

»Wir dürfen ja nicht ausschließen, dass der Tod Ihrer Mitarbeiterin etwas mit ihrer beruflichen Arbeit zu tun hat.«

»Wieso denn?«

»Gut. Frag ich mal anders herum: Hat Frau Schmückle über Wissen verfügt, das für andere Unternehmen einen hohen Wert gehabt haben könnte?«

»Sie denken an so etwas wie Betriebsspionage?«

»Ich weiß nicht, vielleicht ist das naiv. Aber wie viel Geld und Zeit haben Sie in die Entwicklung ihres neuen Superwerkstoffs gesteckt?«

»Das lässt sich in Zahlen nicht so einfach ausdrücken.«

»Ungefähr reicht mir.«

»Zehn Jahre und mehrere hundert Millionen Euro. Freilich haben wir dafür auch viele staatliche Förderungen bekommen. Sie können sich ja vorstellen, was es bedeutet, wenn man auf diesem Gebiet an der Spitze ist. Allein die Arbeitsplätze, die da dranhängen . . .!«

»Und wenn nun einer kommt und zu Ihrer engsten Mitarbeiterin sagt: ›Rück mal die Formel raus, oder was immer das ist, ich zahl dir zehn Millionen‹, dann hat er doch ein super Geschäft gemacht.«

»Mal abgesehen davon, dass Heike da nie mitgespielt hätte . . .«

»Sehen Sie!«

»Was denn?«

»Weil sie nicht mitspielte, wurde sie vielleicht unter Druck gesetzt.«

»Das sind doch wüste Spekulationen!« Der dicke Manager sprang aus seinem Sessel und stieß die Zigarre so heftig in den Aschbecher, dass sie danach wie ein Besen aussah.

»Kriminalistik bedeutet, Theorien aufzustellen, sie zu beweisen oder am Ende zu verwerfen.«

»Das trifft auf die Wissenschaft auch zu.« Fahrenholtz ging zum Fenster, schaute auf die Fabrikgebäude hinunter und wippte auf den Zehen.

»Kein Einspruch«, sagte Peter Heiland zum Rücken des Managers. »Kennen Sie Frank Hülsdorff?«

Fahrenholtz fuhr herum wie von der Tarantel gestochen. »Was ist mit dem?«

»Wissen *Sie* es nicht?«

»Der Mann existiert für mich nicht mehr, wenn wir denselben meinen.«

»Wahrscheinlich schon. Er sitzt in einer verlassenen ehemaligen Industrieanlage in Adlershof und spielt mit einem Glasreaktor. Er kann übrigens die enormen Vorzüge der Nanotechnologie fast genauso beeindruckend schildern wie Sie.«

»Sie haben mit ihm gesprochen?«

»Ja, erst gestern.«

»Und er macht tatsächlich weiter?«

»Womit?«

Der dicke Mann kam zur Sitzgruppe zurück, klaubte seine zerstörte Zigarre aus dem Aschbecher, zog ein Klappmesser aus der Hosentasche, ließ es aufspringen und säbelte die zerstörte Spitze ab. Er grinste Peter schief an und sagte: »Das müssen Sie verstehen. Mein Vater hat immer gesagt: Wir haben das Geld vom Nichtausgeben.«

»Kenn ich«, sagte Peter Heiland. »Robert Bosch hat das auch gesagt, und wenn er auf dem Boden eines Büros eine Büroklammer liegen sah, hat er sie aufgehoben und empört zu seinen Angestellten gesagt: ›So ganget Ihr mit mei'm Vermöge om!‹«

»Recht hat er gehabt. Sind Sie Schwabe?«

»Hört mr des net?«

»Jetzt schon.«

»Also, was war mit Frank Hülsdorff?«, fragte Peter Heiland.

Fahrenholtz klappte das Messer zu und zündete die Restzigarre an. »Er war der Vorgänger von Heike Schmückle. Übrigens auch Schwabe wie die Heike und wie Sie.«

»Da soll mr sich nix drauf eibilde«, sagte Peter Heiland gegen seine innerste Überzeugung.

»Die beiden kannten sich wohl von der Uni in Stuttgart. Hülsdorff war dort Assistent, als sie ihr Studium begonnen hat. Jedenfalls hat Hülsdorff Heike Schmückle empfohlen.«

»Und Sie waren ihm dankbar dafür?«

»Ja. Durchaus.«

»Und warum haben Sie Hülsdorff rausgeschmissen?«

»Wer sagt, dass ich ihn rausgeschmissen habe?«

»Ich habe das so verstanden.«

»Ich habe das mit keinem Wort gesagt, nicht einmal angedeutet.«

»Sie nicht. Aber er.«

Fahrenholtz starrte Heiland perplex an. »Sie haben mit ihm über . . . über seinen Weggang aus unserer Firma gesprochen?«

»Herr Dr. Fahrenholtz! Ich ermittle in einem Mordfall. In einem besonders hässlichen noch dazu. Gut, spielen wir mit offenen Karten.« Bei seinem nächsten Satz ließ er Fahrenholtz nicht aus den Augen. »Ich habe die Wohnung der Toten aufgesucht, und dort habe ich auch den Anrufbeantworter von Frau Schmückle abgehört. So bin ich auf Hülsdorff gekommen.«

»Er hat ihr auf den Anrufbeantworter gesprochen?«

»Ja, wie ein guter alter Freund.«

»Nein!«

»Doch!«

Fahrenholtz legte diesmal die Zigarre behutsam in den Aschenbecher. Er nahm beide Hände vors Gesicht und rieb seine Augen mit den Kuppen seiner Finger. »Das ist doch nicht möglich!«

»Frank Hülsdorff sprach von einem gemeinsamen

Projekt. Und er sagte, Heike Schmückle solle nicht mit . . . solle mit niemandem darüber reden. Für mich klang das alarmiert.«

»Sie meinen also wirklich, die beiden haben zusammengearbeitet?«

»Ich weiß es nicht. Aber die Vermutung kann man haben.«

Fahrenholtz warf seinen Oberkörper gegen die Sessellehne zurück und stieß die kurzen dicken Beine nach vorne, als ob er nach etwas treten würde. »Das ist allerdings ein Schlag!«

»Könnten die beiden . . . also, hätten die beiden Ihre Entwicklung hinterrücks an die Konkurrenz verhökern können?«

»Was? Wie?« Fahrenholtz starrte den Kommissar an. Seine Augen waren aus den Höhlen gequollen. Peter schoss es durch den Kopf: ›Jetzt sieht er aus wie Peter Lorre in dem Film *M – Eine Stadt sucht einen Mörder.*‹

»Ausgeschlossen! Wir haben da genügend Sicherungen eingebaut.«

»Wer, wir – Sie und Heike Schmückle?«

»Nein. So unbesonnen bin ich dann auch wieder nicht. Ich habe ihr zwar vertraut, aber das sitzt ganz tief in mir drin: ›Traue niemand, bevor er dich nicht zehnmal aus der Scheiße gezogen hat, ohne etwas dafür zu verlangen.‹ Ein Spruch meines Vaters.«

»Lebt der noch?«

»Oh ja! Er ist jetzt achtundsiebzig. Aber er spielt noch jeden zweiten Tag Golf, schwimmt täglich in seinem Pool fünfhundert Meter und schwört auf seinen Castillo Perlada.«

»Und was ist das?«

»Ein spanischer Rotwein. Tinto Crianza, Jahrgang 2002. Natürlich im Holzfass gereift.«

»Da könnet mir Schwoba natürlich nicht mithalte«, meinte Peter lächelnd.

»Sagen Sie das nicht. Von einem meiner Kunden aus Stuttgart kriege ich jedes Jahr zwölf Flaschen Trollinger mit Lemberger aus der Kelter in Rotenberg. Also der ist dem Spanier durchaus ebenbürtig.«

Peter Heiland wäre fast bereit gewesen, Arnold Fahrenholtz für diese Aussage alles zu verzeihen, was er ihm möglicherweise später vorwerfen konnte.

»Ist Ihre Firma eigentlich ein Familienbetrieb?«

»Ja. Und so soll es auch bleiben, wenn es geht. Ich will nicht ausschließen, dass wir später vielleicht einmal an die Börse gehen, wenn wir Geld brauchen. Aber so sieht es zurzeit überhaupt nicht aus.«

Peter verschränkte beide Hände im Nacken, streckte seine langen Beine weit von sich und sagte: »Wenn aber jetzt jemand hinterrücks Ihre Forschungs- und Entwicklungsergebnisse an die Konkurrenz verscherbelt hätte . . .«

»Hören Sie auf mit Ihren Horrorszenarios.«

»Herr Hülsdorff und Frau Schmückle hätten das ja

vielleicht geschafft. Trotz aller Sicherheitsvorkehrungen.«

»Darüber will ich gar nicht nachdenken!«

»Wäre aber ein starkes Mordmotiv!«

Als Kommissar Peter Heiland das Verwaltungsgebäude der Firma Chemical Globe verließ, sah er in einem Hof zwischen zwei weiß geklinkerten, lang gezogenen Fabrikgebäuden ein grelles Feuer. Er ging darauf zu und sah, dass es aus einem starken Flammenwerfer kam. Das Feuer, das er nun auch hören konnte, prallte auf eine etwa zwei auf zwei Meter große durchsichtige Scheibe. Dahinter stand ein Mann in einem weißen Schutzanzug. Er trug eine Maske vor dem Gesicht. Peter trat näher. Am Rande der Scheibe verfärbte sich die Fläche, und dunkle Schlieren liefen langsam zum Zentrum hin. Der Mann im weißen Schutzanzug hob den rechten Arm. Sofort verlosch der Feuerstrahl.

Ein Arbeiter kam auf Peter Heiland zu und sagte: »Wer sind Sie? Was wollen Sie hier?«

Peter zeigte seinen Ausweis. »Ich ermittle im Mordfall Schmückle.«

»Aber hier ist es gefährlich.«

Erstaunt sah Peter, dass der Mann im weißen Anzug seine dicken Handschuhe auszog und seine Handflächen gegen das Glas drückte. Dann nickte er und hob den Daumen seiner linken Hand.

»Wie viel Grad waren das jetzt?«, fragte Heiland den Arbeiter, der noch immer breitbeinig vor ihm stand.

»Keine Ahnung. Aber zwanzig Minuten, so lange hat es noch nie funktioniert!«

»Gratulation!«, sagte Peter, wendete sich ab und ging durch die schmale Gasse zwischen den Gebäuden davon.

Als er ins Büro zurückkam, fand er auf seinem Schreibtisch einen gelben Zettel. In Wischnewskis Schrift mit den unverkennbaren langen Oberlängen stand da: ›Bienzle anrufen!‹

»Bitte wäre nur ein Wort mehr gewesen«, murmelte Peter Heiland und wählte Ernst Bienzles Dienstnummer, die er im Kopf hatte. Sein ehemaliger Chef meldete sich sofort. »Zuerst das Dienstliche«, sagte er, »privat könne mr dann emmer no schwätza!«

»Was sagen denn die Eltern?«, fragte Heiland.

»Tja. Da denkt man, man kommt zu jemand, der völlig fertig ist, der über seine Trauer nicht wegkommt, und was sagt der Vater? ›Sie hat's ned besser verdient!‹«

»Nein!« Peter war entsetzt.

»Doch! Ich fasse mal zusammen: Heike Schmückle hätte den väterlichen Betrieb übernehmen sollen. Spezialwaschmittel für Autopflege und so was. Deshalb hat sie zuerst Chemie studiert. Des Fabrikle von den Schmückles läuft ganz gut. Man fährt einen dicken Mercedes, hat eine Villa am Hang. Heike ist die einzige Tochter, und die Eltern haben auch schon einen Mann für sie ausgeguckt. Einen Ingenieur, der beim Daimler schafft, sich aber selbständig machen wollte. Inzwischen hat er eine andere geheiratet. Der ihr Vater ist Schraubenfabrikant und Zulieferer für Daimler-Chrysler. Passt, saget mir in so am Fall.«

»Aber Heike Schmückle . . .«

»Ja, ja, da komm ich gleich dazu. No nix Narrets, wenn's pressiert. Die ist eines Tages zu ihren Eltern gekommen und hat ihnen erklärt, sie wolle jetzt, zusätzlich zur Chemie, auch noch Physik studieren. Der Vater hat natürlich g'sagt: ›Des brauchscht du doch net. Was du jetzt kannscht, langt haufe gnueg für unsern Betrieb.‹ Und sie hat ihm geantwortet: ›Vergiss es. Dein Betrieb interessiert mich nicht. Meinst, ich will ein Lebe lang Schmierseife herstellen und über zehn oder zwölf Vertreter vertreiben?‹ Die Frau hat einen wissenschaftlichen Ehrgeiz entwickelt. Und ihr Vater hat das nicht verstanden.«

»Und die Mutter?«, fragte Peter.

»Die hat sowieso nur eine Sorge gehabt: Ihr Mädle könnt moralisch verkommen!«

»Hä? Die Frau war über dreißig Jahr alt.«

»Pietisten halt. Hab ich Ihnen net schon amal g'sagt, dass im Schatten der Schwäbischen Alb, da, wo wenig Sonne hinkommt, die schlimmsten Pietisten gedeihen?«

»Kann schon sein.«

»Jedenfalls hat die Mutter eine Scheißangst g'habt, ihr Töchterle könnt unter die Räder komme. Damals, wie die Heike noch in Geislingen war. Sie sei immer häufiger in schlechte Gesellschaft geraten, hat die Mutter zu mir gesagt. Sie habe sich in Discos rumgetrieben, immer wieder neue Freunde g'habt, ›solche, die in Riesenschlitten rumfahret und's Geld mit beide Händ zum Fenster nausschmeißet!‹ Alles Originalton Mama Schmückle! Kein Wunder, dass es die junge Frau genauso nach Berlin, sprich in die große Welt, gezogen hat wie Sie.«

»Mich? Haben Sie vergessen, dass Sie mich quasi weggeschickt haben?«

»Ja, weil's besser war für Ihr Seelenheil. Für die Heike Schmückle war's ja vielleicht auch besser, wenn man mal von dem schrecklichen Ende absieht.«

»Ja, bloß kann man das nicht!«

»Da habet Se au wieder Recht, Heiland! – Ich weiß nicht, sind die Eltern so hartherzig, oder verstecket sie ihren Schmerz und ihre Trauer bloß. Jedenfalls, solange ich bei ihnen war, ist keine einzige Träne geflossen.«

Noch während Peter Heiland mit Ernst Bienzle telefonierte, ging die Tür auf, und der Hauptkommissar Ulrich Marstaller von der Kripo Anklam kam herein.

Bienzle fragte Peter gerade: »Und wie fühlen Sie sich jetzt so in Berlin?«

»Jeden Tag a bissle besser. Grad kommt übrigens unser Kollege Marstaller aus Anklam. Der war als erster am Tatort.«

»Grüßen Sie ihn. Und mir zwoi schwätzet a anders Mol in Ruhe mitanander.« Damit legte Bienzle auf.

Nach einer kurzen Begrüßung legte Marstaller ein Papier auf den Tisch. »Das sind alle Schiffe, die am Dienstag in See gestochen und abends nicht zurückgekehrt sind.«

»Ist ein Schiff namens Aurora dabei?«

»Nicht, dass ich wüsste, aber schauen Sie noch mal nach.«

Peter studierte die Liste. Als er sie aus der Hand legte, sagte er: »Wäre auch zu schön gewesen.« Danach erzählte er dem Kollegen, was die Berliner Kripo inzwischen ermittelt hatte.

»Vielleicht sollten Sie sich nicht zu sehr auf die Sache mit dem Werkstoff kaprizieren«, sagte der kleine Kommissar aus Anklam. »Es könnte sich ja auch um eine ganz normale Eifersuchtsgeschichte handeln. Oder die Frau ist einem Kokaindealer auf die Schliche gekommen und hat ihn erpresst.«

Peters Gesicht zeigte, dass er von Marstallers Theorien nicht sehr viel hielt. »Ich meine ja nur«, sagte der.

Hanna Iglau kam herein. Sie war aufgeregt. Bevor sie ganz durch die Tür war, sprudelte sie schon los: »Ich glaube, ich hab einen Volltreffer gelandet . . .« Erst jetzt sah sie, dass Besuch gekommen war. »Oh, hallo«, rief sie. »Sie müssen der Kollege aus Anklam sein!«

»Bin ich. Aber wie haben Sie das erraten?«

»Peter . . . also Herr Heiland hat Sie mir genauso beschrieben, wie Sie aussehen.« Sie reichte Marstaller die Hand und lächelte ihn offen an. »Na dann, willkommen in Berlin!«

»Nu sind wir aber gespannt auf Ihren Volltreffer«, sagte Marstaller.

»Also: Marcel Fahrenholtz, der Bruder dieses Managers, hat sechs Jahre in Tegel eingesessen.«

»Sechs Jahre? Da muss er ja ein Kapitalverbrechen begangen haben.«

»Hat er auch! Totschlag. Begangen an einem ehemaligen Mitarbeiter. Er hat ihn nach einer Auseinandersetzung im Labor der Firma Chemical Globe erschlagen. Das Gericht hat ihn zu neun Jahren verknackt. Ein Drittel der Strafe wurde ihm wegen guter Führung erlassen.«

»Und worum ist es bei der Auseinandersetzung gegangen?«

»Eifersucht!«

»Jetzt sag bloß noch, wegen Heike Schmückle.«

»Der Name der Frau steht nicht in den Protokollen.«

»Ja musste sie denn nicht aussagen?«, fragte Marstaller.

»Offensichtlich nicht! Der Staatsanwalt hieß damals übrigens Dr. Sven Hornung!«

»Nein!«, entfuhr es Peter.

»Und was ist daran so Besonderes?«, wollte Marstaller wissen.

»Er ist ein Freund oder doch ein guter Bekannter von Dr. Arnold Fahrenholtz, dem Hauptgeschäftsführer von Chemical Globe«, gab Hanna zur Antwort.

»Wer war denn damals der Vorsitzende Richter?«, fragte Peter Heiland.

»Franz Uwe Stepanek. Er ging kurz darauf in Pension. Ich glaube sogar, es war sein letzter Prozess vor dem Ruhestand. Der Mann muss heute knapp über siebzig sein.«

»Vielleicht sollten Sie mit dem mal reden«, warf Marstaller ein.

»Ich wüsste nicht, was das bringen soll«, sagte Hanna Iglau.

»Das weiß man vorher in den seltensten Fällen.« Marstaller lächelte Hanna freundlich an. »Das Leben ist bekanntlich voller Überraschungen.«

»Und am Ende siegt immer der Tod«, sagte Peter.

»Doch solange wir leben, die Liebe«, fügte Hanna leise hinzu. Plötzlich war es ganz still in dem engen Büro. Keiner sah den anderen an, bis Hanna den Kopf hob und fast trotzig sagte: »Habe ich erst vor ein paar

Tagen gelesen. In einem sehr schönen Roman. Von Brigitte Halenta.«

»Vielleicht besorge ich mir den«, sagte Marstaller. »In letzter Zeit lese ich viel mehr als früher.«

»Und wie kommt das?«, fragte Peter.

»Ich bereite mich so langsam auf meinen Ruhestand vor. Irgendwie muss man doch auch dann seine Tage rumbringen.«

»Fürchten Sie sich davor?«, fragte Hanna.

»Und wie! Ich kann mir nicht vorstellen, wie das sein wird, wenn ich nicht mehr jeden Tag ins Präsidium muss, wenn ich nicht ständig durch einen Fall gefordert bin.«

»Haben Sie keine Familie?«, wollte Heiland wissen.

»Nein. Früher mal. Aber welche Frau hält es auf die Dauer mit einem Polizisten aus, der keinen Termin verbindlich zusagen kann. Wenn bei uns da oben irgendein Gewaltverbrechen geschieht, bin ich immer im Einsatz. Es gibt bei uns nur eine einschlägige Kommission.«

»Vielleicht ziehen Sie nach Berlin, wenn Sie in Pension gehen«, sagte Peter. »Da wird es Ihnen bestimmt nicht langweilig.«

Marstaller gab ihm die Hand. »Das ist vielleicht gar keine schlechte Idee. Es gibt nicht viel, was mich in Anklam hält.«

Er verabschiedete sich auch von Hanna und sagte: »Wenn ich noch irgendetwas für euch tun kann . . .«

Aber den beiden fiel dazu im Augenblick nichts ein.

Der kleine Mann machte an der Tür eine Verbeugung und verließ das Büro.

»Netter Kerl«, sagte Hanna.

»Ja. Mich hat er sogar zum Eis und in eine spanische Tapas-Bar eingeladen.«

Hanna und Peter verließen wenig später ebenfalls ihr Büro und gingen in den Konferenzraum, in dem die Sonderkommission untergebracht war. Ron Wischnewski saß an dem Tischviereck und studierte die Berichte, die in den letzten Stunden hereingekommen waren.

Hanna war noch nicht dazu gekommen, ihre Ermittlungsergebnisse aufzuschreiben. Deshalb unterrichtete sie ihren Chef mündlich über ihre neuen Erkenntnisse.

»Was haltet ihr davon, wenn ich mal mit Stepanek rede? Ich kenn den von früher.«

So leutselig kannten Peter und Hanna ihren Chef gar nicht. Dass er sie fragte, was sie von seinem Vorschlag hielten, war eigentlich noch niemals vorgekommen.

»Das wäre klasse«, sagte Peter.

Franz Uwe Stepanek stammte aus einer alten Juristenfamilie. Sein Urgroßvater war Landgerichtspräsident in Breslau gewesen, sein Großvater Justitiar bei Siemens in Berlin, der Vater hatte es zum Oberstaatsanwalt gebracht, bevor ihn die Nazis durch einen linientreuen Parteigenossen ersetzten. Immerhin hatten es alle Vorfahren Franz Uwes verstanden, ihr Geld krisensicher anzulegen und über die Fährnisse der Zeit zu retten: das große Grundstück im Grunewald, Gold in Barren und Schmuck, Kunst von unvergänglichem Wert.

Das Jugendstilhaus, das der Großvater erstellen ließ, hatte die Bombennächte des Zweiten Weltkriegs gut überstanden und war erst kürzlich renoviert worden. Ron Wischnewski, der seit seiner Scheidung in einer hässlichen Zweizimmerwohnung in Tempelhof hauste, hätte lügen müssen, wenn er bestritten hätte, neidisch zu sein.

Stepanek erinnerte sich sofort an den Kriminalrat. »Dass ich Sie noch einmal wieder sehe, hätte ich nicht gedacht.«

»Klingt, als ob es Ihnen unangenehm wäre.«

»Aber nein. In keiner Weise. Ich habe Sie immer geschätzt, lieber Wischnewski. Sie waren ein besonders tüchtiger Polizist.«

»Ich hoffe, ich bin es heute noch.«

Stepanek nahm dem Gast den Mantel ab. »Hilfskräfte spare ich mir. Heute ist ja alles so einfach geworden, dass man ganz gut ohne fremde Menschen zurechtkommt.«

»Sie leben alleine?«

»Ja, Sie werden es nicht glauben. Aber ein Jahr nach meiner Pensionierung ist meine Frau hier ausgezogen. Wir sind nicht geschieden. Eigentlich sind wir nicht einmal getrennt. Sie hielt es nur nicht den ganzen Tag lang mit mir in denselben vier Wänden aus.«

Wischnewski schaute sich um. Das Haus musste mindestens zehn Zimmer haben. »Schön, wenn man sich das leisten kann.«

»Ja, nicht wahr?« Stepanek hatte Wischnewskis Sarkasmus nicht bemerkt oder bewusst überhört. »Kommen Sie doch rein. Ich gehe grade mal voraus, wenn Sie erlauben.«

Sie durchschritten ein etwa sechzig Quadratmeter großes Zimmer, das man früher wohl als Salon bezeichnet hätte, und erreichten einen Glasanbau, der auf den gepflegten, parkähnlichen Garten hinausging. Der pensionierte Richter wies Wischnewski mit einer Geste einen gepolsterten Korbsessel zu und nahm gegenüber Platz. Auf die Idee, dem Kriminalrat etwas anzubieten, kam er erst einmal nicht. »Nun, was führt Sie zu mir?«

»Ein Prozess, der sechs Jahre zurückliegt. Ich nehme fast an, es war ihr letzter.«

Stepanek faltete seine buschigen Augenbrauen zu zwei Dreiecken hoch. »Fahrenholtz?«

»Richtig!«

»Damit waren Sie seinerzeit aber nicht befasst, Herr Wischnewski, oder?«

»Nein. Aber der Name taucht in meinen aktuellen Ermittlungen wieder auf.«

Stepaneks Augenbrauen glätteten sich wieder. »Das war ein seltsames Verfahren damals. Ich hatte die ganze Zeit das Gefühl, dass der Angeklagte nichts, aber auch gar nichts zu seiner Verteidigung vorbringen wollte.«

»Es gibt solche Fälle«, sagt Wischnewski, »manche Täter, die sich schuldig fühlen, sehnen sich geradezu nach der Bestrafung oder nach der Sühne, wenn man es so nennen will.«

Der alte Richter schüttelte den Kopf. »Das war es nicht. Von Schuld sprach er nie. Aber er lehnte jede Entlastung trotzig ab. Einmal sprach ich ihn darauf an, und wissen Sie, was er mir antwortete? ›Einer muss es ja schließlich gewesen sein.‹«

Wischnewski schrieb den Satz in sein Notizbuch, obwohl er eigentlich nicht wusste, warum er das tat. Er notierte sich nur ganz selten etwas, weil er sein Gedächtnis bewusst nicht entlasten wollte.

Stepanek schlug die Beine übereinander. »Der Mord war im Labor der Firma geschehen. Ein Laborant, der etwas vergessen hatte und deshalb spät am Abend noch einmal zurückgekommen war, traf Marcel – ich glaube, er hieß Marcel . . .«

Wischnewski bestätigte es.

»Also, er traf Marcel Fahrenholtz neben der Leiche an. Fahrenholtz versuchte das Blut, das aus dem Hirn des Opfers strömte, zu stoppen. Der Hammer, mit dem der Chemiker Martin Ehrmann erschlagen worden war, lag direkt neben ihm. Man fand freilich keine Fingerabdrücke darauf. Der Laborant alarmierte die Polizei und versteckte sich, bis die Beamten eintrafen. Sie fanden die Situation genau so vor, wie er sie am Telefon geschildert hatte. Der Chemiker lebte noch, verstarb aber auf dem Transport ins Krankenhaus.«

»Und Fahrenholtz hat ein Geständnis abgelegt?«

»Nein! Niemals. Aber er hat alles, was ich abschließend zum Tathergang vortrug, mit einem Kopfnicken quittiert, wobei er beständig lächelte. Ich kann Ihnen gar nicht sagen, wie mich dieses ewige Grinsen aufgeregt hat. Es wirkte so, als wolle er mir ständig signalisieren, dass er mit der ganzen Sache nichts zu tun habe, als wolle er sagen: Führt ihr nur euren Prozess. Mich geht das alles nichts an.«

»Der Staatsanwalt war damals Dr. Hornung, nicht wahr?«

»Fragen Sie mich nach dem lieber nicht!«

»Ach ja?«

»Ein eingebildeter, eitler Fatzke. Juristisch ein absoluter Dünnbrettbohrer. Der hatte doch noch nie etwas anderes als seine Karriere im Sinn. Ich weiß gar nicht, wie oft ich als Richter seine Fragen stellen musste, weil er zu schlecht vorbereitet oder schlicht unkonzentriert war. Jedes Mal wenn ich erfuhr, dass er einem meiner Prozesse zugeteilt war, kriegte ich schon in der Nacht davor Magenkrämpfe.«

»Marcel Fahrenholtz ist übrigens wieder frei.«

»Ja, ja, der übliche Strafrabatt.«

Stepanek stand auf, ging zu einem Barockschrank in dem angrenzenden salonartigen Wohnzimmer, holte eine Karaffe und zwei Gläser und rief auf dem Rückweg: »Ich gehe doch davon aus, dass Sie einen alten Whisky nicht verschmähen.«

»Wie käme ich dazu?«

Während der Richter eingoss, fragte er: »Und worum geht es nun in Ihrem Fall?«

Wischnewski erzählte es und sagte abschließend: »Mich hätte interessiert, ob damals der Name Heike Schmückle erwähnt wurde.«

»Haben Sie die Akten nicht eingesehen?«

»Doch. Da steht er nicht. Oft wird ja auch außerhalb der protokollierten Verhandlung etwas gesprochen, was erst später seine Bedeutung bekommt.«

»Ich erinnere mich nicht an den Namen. Aber an eines erinnere ich mich deutlich. Der Vater des Angeklagten hat keine Sekunde des Prozesses versäumt. Er saß immer am gleichen Platz. Ich nehme an, dass er mit dem Justizbeamten, der für die Sicherheit zuständig war, ein Arrangement getroffen hatte. Der alte Fahrenholtz hat seinen Sohn während des ganzen Prozesses keinen Moment aus den Augen gelassen, und ich glaube mich zu erinnern, dass der Sohn seinerseits den Vater während des ganzen Verfahrens keines Blickes gewürdigt hat.«

»Ich bewundere Ihr Gedächtnis!« Wischnewski hob sein Glas.

Stepanek prostete ihm ebenfalls zu. »Ach, wissen Sie«, sagte er, als beide den ersten Schluck genommen hatten, »es war mein allerletzter Fall. Ich glaube, den behält man im Gedächtnis, bis man in die Grube fährt!«

Als Wischnewski von seinem Besuch bei Stepanek ins Präsidium an der Keithstraße zurückkam, fragte er sofort nach Peter Heiland. Der sei noch einmal zu Frank Hülsdorff gefahren, sagte die Sekretärin Christine Reichert. Zusammen mit Hanna Iglau.

»Wenn die beiden zurück sind, sollen sie sich sofort bei mir melden.« Wischnewski verschwand in seinem Büro.

Peter Heiland und Hanna Iglau betraten die alte Fabrikhalle in Adlershof. Der Maler Gerry Hettich schien nicht da zu sein. Aus seinem Atelier erklang keine Musik, und die Tür erwies sich als fest verschlossen, als Peter sie öffnen wollte. Sie stiegen die steile Treppe hinauf. Die Eisentür dicht unterm Dach stand halb offen. Peter legte den Zeigefinger auf die Lippen. Die Situation erinnerte ihn an den Augenblick, da er Heike Schmückles Wohnung betrat. Vorsichtshalber zog er die Walter PK aus dem Holster unter seiner Jacke und wies Hanna mit dem Kopf an, hinter ihm zu bleiben. Die Tür am Ende des langen Korridors war nur angelehnt.

Als sie sie erreichten, fasste Peter die Pistole auch mit der anderen Hand, streckte die Arme und spannte seinen Körper. Mit der Fußspitze drückte er die Tür auf. An der Schwelle staute sich eine Flüssigkeit, die in allen Farben des Regenbogens zu leuchten schien. Ihre Spur führte zu dem, was einmal der Glasreaktor gewesen war. Jetzt waren die Röhren und Kolben zertrümmert. Überall lagen Scherben, die grellbunte Lache breitete sich auf dem ganzen Laborboden aus, und mittendrin lag ein Mann auf seinem Gesicht. Peter Heiland eilte zu ihm und drehte ihn auf den Rücken. Ein lautes Stöhnen drang aus seinem Mund. Das Gesicht war von der Flüssigkeit verschmiert. Aber es war unzweifelhaft Frank Hülsdorff, der da am Boden lag und den jemand schwer zugerichtet hatte. In die Reaktorflüssigkeit mischte sich sein Blut. Sein rechter Arm hing ohne Halt an der Schulter. Sein linkes Auge war zugeschwollen.

Hanna hatte sofort reagiert. Peter hörte sie in seinem Rücken sagen: »Einen Notarzt. Dringend. Adlershof, Industriestraße 17, vierter Hof, Tor 7, ich komme runter, um sie einzuweisen.«

»Danke!«, sagte Peter.

Hanna antwortete nicht. Sie verließ das Labor, und er hörte ihre Schritte erst im Korridor und dann auf der Eisentreppe.

Peter stützte den Kopf des Chemikers. »Können Sie mich verstehen?«

Ein röchelndes Geräusch kam aus dem Mund des Schwerverletzten. Heiland sah ein, dass es keinen Sinn hatte, Hülsdorff weiter zu befragen. Er fasste ihn vorsichtig unter den Achseln und zerrte ihn auf den Korridor hinaus. Heiland zog seinen Mantel aus und bettete Frank Hülsdorff darauf. »Sie müssen durchhalten«, sagte er. »Der Notarzt ist schon unterwegs.«

Zehn Minuten später, die ihm wie eine Ewigkeit vorkamen, hörte er das Martinshorn des Notarztwagens. Kurz darauf stürmten drei Männer – zwei Sanitäter und ein Arzt – die Eisentreppe herauf und durch den Korridor. Peter Heiland machte Platz. Er wusste aus Erfahrung, dass man in so einer Situation als Polizist nur stören konnte. Also stieg er in den Hof hinunter. Ein dichter Nebel hatte sich über die tote Industrielandschaft gelegt. Die Spitze des alten Fabrikschlotes verlor sich im nassen Grau. Hanna stand fröstelnd bei dem Notarztwagen.

»Hast du die Spurensicherung angerufen?«, fragte Peter.

»Ich habe Wischnewski Bescheid gesagt. Er veranlasst, was nötig ist.«

»Danke!«

»Wieso. Es ist mein Job genauso wie deiner.«

Peter sah Hanna überrascht an. Sie kickte wütend einen Stein in eine Pfütze. Und dann sagte sie unvermittelt: »Es wäre mir sehr recht, wenn du endlich dieses Katzenvieh abholen würdest. Meine ganze Wohnung stinkt schon nach Kater!«

Peter wollte etwas sagen, machte aber dann doch den Mund nicht auf. Er ging ein paar Schritte über den schlammigen Parkplatz und drehte sich dann wieder um. Hanna kickte immer weiter Steine in die Wasserlache.

»Kannst du mir sagen, warum du auf einmal so sauer bist?«, rief Peter.

»Das verstehst du doch sowieso nicht.«

»Ja, wenn du das sagst . . .« Er konnte sehen, dass seine Antwort Hanna Iglau noch wütender machte.

Im gleichen Augenblick brachten die Sanitäter Hülsdorff auf einer Trage und schoben ihn in ihren Spezialbus.

Hanna fragte den Arzt: »Wie geht's ihm?«

»Schlecht. Die Brühe hat sein Gesicht verätzt und vielleicht auch seine Lunge. Außerdem hat er ziemlich schlimme äußere Verletzungen.«

»Wer könnte das getan haben?«, fragte Hanna.

Peter war nun auch hinzugetreten. »Ich bin schuld«, sagte er.

»Was?«

»Ich bin schuld«, wiederholte Heiland. »Ich habe Fahrenholtz erzählt, dass Hülsdorff an dem Werkstoff weiterarbeitet.«

»Ich versteh kein Wort!«

»Hülsdorff und Heike Schmückle haben offenbar versucht, den Fahrenholtz-Werken zuvorzukommen.«

»Chemical Globe, meinst du?«

»Ja. Hülsdorff hat dort gearbeitet, und er hat Heike Schmückle dorthin geholt. Sie waren ein Team. Aus irgendeinem Grund, den ich nicht kenne, hat Fahrenholtz Hülsdorff rausgeschmissen. Die Schmückle aber hat dann wohl weiter zu ihm gehalten. Und ich Idiot erzähl dem Fahrenholtz in meiner ganzen Naivität, dass Hülsdorff sich ein eigenes Labor eingerichtet hat, mit einem eigenen Reaktor. Und ich Dackel hab ihm sogar noch g'sagt, wo! Wie ein Anfänger!«

Hanna versuchte ihn zu trösten: »Du konntest doch nicht wissen . . .«

»Ja«, unterbrach er sie, »ich konnte es nicht wissen, aber ich hätte trotzdem mein Maul halten können.« Er hob einen Stein aus der Pfütze auf und schleuderte ihn weit über den Platz. »Ich muss diesen aalglatten Scheißkerl auftreiben.« Damit marschierte er zu dem Dienstwagen. Im gleichen Augenblick fuhr der Notarztwagen los.

»Warte! Ich komm mit!«, rief Hanna.

Peter Heiland saß am Steuer. Hanna saß auf dem Beifahrersitz und versuchte über Funk die Wohnadresse von Arnold Fahrenholtz zu erfahren. Der wohnte im Grunewald im Wildpfad.

Eine ganze Zeit sprach keiner der beiden. Erst als

Peter von der Stadtautobahn auf den Hohenzollerndamm abbog, sagte Hanna: »Tut mir leid, was ich gesagt habe. Schnurriburr stinkt überhaupt nicht.«

»Hmm«, machte Peter.

»Ich hab mich nur über dich geärgert . . .«

»Na ja, wenn's weiter nichts ist.«

»Arsch!«, sagte Hanna Iglau.

»Ja, ich weiß. Aber mach was dagegen!«

Peter stoppte den Dienstwagen vor einer ansehnlichen Villa. Als er an dem schmiedeeisernen Gartentor klingelte, sagte Hanna: »Der macht so etwas doch garantiert nicht selber. Oder glaubst du, dass Fahrenholtz in der Lage ist, einen Menschen so brutal zusammenzuschlagen?«

»Nein, das glaube ich nicht. Mal ganz abgesehen davon, dass Hülsdorff viel stärker ist als er. Arnold Fahrenholtz käm nicht mal die Eisentreppe hoch!«

Über die Gegensprechanlage meldete sich eine Frauenstimme: »Ja bitte?«

»Ist Herr Fahrenholtz zu Hause?«

»Nein. Wer sind Sie?«

»Kriminalhauptkommissar Peter Heiland von der Mordkommission.«

»Ist etwas passiert?«

»Das sage ich Ihnen, wenn Sie uns reinlassen.«

Ein Summer ertönte. Das Tor gab unter dem Druck von Heilands Hand nach und schwang nach innen auf. Ein Plattenweg führte zur Haustür, über der sich ein Baldachin wölbte. Die schwere Eichentür öffnete sich. Eine hoch gewachsene schlanke Frau erschien unter der Lampe, die den Eingang beleuchtete. Die Dame trug ein Chanelkostüm und Schuhe mit halbhohen Absätzen. Ihr Haar war streng nach hinten gekämmt und in einem Knoten zusammengefasst.

»Frau Fahrenholtz?«

»Ja?«

»Sagt Ihnen der Name Frank Hülsdorff etwas?«

»Ja.«

»Und was sagt er Ihnen?«

»Er ist ein Querulant. Ein bösartiger Mensch. Einer, der sich mit den Tatsachen nicht abfinden kann.«

»Jetzt stirbt er wahrscheinlich«, presste Heiland zwischen seinen fast geschlossenen Lippen hervor. »Dann haben Sie Ruhe!«

Die sehr aufrecht dastehende Frau richtete sich noch einen Deut mehr auf. »Was sagen Sie da?«

»Jemand hat ihn überfallen und so zusammengeschlagen, dass er es wohl kaum überleben wird. Und wenn er es überlebt, wird er für immer mit einem verätzten und vernarbten Gesicht herumlaufen müssen.«

»Was geht uns das an?«

»Genau das versuche ich herauszukriegen. Und ich werde es herauskriegen. Verlassen Sie sich darauf. Und sagen Sie das bitte auch Ihrem Mann!«

Peter Heiland machte auf dem Absatz kehrt und stapfte so schnell den Plattenweg hinunter, dass Hanna Mühe hatte, ihm zu folgen. Als sie den Dienstwagen erreichte, sagte sie: »Ich hab es so satt, immer nur die Statistin zu spielen, wenn ich mit dir unterwegs bin. Wer sagt denn, dass ich eine schlechtere Polizistin bin als du?«

»Das behauptet doch niemand.«

»Aber du verhältst dich so!«

»Tatsächlich?« Peter legte seinen Kopf schief und sah sie mit dem treuherzigsten Blick an, den er in seinem Repertoire hatte.

»Hör auf, mich so anzuschauen!«, rief Hanna.

»Was ist mit dem Pizzaboden und all den schönen Zutaten aus deinem Bioladen?«

Hanna sah auf die Uhr. »Du meinst, wir könnten Feierabend machen?«

»Ich sowieso. Ich bin ja eigentlich noch im Urlaub.«

Hanna werkelte an ihrem Herd. Peter saß auf einem einfachen Holzstuhl am Küchentisch und kraulte das Fell von Schnurriburr. Der Kater hatte sich gnädig dazu herabgelassen, sich mit seinem Besitzer wieder zu vertragen. Jetzt schnurrte er so laut, als wolle er einmal mehr beweisen, dass er seinen Namen zu Recht bekommen hatte.

»Das gefällt mir, wie du das machst«, sagte Peter zu Hanna.

»Ja, nicht wahr? Das Zuschauen ist so schön, wie mag da das Arbeiten erst sein!«

Peter kicherte. »Den Spruch kenn ich von meinem Opa Henry.« Im gleichen Augenblick klingelte sein Handy. »Das wird er wahrscheinlich sein. Mein Opa ruft immer zu den unpassendsten Zeiten an.«

Aber es war nicht Peter Heilands Großvater, sondern Ron Wischnewski. »Wo treiben Sie sich rum, Schwabe?«

»Im Augenblick bei Hanna Iglau. Sie belegt grade einen Pizzaboden mit allen Köstlichkeiten, die ein Bioladen hergeben kann.«

»Fragen Sie die Kollegin doch mal, ob da noch ein Dritter von satt werden könnte.«

Peter hob das Handy einen Augenblick vor seine Augen und starrte es ungläubig an. Dann deckte er das kleine Mikro ab und sagte zu Hanna: »Der Wischnewski hat sich grade selber eingeladen.«

»Sag ihm: Herzlich willkommen!«

Peter rief ins Telefon: »Hanna sagt, wir werden locker alle satt. Und sie freut sich, wenn Sie kommen.«

»Na wenigstens eine«, hörte Peter seinen Chef noch sagen, bevor der auflegte.

Auch Peter schaltete sein Handy ab. »So ist das, wenn man sich einen trauten Abend zu zweit vorstellt.«

»Hör bloß auf!«, tönte es vom Herd her. »Du bist doch froh, dass du nicht mit mir alleine sein musst!«

»Ich habe, glaube ich, noch nie in meinem Leben so eine gute Pizza gegessen!« Ron Wischnewski schob das runde Teakbrettchen von sich, auf dem ihm Hanna das Gericht serviert hatte.

»Bei uns heißt so was Flammkuchen«, sagte Peter Heiland, »und um den Bodensee herum ›Dünnele‹, weil der Boden so dünn ist wie ein Stück Papier.«

Wischnewski hatte drei Flaschen Wein mitgebracht. Chianti Classico. Der Verkäufer hatte ihm gesagt, dass der für eine Pizza genau passend sei. Wischnewski war Biertrinker. »Und jetzt zur Sache«, sagte der Kriminalrat. In kurzen knappen Sätzen berichtete er von seinem Gespräch mit dem alten Richter. Peter erzählte, was in Adlershof und danach im Grunewald geschehen war.

»Sieht so aus, als liege der Schlüssel zu unserem Fall bei dem Verfahren gegen Marcel Fahrenholtz vor sechs Jahren.«

»Wie kommen Sie denn darauf?«, fragte Hanna Iglau.

Wischnewski zählte an den Fingern ab: »Damals waren Frau Schmückle und Herr Hülsdorff noch ein hoffnungsvolles Team bei Chemical Globe. Es kam zu einem Mord. Marcel Fahrenholtz nahm die Schuld auf sich . . .«

»Wie bitte?« Das war wieder Hanna Iglau.

»Genauso habe ich den Richter Stepanek verstanden. Ich habe das Gefühl, er glaubt keinen Moment an die Schuld dieses Mannes.«

»Aber warum hat er ihn dann verurteilt?«, fragte Peter Heiland.

»Weil die Beweislage so war. Und kein Richter kann gegen die Beweislage entscheiden.«

»Jetzt Moment mal!« Peter nahm seinen Kater vom Schoß, setzte ihn behutsam auf den Dielenboden, was der mit einem unwilligen Miauen quittierte, und begann, im Raum auf und ab zu gehen. »Das würde doch bedeuten . . .«

»Ja, das würde bedeuten, dass Marcel Fahrenholtz für einen anderen in den Knast ging«, vollendete Wischnewski.

»Das ist aber eine ziemlich gewagte Theorie«, ließ sich Hanna hören, die begonnen hatte, das Besteck und die Teller abzuräumen und in der Spüle zusammenzustellen.

»Ich gebe zu, es ist nur eine von vielen möglichen Hypothesen, aber sie kommt mir von allen am wenigsten unwahrscheinlich vor.«

»Oh, du liabs Herrgöttle von Biberach«, entfuhr es Peter Heiland.

»Was war das?«

»Ein Spruch meines früheren Chefs. Den hat er immer dann losgelassen, wenn die Situation besonders verworren war.«

»Dann passt er auch jetzt. Machen wir noch eine Flasche auf?«

Peter und Hanna wechselten Blicke. Sie hatten sich

den Abend und – wer weiß – vielleicht die folgende Nacht ganz anders vorgestellt.

»Aber gerne!«, sagte Hanna und reichte Peter eine Flasche und den Korkenzieher.

Wischnewski hatte die beiden beobachtet. »Ja, ja, ich weiß«, sagte er, »aber jetzt schenkt ihr halt eurem alten, unleidlichen Chef auch mal eine Stunde oder zwei, nachher lasse ich euch dann alleine. Es ist nur so: Das Alleinsein geht mir manchmal ganz schön auf den Senkel. Vor allem, wenn es jeden Abend drückt.«

»Aber Sie haben doch bei dem Fall Heckenschütze diese Frau Schmidt kennen gelernt . . .«, sagte Peter.

»Daran erinnern Sie sich noch?«

»So lang ischt des ja no au wieder net her.«

»Das hat sich damals wirklich gut angelassen«, sagte Wischnewski. »Aber . . . na ja . . . unser Beruf . . .«

Hanna setzte sich, nahm ihr Glas, nippte daran und sah Wischnewski in seine müden und traurigen Augen. »Was hat das mit unserem Beruf zu tun?«

»Das fragen Sie?« Wischnewski nahm einen langen Schluck. »Sie hat sich solche Mühe gegeben. Wie oft hat sie Karten besorgt. Fürs Theater, für die Oper, für die Philharmonie. Sie hat genau gewusst, was mir gefällt. Und wie oft musste ich absagen, weil wir einen Fall hatten, der meine Anwesenheit erforderte.«

»Da stimmt was nicht!«, sagte Peter Heiland im Brustton der Überzeugung.

»Was? – Was stimmt da nicht?«

»Kein Mensch ist unersetzlich. Nicht einmal Sie, Herr Wischnewski . . .«

»Jetzt werden Sie aber nicht frech, ja?!«

»Das ist mir von Anfang an aufgefallen«, fuhr Peter unbeeindruckt fort.

»Was ist Ihnen aufgefallen?«

»Dass Sie nicht delegieren können!«

»Jetzt reicht es aber!«

»Und dass Sie immer dann autoritär werden, wenn Sie das Gefühl haben, der andere könnte Recht haben!«

Wischnewski schob seinen bulligen Kopf vor und starrte Peter drohend an. Aber der sagte nur: »Do könnet Se no so g'fährlich gucka! I han koi Angscht vor Ihne. I han ja ned amal vorem Bienzle Angscht g'habt!«

Wischnewski entspannte sich. »Ist ja eh alles egal«, sagte er. »Sie hat sich von mir getrennt, weil ich sie so oft enttäuscht habe.«

»Das muss ja nicht endgültig sein«, sagte Peter Heiland, »wenn man bereit zur Einsicht ist.«

Hanna Iglau lachte die Tonleiter hinauf. »Na, du hast es nötig!«

Ron Wischnewski erhob sich schwerfällig von dem Küchenstuhl. »Ich glaube, das ist genau der Moment, wo ich gehen sollte.«

»Warten Sie, ich komme mit«, sagte Peter schnell.

Aber Wischnewski wedelte mit dem ausgestreckten Finger vor Heilands Gesicht hin und her. »Sie bleiben hier. Die Flasche ist ja noch nicht leer. Macht's gut, Kinder!« Er schwankte leicht, als er den Raum verließ. Hanna begleitete ihn zur Garderobe im Flur und half ihrem Chef in den Mantel. Bevor sie die Tür schloss, küsste sie ihn ganz kurz auf beide Wangen. Sie wurde rot dabei. Plötzlich kam es ihr wie eine ungeheure Anmaßung vor. Aber Wischnewski lächelte sie an. »Danke! Das hat gut getan.« Er ließ offen, ob er das Abendessen, den Wein oder die beiden hastigen Küsse seiner Mitarbeiterin meinte.

»Das willst du wirklich tun?«, fragte Hanna Iglau eine Stunde später. Ihre schmalen Finger kraxelten Peter Heilands Rückenwirbel hinauf, von der Pospalte bis in den Nacken. Die Wirbel musste man bei ihm nicht suchen. Sie traten deutlich hervor und spannten die Haut.

»Ist doch nichts dabei. Die Adresse der Frau muss doch in den Akten sein.«

»Du bist ein komischer Kerl!« Hanna ließ sich auf den Rücken fallen. So nackt, wie sie jetzt da lag, hatte sie eine nahezu makellose Figur. Vielleicht waren die Hüftknochen ein bisschen zu breit und die Beine ein klein wenig zu kurz. Aber Peter Heiland war der Letzte, der so etwas hätte monieren können, so wie er selbst aussah. Ihre Brüste waren klein und fest und blieben auch in der Rückenlage wohlgeformt.

Peter drehte sich jetzt ebenfalls auf den Rücken und schob seinen Arm unter Hannas Nacken. »Ja«, sagte er, »schon als Kind in der Schule war ich ein komischer Kerl. Wenn wir Religion hatten, hatte ich die Turnschuhe im Ranzen und beim Sportunterricht nur die Bibel und das Gesangbuch. Und wenn es auf unserer Dorfstraße auf zweihundert Meter nur einen einzigen Kuhfladen gab, bin ich hineingetreten.«

»Warum bist du dann trotzdem immer ein bisschen erfolgreicher als wir anderen im Dezernat?«

»Bin ich das?«

»Jetzt kokettiere hier nicht rum!« Hanna knuffte ihn in die Seite.

»Na gut. Der Bienzle hat immer gesagt: ›Was Sie auszeichnet, Heiland: Sie könnet um sechs Ecke denka und kommet zum Schluss doch am richtige Ende raus!‹«

»Gib mir einen Kuss«, sagte Hanna. »Du hast mir gefehlt.« Und nachdem er sie geküsst hatte: »Warum fährst du eigentlich mutterseelenallein nach Usedom?«

»Wärst du denn mitgekommen?«

»Für einen Kriminalkommissar kannst du schon saudumme Fragen stellen.«

Der Kater sprang aufs Bett, kuschelte sich zwischen

die zwei nackten Körper und schnurrte so stark, dass sich die Vibration auf die Menschen übertrug.

»Der bleibt am besten bei mir«, sagte Hanna.

»Warum das denn?«

»Wenn du nicht meinetwegen kommst, dann wenigstens ihm zuliebe!«

»Ich komm deinetwegen und dir zuliebe und vor allem mir zuliebe!« Peter küsste Hanna auf die Nasenspitze.

Etwa um die gleiche Zeit betrat Wischnewski seine kleine unaufgeräumte Zweizimmerwohnung. Die Luft roch verbraucht. Der Kriminalrat zog seinen Mantel aus und warf ihn auf einen Sessel. Dann streifte er die Schuhe von den Füßen und ließ sich, wie er war, auf sein Bett fallen. Wie kam dieser Heiland dazu, ihn ausgerechnet an Friederike Schmidt zu erinnern. Er schloss die Augen, spürte einen Schmerz in der Herzgrube und sah sie plötzlich ganz deutlich vor sich: hoch gewachsen, mit langen blonden Haaren, die sie mal in einem Pferdeschwanz zusammengebunden, mal hochgesteckt und mit einer Perlmuttspange gehalten hatte. Er sah ihre vollen Lippen, die gerade, kurze Nase, ihre hohe Stirn und die dunkelbraunen Augen. Ihr Körper wirkte jung, obwohl sie die Fünfzig schon überschritten hatte. Wischnewski richtete sich auf und bohrte seine Fäuste in die Augenhöhle. Er wollte das Bild zerstören. Er wollte dieses Gefühl, etwas Wichtiges verloren zu haben, loswerden. Er hasste Selbstvorwürfe. Es war nun mal so, dass er sie enttäuscht hatte. Man konnte das Rad der Zeit nicht zurückdrehen.

Ob er noch einen Whisky trinken sollte? Er hatte es sich seit langem zur Gewohnheit gemacht, unter der Woche keinen Alkohol zu sich zu nehmen. Dafür trank er an freien Samstagen oft die ganze Wochenration auf einmal und versank in einem Rausch, der ihm jede Orientierung nahm. Sonntags aber riss er sich zusammen, trank nur noch Wasser, ging in die Sauna und schon nach der Tagesschau ins Bett. Montags stand er um sechs Uhr früh auf und stieg auf sein Ergometerfahrrad, während er im Radio RBB Kultur hörte. Nach vierzig Minuten duschte er dann so lange eiskalt, wie es mit äußerster Anstrengung auszuhalten war, und schließlich stieg er in frische Kleider. Nur an den wenigen Wochenenden, die er mit Friederike Schmidt verbracht hatte, hatte er sich anders verhalten. Ganz anders!

Ron Wischnewski ließ sich auf den Rücken zurückfallen. »Was soll's?«, sagte er laut. »Du bist ja selber schuld!«

4

Ron Wischnewski wirkte unausgeschlafen und müde, als er die Gruppe über die bisherigen Ergebnisse der Ermittlungen informierte. Eine junge Kollegin hatte mit der Charité telefoniert. Frank Hülsdorff lebte noch. Die Ärzte hofften, ihn durchzubringen. Aber er war noch nicht vernehmungsfähig. Vier Beamte hatten in Adlershof die wenigen Menschen befragt, die sie in den Büros und Werkstätten auf dem Areal an der Industriestraße angetroffen hatten. Niemandem war etwas aufgefallen. Gerry Hettich, so hatte ein Mitarbeiter der SoKo ermitteln können, war in Dresden, wo er eine Ausstellung vorbereitete. Peter Heiland berichtete, dass ihn schon in aller Herrgottsfrühe Dr. Arnold Fahrenholtz angerufen habe, um zu erfahren, warum er versucht habe, ihn zu erreichen.

»Und?«, fragte Wischnewski. »Was haben Sie ihm gesagt?«

»Dass ich so bald wie möglich bei ihm vorbeikommen werde, um es ihm zu erklären.«

»Gut!«, sagte Wischnewski knapp. Sein Blick fiel kurz auf Hanna Iglau. Sie saß entspannt auf ihrem Stuhl, lächelte leise vor sich hin und schien mit ihren Gedanken ganz woanders zu sein.

»Wissen wir, wo sich Marcel Fahrenholtz aufhält?« Wischnewski sah dabei einen jungen Beamten an, der Grabosch hieß und der Star in der Karate-Sportgruppe des Landeskriminalamtes war.

»Noch nicht. Er hat bei seiner Entlassung die Adresse seines Bruders am Wildpfad im Grunewald angegeben. Aber dort ist er, wenn man Frau Antonia Fahrenholtz glauben darf, nie erschienen.«

»Wann hast du sie gefragt?«, wollte Peter Heiland wissen.

»Gestern Vormittag.«

»Das hat sie uns gegenüber mit keinem Wort erwähnt«, sagte Peter zu Hanna Iglau. Und zu Grabosch: »Wir waren gegen sechs Uhr gestern Abend bei ihr.«

»Wie hat die Frau auf euch gewirkt?«, fragte Wischneski.

Hanna antwortete: »Kontrolliert, distanziert. Ich glaube, sie war sehr auf der Hut!«

Peter ergänzte: »Der Name Antonia passt irgendwie zu ihr.«

»Eine Schönheit«, fügte Grabosch hinzu. »Mit einer ganz starken Ausstrahlung. Mindestens fünfzehn Jahre jünger als ihr Mann.«

»Einer muss sich um die technischen und wissenschaftlichen Dinge kümmern«, nahm Wischnewski wieder das Wort. »Wir müssen wissen, ob dieser neue Werkstoff wirklich die Bedeutung hat, von der alle dauernd reden. Das machen Sie, Grabosch. Becker und Thalheimer versuchen Verwandte und Freunde von Hülsdorff aufzutreiben. Iglau und Heiland reden zuerst mit Arnold Fahrenholtz und dann mit seinem Vater. Ich selber will mit dem Oberstaatsanwalt Dr. Hornung sprechen.«

Peter hob den Finger.

»Ja?«, fragte Wischnewski.

»Dorothee Ziemer müsste ab heute wieder in der Stadt sein.«

»Und wer ist das?«

»Die Frau, die Heike Schmückle in Anklam identifiziert hat. Sie wohnt im selben Haus und hat Frau Schmückles Katze und die Blumen versorgt, wenn die Schmückle verreist war.«

»Gut. Reden Sie mit ihr. Und für alle gilt: Wir müssen Marcel Fahrenholtz auftreiben. In der roten Mappe finden Sie alles, was wir über den Mann wissen.«

Ein junger Kollege meldete sich und sagte direkt zu Peter Heiland: »Du wolltest doch den Besitzer von dem schwarzen Renault mit der Nummer B – ZZ 435 wissen.«

»Menschenskind, ja. Das habe ich ganz vergessen.«

»Das Fahrzeug ist auf Frank Hülsdorff zugelassen.«

»Was??«

»Hülsdorff hat außerdem noch einen Ford Transit, wahrscheinlich für den Materialtransport oder so was.

Ich hab dann noch überprüft, ob Hülsdorff ein Gewerbe angemeldet hat.«

»Und?« Das war wieder Wischnewski.

»Hat er nicht. Polizeilich ist er in Köpenick gemeldet. Da können wir sicher anfangen, wenn wir mehr über Hülsdorff erfahren wollen.«

»Gut!«, sagte Wischnewski. »Und was ist mit dem Renault?«

»Ich hatte den Eindruck, dass er mich verfolgt hat, nachdem ich am Donnerstag bei Hülsdorff gewesen bin«, sagte Peter Heiland.

»So etwas würde ich aber gerne immer gleich wissen!«, bellte Wischnewski.

»Tut mir leid. Ich hab's verschusselt.«

»Nach dem Auto lassen wir fahnden!«, befahl der Kriminalrat. »Besser spät als nie!«

Hanna legte einen Zettel aufs Armaturenbrett und sagte: »Das liegt fast auf unserem Weg.«

»Was ist das?«, fragte Peter.

»Die Anschrift von Friederike Schmidt. Du wolltest doch mit ihr reden, oder?« Hanna Iglau hatte die Adresse den Akten entnommen. Friederike Schmidts Mann war eines der Opfer des Heckenschützen gewesen, den sie im letzten Sommer zur Strecke gebracht hatten.

»Auf dem Rückweg, wenn wir's dann noch schaffen«, sagte Peter Heiland.

»Ich habe nur wenig Zeit!« Arnold Fahrenholtz schien alle Verbindlichkeit verloren zu haben. Er blieb hinter seinem Schreibtisch sitzen und bot den beiden Kommissaren nicht einmal einen Platz an. »Was wollen Sie?«

»Wo waren Sie gestern nach meinem Besuch bei Ihnen?«, fragte Peter Heiland.

»Na hier. Den ganzen Tag. Fragen Sie meine Sekretärin.«

»Was hat Ihnen Frank Hülsdorff eigentlich getan?«, fragte Hanna Iglau überraschend.

»Wie bitte?«

»Ihre Frau sagte gestern Abend, er sei ein Querulant gewesen. ›Ein bösartiger Mensch. Einer, der sich mit den Tatsachen nicht habe abfinden können.‹«

»Die Beschreibung ist korrekt.«

»Mit welchen Tatsachen konnte er sich nicht abfinden?«

»Dass er all seine Arbeit im Dienste unseres Unternehmens erbracht hat. Er reklamierte plötzlich die Urheberrechte für sich!« Arnold Fahrenholtz fuhr mit der flachen Hand vor seiner Stirn hin und her. »Dabei wusste er ganz genau: Das gesamte Know-how hat der Geschäftsführung zur Verfügung zu stehen, zumindest solange es sich um ein von unserer Firma finanziertes Projekt handelt. Und so ist es in diesem Fall. Das steht genauso in unserer Firmenverfassung, und jeder – ich betone: jeder –, der in diesem Unternehmen einen

Arbeitsvertrag abschließt, unterschreibt diesen Paragraphen! Am Ende blieb uns nichts anderes übrig, als den Kerl zu entlassen. Wir haben ihm eine anständige Abfindung gezahlt. Er hat dafür eine Konkurrenzausschlussklausel unterschrieben. Und jetzt sieht es auf einmal so aus, als habe er doch das ganze Wissen mitgenommen.«

»Was kann er denn damit anfangen?«, fragte Peter.

»Er kann es verhökern. Meistbietend. Was glauben Sie, wie viel unsere Konkurrenten in Amerika für die Ergebnisse unserer Forschung bezahlen würden. Die sind doch meilenweit hinter uns zurück. Von den Chinesen und den Russen gar nicht zu reden!«

Peter trat dicht an die Schreibtischkante heran, stützte sich mit den Fäusten auf der Platte ab und beugte seinen langen Körper so weit vor, dass sein Gesicht sehr nahe vor dem des Managers war. »Ich war es, der Ihnen gesagt hat, dass Hülsdorff den Werkstoff wahrscheinlich auf eigene Faust weiterentwickelt und dass er sein Labor auf einem verlassenen Industriegelände in Adlershof betreibt. Das verzeihe ich mir nie.«

Arnold Fahrenholtz versuchte Distanz zwischen sich und den Kommissar zu bringen. Er fuhr mit seinem Stuhl zurück und schnappte: »Ja, und?«

»Wenige Stunden später lag Hülsdorff zusammengeschlagen in seinem Labor, und sein Reaktor war zerstört.«

»Vorsicht, junger Mann! Was Sie mir da unterstellen wollen, ist ungeheuerlich. Ich werde dagegen vorgehen.«

»Ja, machen Sie mal!« Peter Heiland wechselte einen Blick mit Hanna Iglau. Die hob leicht die Schultern. Beiden war klar, dass sie im Augenblick nicht so recht weiterkamen. Peters Kiefer mahlten. Er konnte seinen Zorn nur mühsam unterdrücken. Am liebsten hätte er zu Fahrenholtz gesagt: ›Ich krieg dich, du arrogantes Arschloch.‹ Stattdessen sagte er, als er sich jetzt wieder zu seiner ganzen Länge aufrichtete: »Wo ist eigentlich Ihr Bruder Marcel?«

»Ich habe keine Ahnung! Kann ich jetzt weiterarbeiten?«

Peter und Hanna verließen das Sechzig-Quadratmeter-Büro.

Oskar Fahrenholtz bewohnte eine kleine Villa in Zeuthen, direkt am Zeuthener See. Wieder ging es übers Adlergestell hinaus aus der Stadt, an Grünau und Eichwalde vorbei Richtung Königswusterhausen. Zeuthen lag schon außerhalb des Berliner Stadtgebietes.

Ein Mann arbeitete im Garten. Als er sah, dass ein Auto auf dem Stellplatz seines Grundstücks parkte, kam er an den Zaun und herrschte die jungen Leute, die gerade ausstiegen, an: »Fahren Sie sofort Ihr Auto hier weg. Das ist Privatgrund.«

»Wir wollen zu Herrn Oskar Fahrenholtz«, rief Peter Heiland.

»Das müsste ich ja wohl wissen! Unangemeldet kommt niemand zu mir.«

»Wir schon!« Peter zeigte ihm seinen Dienstausweis. »Kripo Berlin.«

»Fahren Sie Ihre Kiste da weg und verschwinden Sie, aber ein bisschen plötzlich!«

»Wir müssen Sie leider befragen, Herr Fahrenholtz«, sagte Hanna.

»Schicken Sie mir eine Vorladung. Meine Anwälte werden die dann prüfen.«

»Da genügt ja wohl einer«, gab Peter bissig zurück.

Hanna versuchte es noch mal: »Nur ein paar Fragen.«

»Nein!«

»Wollen Sie nicht mal wissen, worum es geht?«

»Nein. Interessiert mich nicht.«

Er wendete sich ab, beugte sich zu einem Rosenstock hinunter und begann, jedes einzelne Blatt mit einem Pinsel zu bestreichen, den er zuvor jedes Mal in einen kleinen Eimer getaucht hatte.

»Was macht er denn da?«, fragte Hanna leise.

»Er bringt Brennnesselwasser auf. Gegen Blattläuse. Mein Opa macht das auch. Hilft garantiert.«

Sie stiegen wieder in ihr Auto. Peter griff in das Handschuhfach und zog einen Vordruck heraus. »Die

Vorladung schreiben wir gleich aus und stecken sie in den Briefkasten.« Hanna füllte das Formular aus. Peter kletterte noch mal aus dem Dienstwagen und warf den Zettel in den Briefkasten, auf dem nur die Initialen O. F. standen.

Oskar Fahrenholtz beobachtete den Beamten aus den Augenwinkeln. Als die beiden jungen Leute endlich weggefahren waren, ging er zu dem Kasten, holte das Schriftstück heraus, zerknüllte es und warf es auf seinen Komposthaufen.

Ron Wischnewski wurde etwa um die gleiche Zeit von Oberstaatsanwalt Dr. Sven Hornung in dessen Büro gebeten. Die Sekretärin servierte Kaffee, Mineralwasser und Spekulatiuskekse. Sie kannte Ron Wischnewski und hatte sich ein paar Minuten mit ihm unterhalten, ehe der Oberstaatsanwalt Zeit für ihn fand. »Sie sind jetzt auch schon lange bei Dr. Hornung«, hatte der Kriminalrat gesagt. Der Mund der Sekretärin wurde schmal. »Man kann sich's nicht mehr aussuchen – heutzutage.«

Hornung strömte über vor Jovialität. »Jetzt bin ich aber neugierig, was Sie mir bringen, Herr Wischnewski. Ich hab Sie doch richtig verstanden, es geht um etwas, mit dem ich dienstlich zurzeit nicht befasst bin.« Sie nahmen an einem runden Besprechungstischchen Platz.

»Ganz richtig, Herr Oberstaatsanwalt.«

»Ach, lassen Sie doch die Förmlichkeiten weg, lieber Wischnewski. Hornung genügt.«

»Sie erinnern sich an den Prozess gegen Marcel Fahrenholtz?«

Wischnewski entging nicht, wie sich Hornung unmerklich aufrichtete. Er stellte das linke Bein, das er gemütlich über das rechte geschlagen hatte, auf den Boden parallel neben das andere. Man konnte sehen, wie sich die Muskeln direkt über seinen Knien spannten. »Fahrenholtz . . .? Warten Sie. Ja, ja, natürlich.«

»Sie kennen ja auch die Familie«, sagte Wischnewski betont beiläufig.

»Ach so, ja. War das ein Mitarbeiter von Ihnen, der mich neulich mit Arnold Fahrenholtz angetroffen hat?«

Wischnewski nickte nur.

»Na gut. Was wollen Sie von mir wissen?«

»Marcel Fahrenholtz ist seit kurzem wieder in Freiheit. Er ist aber verschwunden. Und seitdem er wieder draußen ist, kam es zu einem Mord an einer Mitarbeiterin seines Bruders und zu einem Mordversuch an einem ehemaligen Mitarbeiter.«

»Aber Sie wollen das doch hoffentlich nicht in Verbindung zu Marcel Fahrenholtz bringen.«

»Warum nicht?«

»Ich bitte Sie. Marcel ist doch kein . . .«

»Kein Mörder?«

»Das damals war eine Tat im Affekt. Sie können

mich mit dem, was ich jetzt sage, niemals zitieren, Herr Wischnewski, aber so etwas könnte jedem von uns passieren.«

»Ein Mord im Affekt?«

»Ja doch. Sind Sie nicht auch manchmal jähzornig, wenn Ihnen einer besonders übel mitspielt?«

Ein Lächeln flog über Wischnewskis Gesicht. »Ein Staatsanwalt zum Beispiel?«

Sven Hornung lachte laut auf. Zu laut, wie Wischnewski fand.

»Mann, Sie sind mir ja vielleicht eine Marke!«

Der Kriminalrat reagierte nicht darauf. »Richter Stepanek ist bis heute nicht überzeugt davon, dass Marcel Fahrenholtz diesen Chemiker, wie hieß er denn gleich noch mal . . .?«

»Ehrmann, Martin Ehrmann«, kam es wie aus der Pistole geschossen.

». . . dass er diesen Ehrmann umgebracht hat.«

»Ja, wer soll es denn sonst gewesen sein?«

»Keine Ahnung. Ich habe damals nicht ermittelt. Interessant wäre natürlich zu erfahren, um welche Frau es seinerzeit ging. Es war doch eine Eifersuchtsgeschichte, nicht wahr?«

»Ja, eindeutig. Die beiden müssen um dieselbe Frau rivalisiert haben.«

»Um welche Frau?«

»Dazu hat der Täter hartnäckig geschwiegen. Auch kein Zeuge aus der Firma wusste etwas darüber.«

»Das ist doch eigentlich nicht glaubwürdig.«

»Warum denn nicht?«

»Über nichts wird in einem Betrieb mehr getratscht als über versteckte oder offene Liebesverhältnisse. Warum soll das bei Chemical Globe anders gewesen sein als bei der Polizei oder unseren Justizbehörden?«

»Wahrscheinlich haben Sie Recht. Aber wir standen da vor einer Mauer des Schweigens.«

»Fragt sich nur, wer diese Mauer hochgezogen hat.«

»Ich weiß es nicht.«

»Dr. Stepanek sagt, der Vater von Marcel Fahrenholtz habe den ganzen Prozess mitverfolgt.«

»Ja, er war jeden Tag da.«

Wischnewski trank seinen Kaffee aus. Die Kekse hatte er nicht angerührt. »Vielen Dank, dass Sie sich die Zeit genommen haben.«

»Ist doch selbstverständlich . . . Tut mir leid, dass ich Ihnen nicht helfen konnte.«

»Oh, sagen Sie das nicht, Herr Oberstaatsanwalt. Sie wissen ja selbst: Manchmal sind es die kleinsten Hinweise, die uns weiterbringen.«

Es war nicht zu übersehen, dass diese Bemerkung den Oberstaatsanwalt beunruhigte. Er brachte Wischnewski zur Tür. »Halten Sie mich auf dem Laufenden?«, fragte er.

»Interessieren Sie sich denn dafür?«

»Ja, natürlich. Immerhin berührt die Geschichte

einen spektakulären Fall, bei dem ich seinerzeit die Ermittlungen geleitet habe.«

Wischnewski blieb stehen. »Eine Frage hätte ich doch noch: Haben Sie Arnold Fahrenholtz damals kennen gelernt, oder ist Ihre Freundschaft älteren Datums?«

»Also Freundschaft würde ich das nicht nennen. Man kennt sich eben, trifft sich gelegentlich. Er ist Rotarier. Ich bin es auch. Viel mehr ist es nicht.«

»Dann haben Sie sich also schon vor dem Prozess vor sechs Jahren gekannt?«

»Ja, ich glaube schon.« Er reichte Wischnewski die Hand. Sie fasste sich feucht an. Der Händedruck des Oberstaatsanwaltes war lasch, was Wischnewski dazu herausforderte, besonders kräftig zuzudrücken.

Als er über den Vorplatz des Justizgebäudes ging, rief Ron Wischnewski das Büro an. Christine Reichert meldete sich. »Irgendwer muss rauskriegen, wie sich Arnold Fahrenholtz und Dr. Hornung kennen gelernt haben.«

»Herr Grabosch ist grade zurückgekommen, soll er das machen?«

»Ja, sehr gut.«

Wischnewski blieb vor seinem Auto stehen, legte die Hände aufs Dach, spannte die Arme an und beugte seinen Oberkörper langsam nach vorne, wobei er die Rückenmuskeln so stark anspannte, wie er nur konnte. Seit Tagen schon hatte er Kreuzschmerzen. Während er die Übung zehnmal wiederholte, sagte er leise zu sich: »Hoffentlich laufen wir da nicht total in die Irre. Der Mord an der Schmückle muss überhaupt nichts damit zu tun haben.«

Er sah nicht, dass Dr. Hornung an seinem Bürofenster stand und ihn bei seiner Gymnastik beobachtete.

Friederike Schmidt schaute die beiden jungen Leute überrascht an. »Ich habe Sie doch schon mal irgendwo gesehen«, sagte sie zu Peter Heiland. »So einen wie Sie vergisst man nicht so leicht.«

»Ich nehme das jetzt mal positiv«, sagte er. »Gesehen haben Sie mich im Lauf der Ermittlungen gegen den Heckenschützen. Ich war damals in Begleitung von Ron Wischnewski.«

»Ach ja. Wie geht es ihm denn?«

»Deshalb sind wir eigentlich da«, preschte Hanna Iglau vor.

Frau Schmidt sah sie befremdet an. »Jetzt mal langsam . . .«

»Gern«, Peter grinste, »langsam bin i sowieso besser.«

»Schickt Ron Sie etwa zu mir?«

»Oh Jessas«, entfuhr es Peter Heiland. »Wenn der des wüsst, dät er uns in der Luft zerreiße!«

»Wird der Fall etwa neu aufgerollt?«

»*Der* Fall nicht«, sagte Hanna.

»Welcher dann?«

Sie standen noch immer in dem schmalen Flur der kleinen, hellen Zweizimmerwohnung. Frau Schmidt machte keine Anstalten, die beiden hereinzubitten.

»Also so ein Chef hat ja eine gewisse Fürsorgepflicht gegenüber seinen Mitarbeitern . . .«, sagte Hanna zögernd.

»Ja, und?«

»Und manchmal ist es auch genau umgekehrt«, fuhr Hanna fort. Peter warf ihr einen bewundernden Blick zu.

»Ich verstehe immer noch nicht«, sagte Frau Schmidt.

Jetzt platzte Peter heraus: »Es geht ihm dreckig, er ist unglücklich, er hält das Alleinsein nicht aus. Und Sie fehlet ihm halt saumäßig.«

»Was war das?«

»So sagt man bei uns in Schwaben, wenn etwas ganz besonders stark . . . äh . . . empfunden wird.« Peter war rot geworden und scharrte mit seiner rechten Schuhspitze auf dem Parkett wie ein Hund, der ein schlechtes Gewissen hat.

Jetzt lachte Friederike Schmidt. »Wenn Sie noch ein bisschen Zeit haben, kommen Sie doch rein. Ich hab einen Kaffee auf der Maschine.«

Sie hatte nicht nur Kaffee, sondern auch einen Marmorkuchen und einen exzellenten Calvados.

»Das muss man sich mal vorstellen. Das glaubt mir

ja niemand. Zwei erwachsene Kriminalbeamte machen sich zum Postillon d'Amour für ihren Chef. Dabei habe ich mir oft Gedanken darüber gemacht, dass er eigentlich bei seinen Untergebenen nicht besonders beliebt sein kann, so wie er gestrickt ist.«

»Er ist gerecht«, sagte Hanna, »und das ist eine ganze Menge.«

»Wenn uns mal ein Fehler unterläuft – und mir passiert das gar nicht so selten – «, sagte Peter, »steht er trotzdem zu einem. Er würde daraus nie Kapital schlagen.«

»Hört sich alles gar nicht so schlecht an«, sagte Frau Schmidt.

Peter Heiland fasste Mut. Er holte tief Luft und sagte: »Könnten Sie's nicht noch mal mit ihm versuchen?«

Friederike Schmidt lachte laut los.

»Na ja«, sagte Peter, »wenn's nix ischt, dann isches ja vorher au nix g'wese!«

Das Lachen brach ab. Um die braunen Augen der schönen Frau Schmidt hatte sich ein Kranz hübscher kleiner Fältchen gebildet. »Aber ich nehme an, ich darf ihm nicht sagen, dass Sie mich auf die Idee gebracht haben.«

»Sie wollen es also wirklich noch mal probieren?« Hanna war begeistert.

»Mir geht es ja auch nicht so gut, seitdem wir uns nicht mehr sehen«, sagte Friederike Schmidt.

Peters Handy klingelte. Wischnewski war am anderen Ende der Leitung. »Wo sind Sie jetzt, Schwabe?«

»Wo ich ... äh ... wo ich jetzt bin ... Ja also, wir haben grad nur schnell einen Kaffee getrunken und sind jetzt auf dem Rückweg.«

»Ja, dann aber schnell, ja. Hier wartet eine Dame, die nur mit Ihnen sprechen will.«

»Ja, Chef, wir beeilen uns. Der alte Fahrenholtz verweigert übrigens jede Aussage.«

»Dann laden wir ihn vor!«

»Haben wir gemacht.«

»Gut!« Wischnewski legte auf.

Peter stieß die Luft aus. »Fragt der mich doch tatsächlich, wo wir grade sind.«

Auf der Fahrt zurück ins Präsidium sagte Hanna Iglau: »Wenn sie jetzt einen neuen Anfang mit ihm machen will, ist das total verkehrt.«

»Warum denn? Ist doch prima!«

»Der Fall hält den Chef doch Tag und Nacht in Atem. Er hat überhaupt keine Zeit für sie.«

»Die muss er sich dann halt nehmen. Und wenn er das nicht kapiert, bringen wir's ihm bei.«

»Jetzt bist du ein klein wenig größenwahnsinnig.« Hanna kicherte.

»›Man muss Visionen haben, wenn man was bewegen will‹, hat der Bundespräsident neulich gesagt«, meinte Peter.

»Und Helmut Schmidt hat damals, als er Kanzler war, gesagt: ›Wer Visionen hat, soll zum Arzt gehen!‹«

»Auch keine schlechte Idee.« Peter legte den Kopf schief und pfiff eine kleine Melodie vor sich hin, die er von Manuel gelernt hatte.

Im Präsidium wartete Dorothee Ziemer auf Peter Heiland. »Schön, dass Sie gekommen sind«, sagte er, als er sie in das Besprechungszimmer führte. »Ich hätte Sie sowieso aufsuchen müssen.«

Dorothee Ziemer trug ein schwarzes Kleid aus fließendem Stoff, das bis zu den Knöcheln hinabreichte, und elegante Stiefeletten mit halbhohen Absätzen. Dadurch war sie genauso groß wie Peter. Überrascht stellte er fest: Sie hatte helle blaue Augen, die seltsam zu ihrem streng frisierten schwarzen Haar kontrastierten. In Anklam war ihm das noch nicht aufgefallen. Dorothee Ziemer wirkte längst nicht so souverän wie bei ihrem ersten Zusammentreffen. Sie hatte sich kaum an den quadratischen Besprechungstisch gesetzt, da fragte sie aufgeregt: »Was ist mit Frank passiert?«

Peter starrte sie überrascht an. »Sie meinen Frank Hülsdorff?«

»Ja. Ja natürlich!«

»Er liegt in der Charité. Im Augenblick geht es ihm noch sehr schlecht«, sagte Peter Heiland vorsichtig.

Dorothee Ziemer hatte ihre hellen Augen weit aufgerissen, auch der Mund stand offen. Schließlich brachte sie hervor: »Was ist passiert?«

»Er wurde überfallen. Sein Labor wurde zerstört. Und offenbar hat er mit Chemikalien experimentiert, die gefährlich sind . . .«

»Wenn sie mit Luft in Berührung kommen, ja!«

»Sie wissen Bescheid, gell? Wollen Sie mir nicht gleich reinen Wein einschenken?« Peter, der bis jetzt nahe an der Tür gestanden hatte, setzte sich an den Tisch. Er versuchte mit seinen Augen Dorothees Blick festzuhalten. »Die Frage kommt mir immer schwer über die Lippen«, sagte er. »Aber lieben Sie Frank Hülsdorff?«

»Wenn Sie mir sagen, was das ist, die Liebe, werde ich versuchen, Ihnen zu antworten.«

»So wissenschaftlich wollt ich's dann auch wieder nicht angehen. Wie war Ihre Beziehung?«

»Es würde mir schwer fallen weiterzuleben, wenn er sterben würde.«

»Na, wenn das keine Liebeserklärung ist.«

»Frank sagt immer: ›Nur durch die Liebe kann der Mensch der Gleichgültigkeit des Universums etwas entgegensetzen.‹«

»Klingt gut«, sagte Peter Heiland. »Und ich hatte gedacht, er und Heike Schmückle seien ein Paar gewesen.«

»In der Arbeit vielleicht, sonst nicht.«

»Und Sie? Wären sie auch gerne in der Arbeit seine Partnerin gewesen?«

Dorothee schaute überrascht auf. »Das ist eine gute Frage.«

»Danke!«

»Aber die Antwort ist nein. Meine Kenntnisse reichen zwar, um zu verstehen, was Frank entwickelt, aber ich hätte ihn dabei nicht unterstützen können. Er ist ein Genie.«

»Bevor ich Sie frage, woher Sie sich kennen und wie sich die Geschichte zwischen Ihnen, Hülsdorff und Heike Schmückle entwickelt hat, möchte ich wissen, woher Sie wissen, dass ihm etwas zugestoßen ist.«

»Ich wurde angerufen.«

»Von wem?«

»Das weiß ich nicht.«

»Und das soll ich Ihnen glauben?«

»Das bleibt Ihnen überlassen. Aber es ist die Wahrheit. Es war eine männliche Stimme.«

»Was sagte der Mann genau?«

»›Das Spiel läuft inzwischen nach neuen Regeln. Frank Hülsdorff weiß das jetzt. Und Sie sollten es auch wissen.‹ –›Warum ich?‹, habe ich ins Telefon geschrien. Und dann: ›Was ist mit Frank?‹ – ›Am besten fragen Sie die Polizei!‹, hat die Stimme gesagt, und dann hat dieser Mensch aufgelegt. Ich bin sofort hierher gefahren.«

»Sie waren bis gestern in Greifswald?«

»Nein, das hat nicht geklappt. Ich bin schon länger wieder in der Stadt.«

Peter lehnte sich weit gegen die Stuhllehne zurück, verschränkte seine Hände im Nacken und sah Dorothee scharf an, ohne etwas zu sagen. Sie wurde unruhig. »Was ist denn?«

»Ich versuche mir grade vorzustellen, wie Sie aussehen, wenn Sie eine Perücke mit langen blonden Haaren aufhaben und, damit sie besser hält, eine Baskenmütze oben drauf. Und eine große, dunkle Brille vor den Augen.«

Dorothee biss sich auf die Unterlippe, sagte aber nichts.

»Warum?«, fragte Peter.

»Was warum?«

»Warum haben Sie mich verfolgt?«

»Frank wollte wissen, wo Sie von ihm aus hinfahren. Er ist extrem misstrauisch. Und er hat ja auch allen Grund dazu, wie man jetzt gesehen hat.«

»Nu machen Sie aber mal halblang. Ich habe mich als Polizist ausgewiesen.«

»Ausweise kann man fälschen. Und Polizisten machen auch so manchen Nebenjob.«

»Ich nehme an, das ist jetzt Originalton Frank Hülsdorff.«

Sie antwortete nicht.

»Waren Sie denn die ganze Zeit dort, als ich ihn das erste Mal besucht habe?«

»Ja. Ich habe jedes Wort gehört.«

»So. Jetzt möchte ich noch gerne wissen, wie Sie zusammengekommen sind. Sie, Frank und Heike.«

»Frank und Heike kannten sich von der Stuttgarter Uni. Die hingen immer zusammen. Aber sie hatten nie etwas miteinander. Heike ist dann in das Haus eingezogen, in dem ich wohne. Wir haben uns kennen gelernt, als ich im Hof – zwischen Vorder- und Hinterhaus ist ein Hof, wo man ein paar Autos und die Fahrräder abstellen kann . . .«

»Ja, ich war dort. In Heike Schmückles Wohnung ist eingebrochen worden.«

»Und ich habe nichts davon gemerkt«, sagte sie.

Peter ging nicht näher auf ihre Bemerkung ein, registrierte aber Dorothees Reaktion sehr genau. »Sie waren also in Ihrem Hinterhof . . .«, nahm er den Faden wieder auf.

»Irgend so ein Vandale hatte die Schaltung an meinem Fahrrad demoliert. Ich stand völlig verzweifelt davor. Da kam Heike dazu und sagte: ›Warten Sie mal, das lässt sich leicht reparieren.‹ Und was dann geschah, fand ich total faszinierend. Sie holte aus ihrer Tasche – also Tasche ist falsch, es war so eine Art Pilotenkoffer –, jedenfalls holte sie ein Necessaire heraus, das mit unzähligen kleinen Werkzeugen bestückt war. Sie wählte einen Schraubenzieher und irgendein batteriebetriebenes Instrument. Und im Handumdrehen hat sie meine Gangschaltung repariert. Ich war total verblüfft. Heike lachte nur, stellte sich vor und sagte: ›Wir sind offenbar Nachbarinnen.‹ Und dann kam sie auch gleich mit ihrem Anliegen heraus, ob ich nicht ihre Katze versorgen könnte, wenn sie verreist sei.«

»Und Frank Hülsdorff?«

»Etwa vier Wochen später sagte Heike zu mir: ›Komm doch mal mit, ich treffe mich mit ein paar Freunden. Da ist einer dabei, der passt zu dir.‹«

»Sie hat euch verkuppelt?«

»Ja. So war sie. Und sie hatte ja auch Recht. Wir haben uns auf Anhieb toll verstanden, Frank und ich. Er hat mir auf der Fete ein Glas Sekt gebracht – da kannten wir uns noch gar nicht – und hat gesagt: ›Die Heike meint, wir beide müssten uns unbedingt kennen lernen.‹«

»Das Spiel wurde also mit offenen Karten gespielt«, sagte Peter.

»Ja, so könnte man sagen.«

»Hat Frank Hülsdorff Sie in seine beruflichen, wissenschaftlichen und geschäftlichen Pläne eingeweiht?«

Dorothee zögerte, ehe sie sagte: »Nein, eigentlich nicht.«

»Aber er hat Ihnen doch vertraut?«

»Ja. Ich denke schon.«

»Können Sie mir sagen, in welcher Form er mit Heike Schmückle zusammengearbeitet hat? Frau Schmückle war ja noch bei Chemical Globe angestellt, und er ist dort hochkant rausgeflogen.«

»Ich kann dazu nichts sagen. Nur einmal, da war Frank so was von euphorisch. Da hat er eine Flasche Champagner geköpft. Das war in meiner Wohnung. Er hat eine richtige Rede gehalten, obwohl nur ich das Publikum war. Ich werde das nie vergessen. Auch weil ich plötzlich so eine schreckliche Angst bekommen habe.«

Peter beugte sich vor. »Versuchen Sie zu wiederholen, was er gesagt hat. Möglichst genau.«

»Das ist nicht schwer. Es war ja eindrücklich genug. Er hat gesagt: ›Noch zwei, höchstens drei Monate, und ich habe alle Fakten beisammen. Ich alleine!! Ich muss jetzt nur Materialproben herstellen und die Ausgangsstoffe genau definieren. Aber dann gehe ich an die Öffentlichkeit. Jede, aber auch jede Wissenschaftszeitschrift wird darüber berichten. Weißt du, wann zum letzten Mal jemand in meinem Alter mit so einer Entdeckung rausgekommen ist?‹ Ich wusste es natürlich nicht.«

»Warten Sie«, sagte Peter Heiland. »Das müsste Konrad Zuse gewesen sein.«

Dorothee Ziemer starrte ihn überrascht an. »Ja, das stimmt. Konrad Zuse in Berlin! 1938! Der stellte damals als Achtundzwanzigjähriger der Welt das erste funktionsfähige Computermodell vor und 1941 bereits den ersten elektrischen Computer mit Binärsystem, Speicher und Programmfähigkeit. Er ist den Amerikanern um einige Jahre voraus gewesen. Frank sagte zu mir: ›Zuse hat nur das Pech gehabt, dass seine Entwicklung im Krieg und gleich danach niemand begriffen hat! Aber was ich habe, das begreift jeder!‹ Er war nicht mehr zu bremsen. Ich habe dann eingewendet: ›Und was wird Fahrenholtz dazu sagen?‹ – ›Ach, Fahrenholtz!‹ Frank winkte nur geringschätzig ab. ›Alles, was der hat, stammt von mir und Heike. Ohne uns könnte der doch höchstens Kunststoffdachpfannen herstellen.‹ Ich wollte Frank seinen Überschwang ja nicht nehmen. Also haben wir noch eine Flasche Champagner aufgemacht. Es war einer der glücklichsten Abende, die ich überhaupt erlebt habe.«

»Ich denke, Sie hatten Angst.«

»Ja, zuerst. Weil ich fürchtete, ihn zu verlieren, wenn er plötzlich so etwas wie ein Shootingstar der Wissenschaft werden würde. Aber er war so begeistert und so . . . wie soll ich sagen? Mir so zugewandt. So lieb. So euphorisch. Nicht nur wegen seiner Fortschritte bei seiner Arbeit, sondern auch wegen uns, wegen unserer Liebe . . . Ich weiß nicht, ob Sie das verstehen, Herr Heiland.«

»Ich gebe mir jedenfalls Mühe«, entgegnete er trocken. »Wann war das?«

»Das ist noch kein halbes Jahr her.«

»Haben Sie mit irgendjemandem darüber gesprochen?«

»Ich? Wo denken Sie hin?«

»Aber jemand muss es erfahren haben. Wenn die Theorie stimmt, dass Heike Schmückle deswegen sterben musste und Frank Hülsdorff beinahe.«

»Sie glauben, das war der Grund?«

»Fällt Ihnen ein anderer ein?«

»Nein. Ehrlich gesagt: Nein!«

Eine halbe Stunde später erstattete Peter Heiland seinem Chef Bericht über das Gespräch mit Dorothee Ziemer. Plötzlich donnerte Ron Wischnewskis Faust auf die Schreibtischplatte. »Und dann lassen Sie die einfach so gehen?«

»Ja, warum denn nicht?«

»Haben Sie nicht gesagt, sie behauptet, dass Hülsdorff ihr vertraut hat?«

»Ja. Hat sie gesagt.« Peter ärgerte sich gewaltig über den Ton seines Chefs.

Aber Wischnewski war nicht der Mensch, der so etwas bemerkte. »Wir gehen davon aus, dass dieser Hülsdorff die Formel für einen sensationellen neuen Werkstoff gefunden hat, der die Industriewelt revolutionieren kann, oder?!«

»Ich weiß nicht, ob das eine Formel ist . . .«, wandte Peter ein.

»Das ist doch jetzt egal«, unterbrach ihn Wischnewski. »Irgendwo wird er sein Wissen deponiert haben. Für alle Fälle. Bei Heike Schmückle war es nicht. Sie hat er vielleicht gar nicht vollständig eingeweiht, und womöglich war das der Grund dafür, dass sie sterben musste.«

Peter Heiland hatte Mühe, den Gedanken seines Chefs zu folgen.

Wischnewski fuhr fort: »Frank Hülsdorff hat sein Wissen nicht rausgerückt. So wie Sie ihn schildern beziehungsweise wie die Ziemer ihn geschildert hat, hätte sich dieser Hülsdorff lieber umbringen lassen, als seine Kenntnisse preiszugeben.«

»Stimmt!«

»Er ist vorsichtig und misstrauisch!«

»Stimmt auch.«

»Also, wo ist sein ganzes Wissen deponiert?«

»Sie glauben, bei Dorothee Ziemer?«

»Ich weiß es nicht. Aber vielleicht glauben das die Typen, die hinter der Entwicklung her sind!«

»Dann wäre sie verdammt gefährdet!«

»Ja, worüber rede ich denn die ganze Zeit?!«

»Hören Sie auf«, sagte Peter Heiland leise. »Ich fühle mich schon für den Überfall auf Hülsdorff verantwortlich.«

»Umso weniger können Sie es zu einem weiteren kommen lassen, Schwabe!«

Das Telefon auf Wischnewskis Schreibtisch klingelte. Er riss den Hörer ans Ohr und brüllte: »Ja, was ist denn noch?« Aber plötzlich veränderte sich sein Gesicht, und seine Stimme wurde leise und weich. »Friederike! Na so was?«

Peter flüsterte rasch: »Ich kümmere mich um Dorothee Ziemer« und schlich auf Zehenspitzen aus Wischnewskis Büro.

Als Dorothee nach dem Besuch im Polizeipräsidium in die Pestalozzistraße zurückfuhr, stellte sie nur schnell den Renault im Hof ab und ging zu einem Bioladen, der, nur hundert Meter entfernt, jenseits der Wilmersdorfer Straße lag, und kaufte für die nächsten Tage ein. Sie wollte das Haus erst einmal nicht mehr verlassen, sich einigeln. Ganz für sich allein sein. Bepackt mit zwei prallvollen Einkaufstüten stieg sie die Treppe in den dritten Stock hinauf. Der Schlüssel drehte sich schwer im Schloss. Aber das war nicht das erste Mal. In diesem Haus, das seinen Charme aus dem eigenen Verfall bezog, klemmte noch mehr, nicht nur ihr Türschloss.

Sie hatte immer darauf geachtet, ihre Dreizimmerwohnung, die genau so geschnitten war wie die von Heike Schmückle im ersten Stock, nicht zu voll zu stellen. Im großen Zimmer standen nur ein langer Tisch mit sechs Stühlen, ein Stehpult und ein Sessel. In diesem Sessel saß ein Mann, den sie noch nie gesehen hatte. Eigentlich wirkte er nicht gefährlich. Dennoch erschrak Dorothee so sehr, dass sie glaubte, jeden Moment in Ohmacht zu fallen. Immerhin brachte sie heraus: »Wie kommen Sie hier herein?«

Seine Stimme klang kultiviert, als er sagte: »Wir

werden uns am besten sehr schnell einig, wenn Sie nicht wollen, dass es Ihnen so geht wie Ihrem Freund Frank Hülsdorff.«

Dorothee war plötzlich kalt. Sie war unfähig, etwas zu sagen.

»Ich gehe davon aus, er hat bei Ihnen alles deponiert, was ich gerne hätte. Und wenn es nicht hier ist, dann dürften Sie wissen, wo es sich befindet.«

»Wer sind Sie?«, stieß Dorothee hervor.

»Mich kennt eh niemand. Das ist so, wenn man lange genug von der Bildfläche verschwunden war. Das macht aber auch vieles leichter.« Er stand auf. Der Mann war etwas größer als sie selbst und hatte die Figur eines Zehnkämpfers: breite Schultern, schmale Hüften, muskulöse Arme. Sein Gesicht war gebräunt.

Dorothee schoss der Gedanke durch den Kopf: ›Du musst jetzt klug sein. Du musst mit ihm reden. Du musst ihn glauben machen, dass er bei dir sein Ziel erreicht, dass du seine Bedingungen erfüllen kannst.‹

»Gut«, sagte sie so beherrscht wie möglich, »was wollen Sie?«

Der Mann lächelte. Er hatte ebenmäßige Züge, einen vollen Mund und Augen, in denen man hätte versinken können. Das kann kein schlechter Mensch sein, dachte Dorothee. Dennoch fragte sie: »Haben *Sie* Frank überfallen?«

»Ich bitte Sie«, er lächelte noch immer. »Für wen halten Sie mich?«

Peter Heiland hatte sich einen Dienstwagen geben lassen und raste nun die Kantstraße hinauf. Die Ampel an der Kaiser-Friedrich-Straße sprang gerade auf Rot, aber das hinderte ihn nicht, noch rasch abzubiegen und an der nächsten Kreuzung ebenfalls unter Missachtung des Rotlichts in die Pestalozzistraße einzufahren, die hier eine Sackgasse war. Er stellte das Fahrzeug in die Hofeinfahrt, knallte das Blaulicht, ohne es einzuschalten, auf das Dach des Wagens, um zu erkennen zu geben, dass es sich um ein Polizeiauto handelte, und stürmte ins Haus.

Zu dieser Zeit hatte Dorothees Besucher seine Geduld verloren. Er schlug sie so heftig ins Gesicht, dass das Blut aus ihrer Nase schoss. »Ich weiß, dass er nichts auf seinem Computer gespeichert hat. Alle Details sind auf CDs gebrannt. Und die sind bei Ihnen.«

Dorothee starrte den Mann an und schüttelte langsam, aber nachdrücklich den Kopf. Der nächste Schlag riss sie von den Beinen. Sie fiel rücklings auf den Parkettboden. Als sie ihren Blick wieder klarziehen konnte, stand der Fremde breitbeinig über ihr.

Dorothee begann am ganzen Leib zu zittern. Sie wollte das nicht. Sie wollte keine Schwäche zeigen. Aber gegen das Zittern kam sie nicht an. Es gelang ihr nicht mehr, ihren Körper zu beherrschen. Ihre Glieder flogen. Sie atmete kaum noch. Und sie hörte, wie sie flehte: »Bitte nicht!«

»Ich hasse Gewalt«, sagte der Fremde, »aber anscheinend geht es nicht anders.« Er holte aus. In diesem Augenblick klingelte es an der Wohnungstür. »Still!«, zischte der Mann. »Ruhig. Ganz ruhig. Kein Mucks. Sonst ist es aus mit dir!«

Dorothee ertappte sich bei der lächerlichen Frage: ›Warum duzt der mich eigentlich?‹

Das Klingeln wurde heftiger. Eine männliche Stimme rief: »Frau Ziemer, machen Sie auf. Ich bin's: Peter Heiland! Von der Kripo!«

Der fremde Mann schlich zur Tür und schaute durch den Spion. Er sah, dass der Mann im Treppenhaus eine Pistole zog. Unwillkürlich sprang der Einbrecher ein Stück zurück. Im gleichen Augenblick splitterte Holz. Die Tür flog auf und krachte gegen die Wand. Der Mann in der Wohnung senkte den Kopf wie ein Kampfstier, rannte los, prallte mit Peter Heiland zusammen. Machte, als er sah, dass der Beamte stürzte, einen kurzen Schritt zur Seite und war im nächsten Moment im Treppenhaus. Als Peter Heiland sich aufgerappelt hatte, folgte er dem anderen nicht. Er hatte viel zu viel Angst um Dorothee Ziemer. Die kauerte in der Mitte ihres Wohnzimmers, versuchte mit einem Taschentuch das Blut zu stoppen, das aus ihrer Nase quoll, und wiederholte ein ums andere Mal: »Warum? Warum? Warum?«

Peter Heiland fasste sie unter den Achseln und zog sie hoch. Leise sagte er: »Es ist vorbei. Beruhigen Sie sich. Es ist vorbei!«

Langsam schien sie zu sich zu kommen.

Als Ron Wischnewski an diesem Abend sein Büro verließ, begegnete er auf dem Korridor Hanna Iglau. Er blieb kurz stehen und sagte: »Haben wir jetzt nicht gestern über Frau Schmidt gesprochen?«

Hanna bekam sofort ein schlechtes Gewissen und versuchte möglichst beiläufig zu sagen: »Ja, ich glaube, ja!«

»Und heute ruft sie mich an!«

Hanna sagte: »Na und? Ist doch schön!« Es klang wie eine Verteidigung.

Aber Ron Wischnewski hatte im Augenblick kein Ohr für Zwischentöne. »Jetzt gehe ich nach Hause, rasiere mich, ziehe mir was Anständiges an, und dann treffe ich sie bei Yves Risachèr in der Weinstube am Savignyplatz.«

»Das ist ja wunderbar!«, rief Hanna ein wenig zu emphatisch. Wischnewski legte seine breite Stirn in Falten. »Nu übertreiben Sie nicht gleich!«

Hanna grinste. »Soll nicht wieder vorkommen!« Sie sah ihrem Chef nach, dessen Gang trotz des schweren Körpers immer eine gewisse Eleganz hatte. Und jetzt machte er sogar plötzlich einen tänzerischen Zwischenschritt. So etwas hatte sie bei ihm nun wirklich noch nie gesehen. Aber durch diese kleine Beobachtung bekam sie richtig gute Laune.

Als Hanna Iglau nach Hause kam, stand Peter Heilands Dienstwagen vor ihrem Haus. Hannas Herz machte einen kleinen Sprung. Aber als sie die Frau neben ihm sah, schlug ihre Stimmung sofort um. Peter stieg aus und trat auf sie zu. Bevor er etwas sagen konnte, fragte seine Kollegin: »Wen hast du denn da im Auto?«

»Dorothee Ziemer. Sie ist überfallen worden.«

»Wo?«

»In ihrer eigenen Wohnung! Ich bin grade noch rechtzeitig dazugekommen.«

Hanna trat neben die Beifahrertür und öffnete sie. Dorothees Gesicht trug deutlich die Spuren der Schläge. »Mein Gott!«, entfuhr es Hanna. »Kommen Sie. Steigen Sie aus, wir gehen zu mir hinauf.«

Schnurriburr spürte stets sofort, wenn ein Mensch ihn brauchen konnte. Kaum hatte sich Dorothee auf das Sofa gesetzt, sprang er auf ihren Schoß, rieb seinen schief gelegten Kopf an ihrem Arm und fing an, laut zu schnurren. Zögernd begann sie, ihn zu streicheln. Ihr Gesicht entspannte sich ein wenig.

»Können Sie den Mann beschreiben?«, fragte Peter.

»Ich denke, du hast ihn auch gesehen«, rief Hanna dazwischen.

»Er hat mir keine Zeit gelassen, ihn anzuschauen.«

Langsam sagte Dorothee: »Er sieht sehr gut aus. Wie ein Sportler. Kleiner als Sie, aber nicht viel. Mir ist aufgefallen, dass er sonnengebräunt war wie jemand, der aus dem Urlaub kommt, und er hat sehr schöne dunkle Augen.«

»Ich hätte das Bild mitnehmen sollen«, sagte Peter.

»Was für ein Bild?«, fragte Hanna Iglau.

»Bei Arnold Fahrenholtz stand ein Foto auf einem Sideboard hinter dem Schreibtisch. Da war auch sein Bruder Marcel drauf. Auf ihn könnte die Beschreibung zutreffen.«

»Ich wusste nicht, dass Fahrenholtz einen Bruder hat«, sagte Dorothee.

»Er saß bis vor kurzem sechs Jahre lang im Gefängnis, weil er einen Mann ermordet haben soll.«

»Soll?«

»Es gibt Zweifel daran. Möglicherweise handelte es sich um einen Justizirrtum«, sagte Peter.

»Aber der Mann, der mich bedroht hat, hatte ganz klar nur ein Ziel, er wollte Franks Aufzeichnungen haben. Wie kann er das wollen, wenn er bis vor kurzem im Gefängnis war?«

»Er ist ebenfalls Chemiker und Physiker«, sagte Hanna.

»Ja, schon, aber in den letzten sechs Jahren ist wissenschaftlich und technisch so viel passiert. Wenn da einer bei der Entwicklung nicht mit dabei war, findet er den Anschluss so leicht nicht mehr. Das dauert

Jahre, würde ich denken. Wenn es überhaupt zu schaffen ist.«

»Das ist allerdings ein guter Einwand«, sagte Hanna.

Peter stand am Fenster mit dem Rücken zum Raum. Leise sagte er: »Wir wissen viel zu wenig über diesen Mann.«

»Sein Vater redet ja nicht mit uns«, warf Hanna ein.

»Aber im Knast muss es doch Leute geben, die ihn aus der Nähe kennen gelernt haben.«

Schnurriburr sprang von Dorothees Schoß, lief zu Peter und stellte sich an seinem rechten Bein auf. Peter lächelte: »Da seht her, der Kater gibt mir Recht.«

Er hob das Tier auf die Arme. Schnurriburr miaute und stieß sein Schnäuzchen gegen Peters Nase.

5

Dorothee war über Nacht bei Hanna Iglau geblieben. Peter hatte der Fahrbereitschaft mitgeteilt, dass er den Dienstwagen behalten werde, weil er gleich am nächsten Morgen zur Haftanstalt nach Tegel fahren wollte.

So einfach war es allerdings nicht, sein Vorhaben in die Tat umzusetzen. Es dauerte schon mal vierzig Minuten, bis der Direktor, Friedrich Maushardt, ihn empfing. Er verlangte eine richterliche Entscheidung. Peter Heiland bedauerte, dass Hanna Iglau nicht mitgekommen war. Sie hätte diesen hageren, ausgemergelten Musterbürokraten leichter umstimmen können als er. Aber sie waren sich einig gewesen, dass Hanna mit Dorothee ins Präsidium fahren sollte, um ihre Aussagen zu Protokoll zu nehmen.

»Also bitte«, sagte der Gefängnisdirektor, »es hat keinen Sinn. Sie werden mich nicht umstimmen. Wenn Sie mich dann bitte wieder allein lassen würden.«

Peter blieb sitzen. Er ließ seine Augen in dem kargen Büro spazieren gehen, das so ordentlich aufgeräumt war, dass man nicht vermutet hätte, hier arbeite jemand, wenn der Direktor nicht hinter dem Schreibtisch gesessen wäre.

»Haben Sie nicht gehört?«

Peter schaute Maushardt in die Augen: »Wir ermitteln in einem Mordfall, in einem Fall von Mordversuch und wegen schwerer Körperverletzung. Der Mensch, der hinter dem allen steckt, ist vielleicht ein ehemaliger Insasse Ihrer Vollzugsanstalt.«

»Ja, das habe ich verstanden!«

»Dennoch werde ich es so oft wiederholen, bis Sie darin endlich einen Grund sehen, mich mit den Mithäftlingen von Marcel Fahrenholtz sprechen zu lassen.«

»Bitte, gehen Sie!«

»Ich bleibe.«

»Dann muss ich Sie entfernen lassen!«

»Gut. Wenn Sie keinen anderen Weg sehen. Aber mein Chef hat einen erstklassigen Draht zur Boulevardpresse. Ich weiß nicht, wie gut Sie mit einer Schlagzeile leben können: ›Gefängnisdirektor behindert Ermittlungen im Fall Heike Schmückle.‹«

»Das ist infam, Herr Heiland.«

»Ja. Keine Frage. Doch ich muss die Informationen haben, die mir die Gefangenen geben können. Eine richterliche Anordnung bekomme ich auf jeden Fall. Aber ich will keine Zeit verlieren.«

Der Direktor nahm sein Telefon, wählte eine Nummer und sagte: »Herr Heidenreich, gleich kommt ein

Kommissar der Kripo zu Ihnen runter. Lassen Sie die Gefangenen Lebert und Üzmir in den Verhörraum bringen. Kriminalhauptkommissar Heiland ist dreißig Minuten Gelegenheit zu geben, die zwei Gefangenen zu befragen.« Jedes Wort, das er sprach, schien ihm Schmerzen zu bereiten.

Peter Heiland stand auf und trat zu dem Direktor. »Ich danke Ihnen.« Er wollte ihm die Hand reichen, aber der Gefängnischef übersah sie.

Vor dem Verhörraum erwartete ihn ein gemütlicher Vollzugsbeamter, der nicht mehr weit von der Pensionsgrenze entfernt sein konnte. »Einer ist schon drin. Lebert.« Er deutete mit dem Daumen auf die Tür zum Verhörraum. »Wollen Sie mir sagen, worum es geht?«

»Ich ermittle in dem Mordfall Schmückle. Sie haben ja vielleicht in den Zeitungen davon gelesen.«

Der Beamte nickte. »Und was hat der Lebert damit zu tun?«

»Nichts. Mir geht es um Marcel Fahrenholtz.«

Der Schließer sah ihn erstaunt an. »Hat der etwas mit dem Mord zu tun?«

»Das will ich rauskriegen.«

»Also das kann ich mir überhaupt nicht vorstellen. Brutal ist der nicht. Gerissen, ja. Aber nicht brutal. Und ich glaube, gerissen ist er erst hier drin geworden.«

»Können Sie das genauer beschreiben?«

»Als er reinkam, war er völlig am Boden. Apathisch. Depressiv. Der hat wochenlang kein Wort geredet. Aber dann, von einem Tag auf den anderen, war er wie ausgewechselt. Es dauerte keine drei Monate, und er war an der Spitze der Knasthierarchie. Ich nehme an, Sie wissen, dass es so etwas gibt.«

Peter nickte nur.

»Fahrenholtz war ein Pokerspezialist. Nicht nur, wenn's um die Karten ging. Für den war alles ein Spiel. Aber es musste nach seinen Regeln laufen.«

Peter Heiland erinnerte sich daran, dass Dorothee einen ähnlichen Satz zitiert hatte. Als er sie gefragt hatte, wie sie davon erfahren habe, dass Frank Hülsdorff etwas zugestoßen war, sprach sie von einem Anrufer. Und der hatte gesagt: ›Das Spiel läuft inzwischen nach neuen Regeln. Frank Hülsdorff weiß das jetzt. Und Sie sollten es auch wissen.‹

»Er hat also die Regeln bestimmt?« Peter sah in das bleiche Gesicht des Vollzugsbeamten. Typische Knastfarbe, ging es ihm durch den Kopf. Nicht einmal die Wärter hier kamen genügend an die frische Luft.

Heidenreich nickte. »Der Fahrenholtz hat jeden abgezockt und nicht nur im Spiel. Das meine ich mit gerissen. Und wenn er einem wirklich mal zeigen wollte, wo der Hammer hängt . . .«

»Sie meinen, wenn er Gewalt anwenden wollte . . .?«

»Dann hat er andere dafür gehabt. Fahrenholtz hat

immer einen gefunden, der die Drecksarbeit für ihn gemacht hat.« Ein anderer Vollzugsbeamter kam mit einem kleinen, stämmigen schwarzhaarigen Mann den Gang herunter, und Heidenreich fügte hinzu: »Da kommt der Üzmir. Das war so einer, den der Fahrenholtz schicken konnte, wenn's hart auf hart ging.«

»Eine Frage noch«, sagte Peter. »Hat Fahrenholtz oft Besuch bekommen?«

»Sein Vater ist jeden Monat gekommen. Und er hat viel Post gekriegt. Vor allem Päckchen: Dem hat's hier drin an nichts gefehlt – zum Essen und zum Trinken, meine ich. Sonst schon!«

»Danke«, sagte Peter und gab dem Beamten die Hand. Zu Üzmür sagte er: »Kommen Sie?« und ließ ihm den Vortritt.

Die beiden Gefangenen wussten nicht viel, oder sie waren nicht bereit zu erzählen, was sie wussten. Eines stellte sich aber doch klar heraus: Auf Marcel Fahrenholtz ließen sie nichts kommen.

»Der ist ja reich«, sagte Lebert. »Aber das hat er nie rausgehängt. Er hat immer geteilt.«

»Und du hast mit jedem Scheiß zu ihm kommen können«, ergänzte Üzmir. »Dem ist immer was eingefallen.«

»Da fehlt er Ihnen jetzt wahrscheinlich.«

Die beiden schauten sich an, wendeten dann ihre Köpfe synchron wieder Peter zu und nickten.

»Hat er manchmal über seinen Bruder gesprochen?«

»Nur dass der 'ne große Firma leitet«, antwortete Lebert, und es war ihm anzusehen, er war auf der Hut.

»Die hätte Marcel sicher auch leiten können«, sagte Peter.

»Denke schon.«

»Hat er darüber mal geredet?«

»Nein«, sagte Lebert.

»Doch«, sagte Üzmir. »Er hat mal gesagt, wenn er rauskommt, muss sein Bruder ihn an allem beteiligen, was inzwischen geworden ist.«

»Kann ich mich nicht erinnern«, warf Lebert ein.

»Stimmen könnte das ja«, sagte Peter Heiland. »Die Firma hat Patente und schafft immer neue. Warum soll da nicht die eine oder andere Idee von Marcel gewesen sein.«

Jetzt nickte Lebert: »Ja, könnt schon sein, dem fällt dauernd was Neues ein.«

»Vor allem, wenn er einen aufs Kreuz legen will«, lachte Üzmir.

»Gab's denn hier drin keinen, der ihm gewachsen war?«, wollte Peter wissen.

»Der Thomas Kerner. Die zwei sind richtige Freunde gewesen.«

»Na ja, Freunde . . .« Lebert schien das zu bezweifeln.

»Ja, was nun?«, fragte Peter Heiland.

»Der Fahrenholtz war ein gerissener Spieler. Beim Poker und so. Aber Kerner war ihm über.«

»Weil er beschissen hat«, sagte Üzmür. »Marcel hat nie beschissen!«

»Und warum hat Marcel Fahrenholtz sich das gefallen lassen?«, wollte Peter wissen.

»Ich weiß nicht. Manchmal hat es so ausgesehen, als hätt er sogar Spaß daran.«

»Sie meinen, er hat diesen Kerner durchschaut, wenn der beim Spiel betrogen hat?«

»Ja. Es hat ihm ja nichts ausgemacht. Geld hatte der genug.«

»Und? Sitzt Kerner noch hier drin?«

Bevor sich Peter darüber ärgern konnte, dass der Gefängnisdirektor ihm womöglich die falschen Mitgefangenen von Marcel Fahrenholtz vorgesetzt hatte, sagte Lebert: »Ne, der ist vor vier Monaten schon rausgekommen.«

»Haben sich die zwei für draußen verabredet?«

»Keine Ahnung«, sagte Üzmir.

»Bestimmt«, sagte Lebert.

Als Peter Heiland die schwere Stahlschiebetür hinter sich einrasten hörte, war er wieder einmal richtig erleichtert. Das ging ihm jedes Mal so, wenn er eine Vernehmung im Gefängnis durchführen musste. Kaum hatte er einen Knast betreten, beschlich ihn ein seltsames Gefühl von Unsicherheit und Angst. Er wusste ja, dass ihm da drin nichts passieren konnte. Aber der Gedanke kam ihm immer wieder: Irgendwann in seinem Leben hätte es einmal eine Situation geben können, in der auch er weggeschlossen worden wäre. Auf lange Zeit. Vielleicht für immer. Eingesperrt in einer Zelle 2 auf 3,5 Meter, eingemauert in den Gefängnisalltag, in dem er selbst nichts und andere alles bestimmen konnten. Dieser Gedanke trieb ihn dann plötzlich um und verstärkte sich in jeder Minute, die er hinter Gefängnismauern verbringen musste.

Ein scharfer, kalter Wind war aufgekommen und trieb ihm die dünnen Regentropfen wie spitze Nadeln ins Gesicht. Er holte drei-, viermal tief Atem, streckte seinen langen Körper und sah zu dem grau verhangenen Himmel hinauf. Die Tage kamen und gingen, aber dieses trübe Wetter blieb, als hätte es sich an Berlin festgebissen. Zu Hause, auf der Schwäbischen Alb, konnten auch solche Zeiten ihre schönen Seiten haben: wenn der Himmel dicht über der Albhochfläche hing, der Natur ihre Farben nahm und die Landschaft in hundert verschiedenen Grautönen vor einem lag. Die Schlehen- und Wacholderbüsche hockten dann wie lauernde Unholde auf den Wiesenhängen, und die scharf gezackten Waldränder wirkten wie Scherenschnitte. Kam dann ein Wind auf so wie jetzt, geriet die graue Fläche in Bewegung und wurde zerfetzt. Einzelne Wolken lösten sich und wurden vom Wind in rasender Fahrt über den Himmel gejagt. Die frische Luft fuhr einem in alle Glieder, und man begann sich auf daheim zu freuen. Auf eine behagliche Stube, in der vielleicht zum ersten Mal der Kachelofen angeheizt wurde. Peters Opa Henry fluchte zwar, was man jetzt wieder für Scherereien haben würde. Jeden Tag die Asche rausräumen, jeden Morgen Holz aus dem Schuppen holen und mühsam aus Papier und Holzspachteln einen Berg aufschichten, drei schwere Scheite darüber legen, und dann gingen die ersten Streichhölzer immer wieder aus, weil aus der Ofenklappe ein Luftzug kam, der das schwache Flämmchen nicht am Leben lassen wollte. Und doch liebte der alte Mann das Feuermachen über alles. Sonst hätte er ja wohl seinen Enkel öfter mal rangelassen.

Peter Heiland seufzte und ging auf den Parkplatz zu, auf dem er seinen Wagen abgestellt hatte. Dabei kam er an einem Fahrradständer vorbei, der unter einem Wellblechdach angebracht war. Ein Mann in Jeans und einem hellblauen Anorak schloss grade sein Fahrrad frei. Er richtete sich auf und sagte: »Haben Sie erfahren, was Sie wollten?«

Jetzt erkannte Peter den Vollzugsbeamten Heidenreich wieder, der ohne seine Uniform und barhäuptig ein ganz anderer zu sein schien.

»Na ja, wie man's nimmt.«

»Der Lebert ist gar kein so schlechter Kerl«, sagte Heidenreich.

Peter nickte. »Ja, den Eindruck hatte ich auch.«

»Ja, dann«, sagte der Schließer.

»Augenblick noch. Sie sagten, dass Marcel Fahrenholtz regelmäßig Besuch von seinem Vater bekommen hat.«

»Ja, stimmt.«

»Und sonst? Ich meine, hat ihn wirklich nur sein Vater besucht?«

»Bis Anfang dieses Jahres war er der einzige. Aber dann kam immer häufiger die Frau.«

»Wissen Sie, wie sie heißt?«

»Das muss in unseren Akten vermerkt sein. Ich erinnere mich nicht mehr an den Namen, aber hübsch war sie. Sehr hübsch.«

»Wie alt ungefähr?«

»Ende zwanzig, Anfang dreißig, kann aber auch älter sein. Bei den Frauen tut man sich heutzutage schwerer als früher, wenn man sie schätzen will.«

»Ja, da haben Sie Recht! Hieß sie vielleicht Schmückle? Heike Schmückle?«

»Jetzt wo Sie's sagen . . . Ich glaube tatsächlich, dass sie so hieß.«

»War sie seine Freundin?«

»Ne. Die haben irgendwie geschäftlich verkehrt.«

»Geschäftlich?«

»Ja, ich hatte zumindest den Eindruck. Also ein Liebespaar waren die nicht. Ich hab mich sogar gewundert, dass der Fahrenholtz mit so einer Frau so sachlich umgehen konnte. Ich meine, bei so einer läuft einem doch das Wasser im Mund zusammen. Mir wenigstens, und ich bin schon dreiundsechzig.«

Peter lächelte Heidenreich an: »Ich glaube nicht, dass da das Alter eine Rolle spielt.«

Ron Wischnewski war noch beschwingt vom vorausgegangenen Abend, als er um neun Uhr in sein Büro kam. Er ließ die Berichte, die im Eingangskorb lagen, durch die Finger gleiten und blieb an einem hängen. Christine Reichert hatte in der ihr eigenen Art alles Wissenswerte aus Peter Heilands Telefonbericht zusammengefasst: ›18 Uhr 30: P. H. dringt in Wohnung von D. Z. ein, wird von unbekanntem Täter überrannt. D. Z. zuvor misshandelt. Täter verlangte CDs mit Forschungsunterlagen. D. Z. behauptet, die CDs nicht zu besitzen. 19 Uhr: D. Z. von P. H. zu H. I. verbracht. D. Z. bleibt dort die Nacht über. – Heute: P. H. in Tegel. Einvernahme Mitgefangene von Marcel F. H. I. mit D. Z. im Besprechungsraum. Protokollaufnahme.‹

Ron Wischnewski ging ins Sekretariat, holte sich einen Kaffee von der Maschine und wedelte gleichzeitig mit Christines Kurzbericht. »Ist das alles?«

Christine Reichert schob ihm die Milchdose hin. »Grabosch hat seinen Bericht grade abgeliefert.«

Sie wollte ihm das Papier reichen, aber Wischnewski winkte ab. »Fassen Sie zusammen, das machen Sie doch so gut!«

Christine Reichert strahlte ihn an. Sie war fest davon überzeugt, dass niemand in der Abteilung ihre Arbeit richtig würdigen konnte. Wischnewski am wenigsten. Sie war allerdings auch jederzeit bereit, die Schuld für alles auf sich zu nehmen, was in der achten Mordkommission falsch lief. Dabei war sie die Tüchtigkeit in Person. »Dr. Hornung und Arnold Fahrenholtz haben sich 1980 an der Uni Tübingen kennen gelernt. Hornung studierte dort Jura, Fahrenholtz Chemie. Sie waren in der gleichen Verbindung, warten Sie . . .« Christine sah rasch in Graboschs Bericht nach. »AV Normania. Was AV heißt, weiß ich nicht.«

Wischnewski schenkte ihr eines seiner seltenen Lächeln: »Akademische Verbindung. Und die Normannen sind, glaube ich, so Leute, die sich noch mit Säbeln traktieren und Bier bis zum Umfallen saufen.«

Christine fuhr fort: » Die beiden haben sich dann aus den Augen verloren und vor sechs Jahren wieder getroffen. Anlässlich des Prozesses gegen Marcel Fahrenholtz.«

»Wie hat Grabosch das alles rausgekriegt?«

»Er hat die Frau aufgetrieben, die zwölf Jahre lang Sekretärin beim alten Fahrenholtz, also bei Oskar Fahrenholtz, dem Seniorchef, war. Anneliese Meinhardt. Die Frau ist jetzt in einem Altersheim. Grabosch hat sie natürlich auch nach Marcel Fahrenholtz gefragt. Sie sagt, der sei besonders begabt, aber immer auch . . .« Christine Reichert warf wieder einen Blick in Graboschs Bericht und las ab: ». . . besonders gefährdet gewesen.«

»Und warum?«

»Weil er wohl einen Großteil seiner Freizeit in Spielbanken zugebracht hat. Die Sekretärin bezeichnet ihn als ›hochintelligenten Abenteurer, dem es nie an Charme, aber immer an Moral gefehlt hat‹. Und sie sagt dann noch: ›Niemals hätte der Senior zugelassen, dass Marcel die Leitung der Firma in die Hände kriegt.‹«

»Danke!« Wischnewski trank seinen Kaffee aus und stellte die Tasse neben die Maschine.

»Da ist noch was«, sagte Christine Reichert, als Wischnewski schon die Türklinke in der Hand hatte. »Ein Rechtsanwalt Dr. Bacher hat angerufen. Er vertritt Oskar Fahrenholtz und teilt mit, sein Mandant denke nicht daran, der Vorladung Folge zu leisten.«

Ron Wischnewski zog seine Stirn in Falten. »Rufen Sie zurück, und sagen Sie ihm, ich lasse seinen Mandanten zwangsweise vorführen, wenn er nicht von selber kommt.«

Wischnewski ging hinaus. Eigentlich hätte er der Sekretärin dieses Telefonat nicht zumuten dürfen, dachte er. Er konnte ja nicht wissen, dass Christine Reichert diesen Auftrag als eine Auszeichnung empfand. Der Kriminalrat hätte sicher seinen Spaß daran gehabt, wenn er gehört hätte, mit welcher Schärfe Frau Reichert dem Anwalt Bacher klarmachte, dass man hier im LKA nicht so mit sich umspringen lasse. »Wenn ich Ihnen einen Rat geben darf«, sagte sie am Ende des Gesprächs spitz, »dann machen Sie Ihrem Mandanten Beine. Unser Chef kann sehr ungemütlich werden, wenn jemand versucht, die Gesetze zu ignorieren.«

Wischnewski saß da schon an seinem Schreibtisch und ordnete die Berichte, die in den letzten sechzehn Stunden hereingekommen waren, in der Reihenfolge, nach der er beim Lesen vorgehen wollte. Es klopfte an der Tür, und bevor er »Herein« rufen konnte, wurde sie geöffnet. Ein Fensterflügel, der offenbar ungenügend arretiert war, flog auf. Ein Windstoß erfasste die Papiere und ließ sie in alle Ecken des Zimmers stieben.

»Sie Unglücksrabe!«, herrschte Wischnewski Peter Heiland an.

»Also dass draußen ein Sturm aufkommt und dass Sie Ihr Fenster nicht richtig zu haben – dafür kann i ausnahmsweise mal nix!« Peter bückte sich nach den Papieren und klaubte sie auf. Wischnewski sah ihm dabei zu und rührte sich nicht aus seinem Schreibtischsessel.

»Ich hab gestern Abend noch versucht, Sie zu erreichen«, sagte Heiland.

»Ich war mit einer Bekannten aus.«

»Ah. Schön!«

»Woher wollen jetzt Sie wissen, dass das schön war?«

»Ja, war's denn net schön?«

»Natürlich war's schön. Aber das ist nichts, was Sie wissen können.«

»Hauptsach', es war schön!«

Peter war mit dem Einsammeln der Blätter fertig, stieß den Stapel an den Rändern auf und legte ihn auf die Schreibtischplatte. Währenddessen berichtete er im Telegrammstil von seinem Besuch bei den beiden Häftlingen.

»Dafür hatten Sie keinen Auftrag!« Wischnewskis gute Laune war schon längst wieder verflogen.

»Ja, war's net recht?«

»Das ist doch hier nicht die Frage!«

»Sondern?«

Wischnewski wurde laut: »Dass hier nicht jeder auf eigene Faust ermitteln kann! Hatten Sie überhaupt eine richterliche Anordnung, oder wie sind Sie an die Leute rangekommen?«

»Durch Hartnäckigkeit!«, sagte Peter.

»Dieser Thomas Kerner ...«

»Ja, wir suchen bereits nach ihm.«

Wischnewski schlug mit der flachen Hand auf den Tisch. »Und mich wollen Sie wohl aufs Altenteil schicken?«

»Herr Wischnewski!« Peter sah seinen Chef mit großen Augen an. »Was wären wir denn ohne Sie? Ein Hühnerhaufen, wo jeder nach seinen Körnern pickt!«

Der Kriminalrat musste unwillkürlich lächeln, sagte aber in besonders barschem Ton: »Bringen Sie erst mal Land zwischen sich und mich, Schwabe, bevor ich richtig sauer werde.«

»Vorher muss ich Ihnen aber noch sagen, dass Oskar Fahrenholtz seinen Sohn Marcel regelmäßig im Gefängnis besucht hat. Lange Zeit war er der einzige. Aber seit Anfang des Jahres war auch Heike Schmückle häufig zu Besuch bei ihm im Knast. Ein Schließer hat sich daran erinnert, und ich habe das in der Gefängnisverwaltung gecheckt.«

»Die hatten also etwas miteinander?«

»Nur geschäftlich, wie es aussieht.«

»Interessant. Darüber möchte ich so schnell wie möglich einen Bericht«, sagte Wischnewski.

Peter verließ den Raum. Er grinste erst, als er die Tür hinter sich zugezogen hatte und den Korridor hinunterging bis zum Besprechungsraum.

Hanna Iglau und Dorothee Ziemer saßen sich am Tisch gegenüber und tranken Tee. Die Situation wirkte beinahe gemütlich. Peter schloss die Tür und lehnte sich dagegen. »Ich habe nur eine Frage, Frau Ziemer.«

»Ja?«

»Ich kann mir nicht vorstellen, dass Sie eine blonde Perücke, eine überdimensionierte Sonnenbrille und eine Baskenmütze angeschafft haben, nur um mich zu observieren.«

»Ich verstehe nicht.«

»Hat Ihnen Frank Hülsdorff schon früher den Auftrag gegeben, Leute zu beobachten?«

Dorothee Ziemer saß ganz ruhig da. Aber ihre Hände fingen plötzlich an, auf der braunen Tischplatte hin und her zu wandern. Ihre Finger waren wie die Füße eines Käfers. »Sie stellen seltsame Fragen«, sagte Frau Ziemer.

»Antworten Sie einfach.«

Dorothee biss sich auf die Unterlippe.

Hanna griff ein. »Wir verstehen uns doch so gut«, sagte sie zu Dorothee Ziemer. »Sie müssen doch bemerkt haben, dass wir nichts gegen Sie haben.«

Peter Heiland schüttelte unmerklich den Kopf. Am liebsten hätte er gefragt: ›Was ist denn jetzt das für ein Kriterium?‹

»Vor etwa drei Monaten kam er plötzlich mit der Perücke und der Brille an. Ich fand das lächerlich. Aber ihm war es wichtig. Ich hab das Zeug dann vor dem Spiegel anprobiert und fand es plötzlich komisch.«

»Und später, als sie zum ersten Mal jemanden überwacht haben, vielleicht sogar aufregend?«, fragte Peter.

»Ja, kann sein.«

»Du hast also wirklich Leute überwacht?«

Peter reagierte entsetzt. Hanna duzte diese Zeugin, von der noch niemand wissen konnte, in welcher Form sie in den Fall verwickelt war. »Eine Nacht unter einem Dach, ein gemeinsames Frühstück, und schon duzt ihr euch?«

»Wir sind ja altersmäßig nicht so weit auseinander«, sagte Hanna, die wohl wusste, dass das nicht in Ordnung war.

»Starkes Argument«, gab Peter sarkastisch zurück. Zu Dorothee sagte er: »Würden Sie bitte die Frage meiner Kollegin beantworten?«

»Ich habe die Perücke vorher nur einmal getragen«, sagte Dorothee.

»Und um wen ging es da?« Hanna Iglau übernahm die Gesprächsführung wieder.

»Dr. Fahrenholtz. Also genau gesagt ging es um ihn und vier Verhandlungspartner aus Russland.«

»Hat Dirk, also Dirk Keinath, nicht auch von vier Russen gesprochen?«, fragte Peter Heiland seine Kollegin.

»Ja, genau. Der Dirk, mit dem du dich innerhalb fünf Minuten geduzt hast!«, sagte Hanna bissig.

»Retourkutschen fahren nur donnerstags.«

Hanna Iglau schenkte es sich, darauf zu antworten. Kleine Siege waren auch Siege. Zu Dorothee sagte sie betont freundlich: »Erzähl doch mal!«

»Da gibt's nicht viel zu erzählen. Ich kam in den

Klub Erosnova. Ich weiß nicht, woher Frank wusste, dass Fahrenholtz mit seinen Gästen dort hingehen wollte.«

»Und man hat Sie da so einfach reingelassen?«, fragte Peter.

»Kein Problem. Man kommt als Frau auch rein, wenn man keinen Klubausweis hat. Es sind dort immer zu viele Männer und zu wenig Frauen.«

»Muss ich mir merken«, sagte Hanna.

»Ich bin allerdings nicht lange dort gewesen«, erzählte Dorothee weiter. »Heike saß mit Fahrenholtz und seinen Gästen am Tisch. Und ich war sicher: Sie hätte mich, trotz Perücke und Brille und obwohl ich für meine Verhältnisse ziemlich gewagt angezogen war, bald erkannt. Aber als sie hinter der Bühne verschwand, konnte ich mich für fünf Minuten bis an den Nachbartisch heranpirschen. Zwar quatschte irgend so ein lästiger Mensch pausenlos auf mich ein, aber ein paar Fetzen der Unterredung zwischen Fahrenholtz und seinen Gästen konnte ich doch aufschnappen.«

Peter löste sich von der Tür und trat an den Tisch. »Bitte sagen Sie uns möglichst genau, was Sie gehört haben.«

»Sie sprachen über Heike. Einer der Russen fragte, ob es schwer sei, sie näher kennen zu lernen, und Fahrenholtz antwortete: ›Eigentlich nicht. Sie müssen es sich allerdings etwas kosten lassen. Frau Schmückle ist sehr verwöhnt. Sie liebt luxuriöse Geschenke, schöne Reisen und große Feste, auf denen sie die Königin sein kann.‹ – ›Aber sie ist doch eine Angestellte von Ihnen‹, wandte der Russe ein. Das hörte sich so an, als wollte er sagen: ›Sie brauchen ihr doch nur zu befehlen . . .‹«

Hanna verzog angewidert das Gesicht.

»Wurde denn auch über das Geschäft gesprochen?«, fragte Peter.

»Nur kurz. Und ich hab viel zu wenig verstanden. Ich traue mich nicht so recht, Ihnen das zu erzählen; ich weiß nämlich heute nicht mehr so genau, was ich tatsächlich gehört habe und was nur meine Schlussfolgerung war.«

»Erzählen Sie einfach, wir ordnen das dann schon richtig ein«, sagte Peter Heiland.

»Der Russe, der offensichtlich der Wortführer war, hat Fahrenholtz sichtlich unter Druck gesetzt. Er hat gedroht, dass er den Werkstoff auch auf anderem Wege bekommen könne. Ich sehe es noch vor mir, wie Fahrenholtz krebsrot im Gesicht wurde und die Fäuste ballte. Er sagte: ›Ich kann mir schon denken, wer das ist, aber verlassen Sie sich drauf, der verlädt sie. Niemand außer uns kann Ihnen alle Parameter dieser neuen Entwicklung zur Verfügung stellen. Niemand!‹ – In diesem Augenblick spielte die Kapelle einen Tusch, das Licht ging aus, ein Spot wurde auf die Bühne gerichtet, und Heike Schmückle trat auf.

Ich habe meinen Augen und meinen Ohren nicht getraut. Zu gerne hätte ich sie gefragt, ob sie nur so getan hat und die Stimme vom Playback kam. Aber ich habe sie ja dann nicht mehr gesehen. Nicht mehr lebend, meine ich. Ich bin noch während Heikes Auftritt gegangen – sehr zum Ärger des aufdringlichen Menschen an meinem Tisch. Der Türsteher oder Empfangschef hat die ganze Zeit fotografiert. Als ich an ihm vorbeikam, sagte er: ›Ist sie nicht sensationell?‹ Ich muss sagen, er hatte absolut Recht damit.«

»Dirk Keinath hat fotografiert?«

»Ich weiß nicht, ob er so heißt.«

Hanna schrieb eifrig mit. Dorothee hatte es zu Beginn des Gesprächs abgelehnt, ein Tonband mitlaufen zu lassen.

»Hat der Russe Frank Hülsdorff gemeint, als er sagte, er könne den Werkstoff auch woanders herbekommen? Was meinen Sie?«

»Nein! Wenn er irgendwann mit Frank verhandelt hätte, hätte ich wohl davon erfahren.«

»Wie hat Frank Hülsdorff denn reagiert, als Sie ihm von dem Gespräch berichtet haben?«, fragte Hanna Iglau.

»Er ist fuchsteufelswild geworden. Spätestens da habe ich begriffen, dass *er* nicht mit den Russen verhandelt hatte.«

»Bleibt eigentlich nur Heike Schmückle«, sagte Peter Heiland. »Nach allem, was wir wissen, leitete sie die Entwicklungsarbeiten nach dem Weggang von Frank Hülsdorff.«

»Aber Fahrenholtz hat von einem Mann gesprochen. Er hat doch gesagt: ›Ich kann mir schon denken, wer das ist, aber *der* verlädt Sie‹«, zitierte Hanna Iglau.

»Ja, daran erinnere ich mich genau«, sagte Dorothee. Sie wirkte jetzt müde.

Hanna warf ein: »Aber der Anruf auf Frau Schmückles Anrufbeantworter?«

»Was für ein Anruf?«, fragte Dorothee.

Peter reagierte schnell: »Das ist im Moment, glaube ich, unerheblich.« Er wollte Dorothee auf keinen Fall davon unterrichten, dass es offenbar noch immer eine enge Verbindung zwischen ihrem Freund und Heike Schmückle gegeben hatte. Anders wäre der Anruf Franks mit den Worten: ›Ich muss dich unbedingt sprechen. Rede um Gottes willen mit niemandem über unser Projekt. Verstehscht, mit niemandem! Und am allerwenigsten mit unserem neuen Freund‹ nicht zu verstehen gewesen.

Dorothee Ziemer erhob sich. »Kann ich gehen? Ich bin fix und fertig.«

»Können wir Sie irgendwohin bringen?«, fragte Peter Heiland.

»Ich weiß nicht. Ich würde gerne zu Frank ins Krankenhaus fahren.«

»Warten Sie einen Moment!« Peter zog das Telefon

zu sich her und wählte Wischnewskis Nummer. »Ist es okay, wenn ich mit Frau Ziemer in die Klinik fahre? Vielleicht kann ich ja auch ein paar Takte mit Frank Hülsdorff reden.«

»Ja, machen Sie mal. Aber zur Sitzung um 14 Uhr sind Sie wieder da.«

Peter stand nun ebenfalls auf. »Kommen Sie!«

Hanna Iglau sprang auf. Sie fühlte sich überrumpelt. »Sag mal . . .«, hob sie an. Aber Peter unterbrach sie: »Der Chef hat mich derart in den Senkel gestellt, weil ich auf eigene Faust im Knast war, da muss ich was wieder gutmachen. Tut mir leid.«

Hannas Verärgerung verflog nicht so schnell. Sie sah den beiden nach, setzte sich dann noch mal an den Tisch und sammelte ihre Notizen zusammen. Täuschte sie sich, oder hatte sich Peter doch stark verändert, seitdem sie das erste Mal miteinander geschlafen hatten? Sie verstand das nicht. Sie selbst fühlte sich ihm seit der gemeinsamen Nacht viel näher, aber er brachte immer mehr Distanz zwischen sich und sie. Hanna war den Tränen nahe. Nach so vertrauten Momenten so eine Ferne, das verkraftete sie nicht. In solchen Situationen fehlte ihr eine gute Freundin. Ein Mensch, mit dem sie rückhaltlos alles hätte besprechen können. Aber so jemanden gab es in ihrem Leben nicht. Plötzlich fühlte sie sich unsäglich allein. Es kostete sie Mühe, wieder aufzustehen und den Besprechungsraum zu verlassen. Auf dem Korridor traf sie Wischnewski, der von der Toilette kam.

»Na, wie ist es gelaufen?«, fragte er.

»Gut!«

»Und warum machen Sie dann so ein Gesicht?«

»Was mache ich denn für ein Gesicht?«

»Als ob Ihnen so eine dicke Laus über die Leber gelaufen wäre.« Wischnewski zeigte an, dass er sich das Tier mindestens faustgroß vorstellte.

»Ja, zugegeben, ich hab mich geärgert.«

»Über Heiland?«

Hanna schniefte und nickte.

Wischnewski sagte: »Er ist ein schwieriger Charakter. Aber kein schlechter Kerl. Ich glaube, er möchte oft ganz anders sein, schafft es aber nicht. Ist das nicht bei uns allen ein bisschen so?«

Hanna schaute ihren Chef überrascht an. Das waren Töne, die hatte sie noch nie von ihm gehört.

»Gucken Sie nicht so«, sagte der Kriminalrat, »ich werde nicht langsam altersweise. Ich versuche nur grade, ein bisschen was über mich selber zu lernen.«

»Soll ich Ihnen schnell berichten, was bei der Einvernahme von Frau Ziemer herausgekommen ist?«

»In der Sitzung um 14 Uhr. Sonst müssen Sie's ja zweimal erzählen.« Er nickte ihr zu und verschwand hinter seiner Bürotür. Hanna war noch immer verblüfft. Aber sie stellte auch fest, dass es ihr besser ging.

Wischnewski goss sich ein Glas Mineralwasser ein. Mit den Berichten war er durch. Es schien ihm, als werde der Fall mit jedem neuen Ermittlungsfortschritt nur verworrener. Die Suche nach Marcel Fahrenholtz lief auf vollen Touren, aber der Mann war wie vom Erdboden verschwunden. Dennoch hatte Wischnewski Zweifel, dass der Exhäftling hinter den Gewalttaten gegen Heike Schmückle, Frank Hülsdorff und Dorothee Ziemer steckte.

So weit war er mit seinen Gedanken gekommen, als es an seiner Tür klopfte. Hanna Iglau streckte den Kopf herein. »Ich hab doch gesagt: in der Sitzung um 14 Uhr«, rief Wischnewski. Hanna öffnete die Tür weiter. Hinter ihr stand ein alter Mann. Er stützte sich auf einen Stock. Über seinem von Wind und Wetter gegerbten Gesicht türmte sich ein weißer Haarschopf auf. Seine Lodenjacke war nass. Draußen hatte es inzwischen zu regnen begonnen. »Herr Heiland würde Sie gerne kennen lernen«, sagte Hanna.

Der alte Mann hatte auf Peters Schreibtischstuhl gesessen, als Hanna von der Vernehmung Dorothee Ziemers ins Büro zurückgekommen war. »Wo ischt der Bub?«, hatte er gesagt, ohne sich mit einer Begrüßung aufzuhalten.

»Wen meinen Sie?«

»Ha, den Peter.«

»Peter Heiland? – Der ist grade weggefahren.«

»Ich hab ihn überrasche wolle, und ich wollt au wisse, wo er schafft.«

Plötzlich wurde Hanna klar, wen sie da vor sich hatte: Peters Großvater Heinrich Heiland. »Sie müssen Opa Henry sein«, entfuhr es ihr.

Der alte Mann lächelte. »Ja, der bin ich, und Sie? Sind Sie die Hanna?«

»Hat er denn von mir erzählt?«

»Ja freilich. Ond net bloß oimol! Also . . . nicht nur einmal«, übersetzte sich der alte Mann selbst.

Hanna konnte nicht genau erklären, warum, aber diese Bemerkung tat ihr gut.

»Wann kommt er denn wieder?«, fragte Heinrich Heiland.

»Ich kann versuchen, ihn auf dem Handy zu erreichen.«

»Noi, noi, lasset Se nur. Ich hab ja Zeit. I guck mir a bissle die Stadt an und komm dann wieder. Oder, halt amal. Den Herrn Wischnewski dät ich noch gern kenne lerne.«

»Das lässt sich machen«, sagte Hanna, »kommen Sie?«

Der alte Mann hatte Mühe, aufzustehen und sich gerade zu ziehen. »Mei Kreuz macht nimmer so richtig mit«, erklärte er. »'s ischt halt nimmer wie früher. Mr sollt' net alt werde.«

Sie waren dann nebeneinander den Korridor hinuntergegangen. »Bei uns ist es zurzeit ziemlich hektisch«, erklärte Hanna. »Wir haben einen Fall, der das ganze Haus in Atem hält.«

»Der Peter wird des scho schaffe«, sagte Heiland. »Man sieht's ihm net so an. Aber er ischt tüchtig.«

Jetzt standen die beiden in Wischnewskis Büro. Der Kriminalrat erhob sich aus seinem Schreibtischsessel. ›Was denkt sich der eigentlich?‹, schoss es ihm durch den Kopf. Dem musste man unmissverständlich klarmachen, dass es so nicht ging, einfach hier hereinzuplatzen und den Betrieb zu stören. Aber da trafen sich ihre Blicke. Heinrich Heiland sagte im gleichen Augenblick: »I will net störe!« Wischnewski verkniff es sich zu sagen: ›Das haben Sie schon!‹ Stattdessen hörte er sich sagen: »Sie sind also der berühmte Großvater von der Schwäbischen Alb?«

»Also berühmt . . . aber Schwäbische Alb stimmt.« Henry fasste in die tiefe Tasche seiner Lodenjacke und holte eine Schnapsflasche heraus. »Selber gebrannt. Eine Vogelbeere. Die hab ich für Sie mitbracht. Der Peter hat ja viel von Ihne erzählt.«

Wischnewski nahm die Flasche entgegen. »Vielen Dank«, sagte er, zog eine Schreibtischschublade auf und holte drei Gläschen heraus. »Den probieren wir gleich. Aber dann müssen wir wieder was arbeiten.«

Peter Heiland und Dorothee Ziemer hatten die grünen Schutzmäntel und -kappen angelegt, die ihnen von einer Schwester am Eingang zur Intensivstation überreicht worden waren. Jetzt begleitete sie ein Arzt zum Bett des Patienten. Frank Hülsdorff lag ganz still da. Sein gesamtes Gesicht war dick verbunden. Schmale Schlitze ließen die Augen und den Mund frei. Die Augen waren geschlossen. Aber als Dorothee leise sagte: »Hallo, Frank«, flatterten die Lider. Hülsdorffs Blick wurde nach und nach klar.

Peter wendete sich an den Arzt. »Kann ich ihn etwas fragen?«

»Ich fürchte, dafür ist es noch zu früh.«

Dorothee Ziemer war dicht an das Bett herangetreten und fasste nun nach Hülsdorffs Hand. »Es wird alles gut«, sagte sie leise.

Frank Hülsdorff bewegte seinen Kopf hin und her. ›Nein‹ sollte das bedeuten. ›Nichts wird wieder gut.‹

Peter fragte: »Wissen Sie, wer Sie überfallen hat?«

Wieder dieses vorsichtige leise Kopfschütteln.

»Würden Sie ihn denn wieder erkennen?«

Nun deutete Frank Hülsdorff ein Nicken an.

»Sie müssen Geduld haben«, sagte der Doktor. »Auch seine Stimmbänder sind in Mitleidenschaft gezogen. Wir wissen nicht, wann seine Stimme zurückkommt.«

Als Peter und Dorothee das Krankenhaus verließen, sagte der Kommissar: »Was machen wir denn nun mit Ihnen?«

»Ich gehe nicht mehr in meine Wohnung, bevor Sie den Kerl nicht haben.«

»Das ist vernünftig. Aber ich weiß nicht, ob Sie längere Zeit bei Hanna bleiben können.«

»Das ist nicht nötig. Ich ziehe zu einer Freundin in Potsdam. Die Adresse und die Telefonnummer habe ich aufgeschrieben.« Sie reichte ihm einen Zettel. »Setzen Sie mich einfach bei der S-Bahn ab.«

Sie hatten inzwischen Peter Heilands Dienstwagen erreicht. Peter öffnete Dorothee die Beifahrertür. Er sah in ihre hellblauen Augen. »Ich bewundere Sie«, sagte er.

»Wofür denn?«

»Sie gehen so ruhig, so vernünftig mit der Sache um. Keine Panik. Haben Sie sich immer so im Griff?«

»Sie haben mich doch auch anders erlebt.«

»Aber nur kurz nach dem Überfall.«

»Was mache ich bloß, wenn er stirbt?«

Peter hob den Arm, aber er schaffte es nicht, ihn tröstend um Dorothees Schultern zu legen. »Er wird nicht sterben.«

Ron Wischnewski, Hanna Iglau und Opa Henry hatten nach dem Schnäpschen noch einen Kaffee zusammen getrunken. Zu seiner eigenen Überraschung hatte Wischnewski angefangen, dem alten Schwaben den ganzen Fall zu erklären. Er war sich allerdings bewusst, dass er dies vor allem tat, um für sich selber ein erstes Resümee zu versuchen. Schließlich sagte Heinrich Heiland: »Dieser Marcel Fahrenholtz und sein Vater – da müsst der Schlüssel liegen.«

»Aha.« Wischnewski reagierte leicht amüsiert.

»Wenn der ihn regelmäßig im Gefängnis besucht hat. Als einziger aus der Familie . . .«

»Ja?«, fragte Hanna.

»Dann hat der doch was Bestimmtes damit bezweckt.«

»Er wollte wahrscheinlich seinem Sohn zur Seite stehen.«

»Ach was. Der doch net, so wie Sie die ganze Familie beschreiben. Das sieht so aus, als ob der alte Vadder den Jonge hätt bei der Stange halte wolle.«

»Ja wobei denn?«, fragte Wischnewski.

»Des müsset Se halt rauskriege! Viel Erfolg dabei. Vielleicht sieht man sich wieder amal.«

Heinrich Heiland verließ die beiden und fuhr mit dem Fahrstuhl ins Erdgeschoss. Er marschierte auf seinen Stock gestützt die Keithstraße vor bis zur Tauentzienstraße. Der Wind hatte sich zu einem richtigen Sturm entwickelt. Doch der Regen hatte nachgelassen. Als das Kaufhaus des Westens in Sicht kam, beschloss der alte Heiland, sich den Laden mal anzuschauen. Er hatte viel über das KaDeWe gehört, und wenn man schon mal in der Hauptstadt war ... Ein livrierter Diener riss die Glastür auf. Henry schritt hinein und ließ sich von den Rolltreppen hinauftragen bis in den obersten Stock. Staunend stand er in der berühmten ›Fressetage‹ des Kaufhauses. Er war eigentlich nicht unvorbereitet, denn immer wieder hatte er davon gehört, dass man hier alles, was essbar und trinkbar war, bekommen könne. Aber eine solche Halle des Überflusses hatte er dann doch nicht erwartet. Als er an einem Stand Maultaschen entdeckte, fragte er: »Hent Sie au Bubespitzle?«

»Wat für Dinger?«, fragte der Verkäufer.

»Schupfnudeln heißet se au«, sagte Heinrich.

»Ach so, ja. Im Grunde sind das ja Gnocchi«, meinte der Mann hinter der Theke. »Beides macht man aus Kartoffeln und Mehl.«

»Stimmt«, sagte Heinrich Heiland. »Da hätt ich gern a Kilo und zehn Maultaschen bitte. Die isst mein Enkel nämlich b'sonders gern.«

Der Verkäufer ging nicht darauf ein. Auf Kunden, die beim Einkaufen gerne ein Schwätzchen halten wollten, war man hier nicht eingerichtet.

»Und wo zahl ich des?«, fragte Henry.

»Dort vorne an der Kasse.«

Heinrich Heiland bahnte sich einen Weg. Die Gänge zwischen den Ständen waren ziemlich voll. Es war Mittagszeit, und viele Menschen schienen hier schnell zu essen, bevor sie wieder an ihre Arbeit zurückgingen. An der Kasse hatte sich eine kleine Schlange gebildet, die noch länger geworden war, als Henry endlich bezahlen konnte. Er kramte seine Gedlbörse heraus und suchte umständlich nach den richtigen Münzen, um den Betrag passend bezahlen zu können. Da hörte er hinter sich jemand sagen: »Wie lang dauert das denn noch?« Henry schaute sich um. Die Stimme gehörte zu einem jungen Mann Anfang zwanzig. Er hatte seine dunklen Haare mit viel Fett an den Kopf geklebt, trug einen Ohrring und eine glänzende schwarze Lederjacke. »Ich hab's gleich«, sagte Henry.

»Man müsste den alten Säcken ihre Rente halbieren«, maulte der junge Kerl.

Eine junge Frau sagte: »Ich verstehe sowieso nicht, warum die immer in den Stoßzeiten den Betrieb aufhalten, wenn alle anderen auch einkaufen wollen.«

Die Kassiererin sagte freundlich zu Heinrich Heiland: »Wenn ich Ihnen helfen kann . . .?«

»Gegen die da?«, fragte Henry und deutete mit dem Daumen auf den jungen Mann und die kaum ältere Frau, die direkt hinter ihm stand.

»Jetzt wird der auch noch frech«, sagte der Kerl mit dem Öl im Haar.

Henry überließ der Kassiererin die Geldbörse, damit sie sich selbst bedienen konnte, stieß seinen Stock heftig auf den Boden, drehte sich um und fixierte den jungen Mann. »Halt du amal dei ogwaschens Maul, Bürschle. Mir alte Säck hent eure Eltern ond zum große Teil au euch großzoge – ›gepampert und gepäppelt‹ hat neulich einer g'schriebe. Und von dem weiß ich auch, dass im Durchschnitt jeder alte Mensch über siebzig heutzutage seine Enkel mit 2000 Euro im Jahr unterstützt! Und wenn das die Opas und Omas bei dir nicht machen, liegt's vielleicht da dran, dass du so ein unhöflicher und eingebildeter Mensch bist! Ich verlang ja gar nicht, dass oiner wie du mir im Omnibus an Platz anbietet, wenn ich stehe muss, oder mit beim Trage hilft, wenn i ebbes selber kaum schleppe kann. Aber ich bitte mir Respekt aus. Verstanden?! Respekt!« Er wendete sich wieder der Kassiererin zu. Die hatte inzwischen die Maultaschen und die Bubespitzle in eine Tasche gepackt und strahlte ihn begeistert an. Am Ende der Schlange rief eine Frau »Bravo«. Plötzlich begannen ein paar Leute Beifall zu klatschen. Henry hatte gar nicht bemerkt, dass ihm immer mehr Menschen zugehört hatten. Er nahm seine Einkaufstüte und ging davon.

Ein zufriedenes Schmunzeln gestattete er sich erst, als ihn die Rolltreppe wieder nach unten trug.

Peter Heiland kam in letzter Sekunde zu der SoKo-Sitzung um 14 Uhr. Er nahm neben Hanna Platz, die ihm sogleich einen Zettel zuschob. ›Opa Henry war da!‹ stand drauf. Peter sah die Kollegin überrascht an und flüsterte: »Das darf doch nicht wahr sein. Warum meldet der sich net rechtzeitig, bevor er losfährt?«

»Darf ich dann mal um Ruhe bitten!«, donnerte Wischnewskis Stimme. »Also, was haben wir? Am Mittwoch letzter Woche finden die Fischer auf Usedom in ihren Netzen eine weibliche Leiche. Es handelt sich um die Physikerin Heike Schmückle, von der wir inzwischen wissen, dass sie an führender Stelle an der Entwicklung eines neuen Nanowerkstoffes beteiligt war. Herr Grabosch, Sie wollten sich über die tatsächliche Bedeutung dieses Werkstoffs kundig machen.«

Grabosch stand auf. »Alles, was wir im Verlauf dieses Falles von verschiedenen Seiten gehört haben, bestätigt sich bei näherem Hinsehen. Das Interesse der Industrie an dem neuen Werkstoff – die offizielle Bezeichnung lautet UBS 7/12 – ist weltweit riesig. Die Industrie setzt große Hoffnungen in die Firma Chemical Globe. Es sind allerdings Irritationen aufgetreten, teilte mir ein amerikanischer Fachmann mit, den ich übers Internet ausfindig gemacht habe. Es habe Verzögerungen gegeben. In der Branche werde gemunkelt, dass Arnold Fahrenholtz den Mund zu voll genommen habe bei seinen Ankündigungen. Jedenfalls wurden zwei Termine, bei denen der Werkstoff präsentiert werden sollte, kurzfristig abgesagt. Offiziell aus Sicherheitsgründen.«

»Danke erst mal«, sagte Ron Wischnewski. »Frau Schmückle hat bei Fahrenholtz, also bei Chemical Globe, eng mit einem Forscher namens Frank Hülsdorff zusammengearbeitet. Und als der vor eineinhalb

Jahren entlassen wurde, haben die beiden weiter Kontakt gehalten.«

Grabosch meldete sich noch einmal. »Ein Fachjournalist von ›Bild der Wissenschaft‹ hat die Vermutung, dass Hülsdorff den Stoff durchaus auch als Einzelkämpfer hätte zu Ende entwickeln können, wenn ihm jemand die Daten und Erkenntnisse aus der Firmenforschung zugänglich gemacht hätte.«

»Das ist doch ein erstklassiges Mordmotiv«, rief eine Kollegin dazwischen. »Frau Schmückle hat Hülsdorff die Daten zugespielt. Man ist ihr drauf gekommen und . . .« Sie brach abrupt ab. Die Beamtin arbeitete sonst bei der Abteilung Eigentumsdelikte und war von der zur SoKo abkommandiert worden. Sie konnte nicht wissen, dass Wischnewski nichts mehr hasste als Zwischenrufe, wenn er versuchte, die Erkenntnisse und Überlegungen auf einen Nenner zu bringen. Aber als sie seinen Blick aufgefangen hatte, wusste auch sie es. Wischnewski fuhr mit der Hand über den Tisch, als ob er die Bemerkung wegwischen wollte.

»Gut!«, sagte er zu Grabosch. »Becker und Thalheimer, was habt ihr aus dem Umfeld Hülsdorffs erfahren?«

Titus Becker war ein gut aussehender junger Mann um die dreißig. Von allen, die um das Geviert saßen, trug er die edelste Kleidung. Seine Partnerin Ines Thalheimer war über fünfzig und stark übergewichtig. Niemand im LKA konnte sich so recht vorstellen, warum grade diese beiden ein erfolgreiches Ermittlerteam bildeten. Jetzt schauten sie sich an, unschlüssig, wer von beiden reden sollte. Ines Thalheimer nahm schließlich das Wort: »Zurückgezogener als Frank Hülsdorff kann man wohl kaum leben. Er hat eine kleine Dachwohnung in Köpenick mit Blick auf die Dahme. In seiner Freizeit segelt er mit einer kleinen Jolle, die nicht weit von seiner Wohnung entfernt an einem Steg liegt. Aber im letzten Sommer hat er das Boot kein einziges Mal benutzt. Er kam auch nicht mehr in das Schachcafé, wo er sonst gelegentlich gespielt hat.«

»Niemand kann sich übrigens daran erinnern, dass Hülsdorff beim Schachspiel auch nur *ein*mal verloren hätte«, warf Titus Becker ein.

»Eine alte Frau, die unter ihm wohnt, hat beobachtet, dass er manchmal eine Frau mitbrachte. Die Beschreibung passt auf Dorothee Ziemer. Andere Frauen hat sie nie gesehen.« Ines Thalheimer schnäuzte sich. Sie hatte eigentlich immer Schnupfen. »Die Nachbarin hat uns dann auch in die Wohnung gelassen. Da sah es ungefähr so aus, wie es in Heike Schmückles Wohnung ausgesehen haben muss, als du dort reinkamst«, sagte Frau Thalheimer zu Peter Heiland. »Alle Schubladen rausgerissen, alle Schränke durchwühlt. Niemand hat bemerkt, dass ein fremder Mensch im Haus gewesen ist. Die Tür ist nicht aufgebrochen worden. Allerdings handelt es sich um ein einfaches Schloss, das man mit einem Dietrich ohne Probleme knacken kann.« Ines Thalheimer hielt inne.

»Fertig?«, fragte Wischnewski.

»Vielleicht nur noch eins: Wir haben alle Leute gefragt, wie sie Frank Hülsdorff einschätzen. Die Antworten waren sich sehr ähnlich: zurückhaltend, wortkarg, aber freundlich und hilfsbereit.«

»Danke«, sagte Wischnewski. »Wir müssen davon ausgehen, dass Hülsdorff wegen des Werkstoffes überfallen wurde. Ob Frau Schmückle aus dem gleichen Grund getötet wurde, steht noch dahin. Oder gibt es da neue Erkenntnisse?«, fragte er Peter Heiland.

»Na ja, wie ich Ihnen schon berichtet habe . . .«

»Ach so, ja«, unterbrach Wischnewski. »Frau Schmückle hat Marcel Fahrenholtz in den letzten Monaten seiner Haft häufig besucht.«

Peter ergänzte: »Ein Vollzugsbeamter meint, es seien keine persönlichen, sondern eher geschäftliche Besuche gewesen.«

»Das ergibt ein interessantes Dreieck«, meldete sich Grabosch. »Hülsdorff, Heike Schmückle und Marcel Fahrenholtz.«

»Und wir können mit keinem aus diesem Trio reden«, sagte Peter Heiland. »Hülsdorff ist nicht vernehmungsfähig, Frau Schmückle ist tot, und Marcel Fahrenholtz ist verschwunden.«

Ein Lächeln huschte über Wischnewskis Gesicht.

»Ihr Großvater meint ja, der Schlüssel liege bei Oskar Fahrenholtz, dem Patriarchen der Industriellenfamilie – und bei dessen Beziehung zu seinem Sohn Marcel.«

Peter Heiland war rot geworden. »Was weiß denn mein Großvater davon?«

»Nur das, was Frau Iglau und ich ihm erzählt haben.« Wischnewski hob beide Hände, um die kleine Abschweifung vom Thema zu beenden. »Überfallen wurde nicht nur Frank Hülsdorff, sondern auch seine Freundin Dorothee Ziemer. Und da hat der Täter Farbe bekannt: Er wollte Computer-CDs, auf denen offenbar Teile der Forschungsergebnisse gespeichert sind. Herr Grabosch, was könnten das für Daten sein?«

»Wenn wir mal annehmen, dass die Forschungs- und Entwicklungsarbeiten in der Firma Chemical Globe ins Stocken geraten sind, Hülsdorff aber die begonnenen Arbeiten erfolgreich weiterführte, dann hätte die Firma dessen Ergebnisse ja um jeden Preis haben müssen.«

»Um jeden Preis«, wiederholte Wischnewski. »Fahrenholtz ist bestimmt in der Lage, jeden Preis zu bezahlen, ich meine in Euro und Cent. Da muss man doch einen Menschen nicht gleich halb totschlagen oder gar umbringen.«

Peter Heiland meldete sich.

»Ja?«, bellte Wischnewski.

»Von Dorothee Ziemer wissen wir, dass sich Hülsdorff einen weltweiten Erfolg erhoffte. Und zwar ganz für sich alleine. Er hat ja sogar davon geträumt, der jüngste Nobelpreisträger aller Zeiten zu werden. So einer gibt seine Arbeitsergebnisse nicht für Geld weg, und sei es noch so viel. Zumal ihm, nach allem, was wir gehört haben, Geld wohl gar nicht so wichtig ist.«

Wischnewski nickte. »Da ist was dran. – Wie war's denn im Krankenhaus?«

»Hülsdorff ist noch nicht vernehmungsfähig. Sein Zustand hat sich eher verschlechtert.«

»Sie bleiben da dran, Heiland, ja?!«

Hanna verzog das Gesicht. Ließ der Chef sie schon wieder mal links liegen?

»Und Frau Iglau hält den Kontakt zu Dorothee Ziemer«, fuhr Wischnewski im gleichen Augenblick fort. »Was ist mit der Personenfahndung Kerner?«

»Bis jetzt ergebnislos«, meldete sich ein Beamter.

Wischnewski stöhnte. »Es ist, als wollte man eine Seife in der Badewanne zu fassen kriegen. Es muss doch möglich sein, diesen Mann zu finden. Er muss bei seiner Entlassung eine Adresse angegeben haben.«

»Hat er«, sagte der Kollege, »aber dort ist er genau so wenig aufgetaucht wie Marcel Fahrenholtz bei seinem Bruder.«

»Verwandte?«

»Nur eine Großmutter in einem Altersheim im Wedding. Die Frau ist dement und weiß nicht einmal mehr, dass sie einen Enkel hat. Seine Eltern sind bei einem Flugzeugabsturz in Kenia ums Leben gekommen.«

Wischnewski hakte den Punkt fürs Erste ab. Er sah in die Runde. Eigentlich konnte er zufrieden sein. Das hier war eine leistungsfähige Truppe. »Was ist mit dem alten Fahrenholtz?«, fuhr er endlich fort. »Haben wir dessen polizeiliche Vorführung beantragt?«

Grabosch meldete sich. »Der Staatsanwalt war einverstanden, aber der Oberstaatsanwalt hat die Verfügung kassiert.«

»Dr. Hornung?«

»Ja. Wie ich höre, hat er den Fall an sich gezogen.«

Plötzlich grinste Wischnewski. »Da kann man mal sehen, auch so einer macht Fehler.« Aber er erläuterte nicht, worin er den Fehler sah. »Krieg doch mal einer raus, wo Oskar Fahrenholtz Golf spielt.«

»In Kladow«, sagte Grabosch. Die Tüchtigkeit dieses Beamten war manchmal beängstigend. »Immer donnerstags.«

»Gut. Morgen ist Donnerstag. Da fahr ich mal raus.« Und dann geschah etwas, was Peter Heiland buchstäblich die Luft wegnahm. Sein Chef fragte ihn: »Würden Sie mir für diesen kleinen Ausflug Ihren Opa ausleihen?«

Als Peter nach Hause kam, stand sein Großvater in der Küche. In einem Topf köchelte eine Brühe. Die

Maultaschen lagen auf dem Küchentisch bereit, um in die Brühe versenkt zu werden.

»Wie bist du denn reingekommen?«, fragte Peter konsterniert. »Grüß Gott erscht amal!« Sein Opa wischte die Hände an dem Handtuch ab, das er sich als Küchenschürze in den Hosenbund gesteckt hatte. Dann fasste er den Enkel an beiden Schultern und hielt ihn auf Armlänge von sich weg. Es war nicht klar, ob er dadurch eine Umarmung vermeiden wollte oder ob es ihm nur darum ging, Peter genau zu mustern. »Ich denk, du bist am Meer g'wesen?«

»Ja. War ich auch!«

»Warum bischt dann so bleich?«

»Die Zeit war zu kurz, Opa Henry.«

»Selber schuld.« Henry war zufrieden. Er hatte den Moment der Rührung niedergekämpft. Viel hätte nicht gefehlt, und er wäre vor lauter Freude über das Wiedersehen in Tränen ausgebrochen, und dann hätte er dem Drang auch nicht widerstehen können, den langen Lulatsch in seine Arme zu schließen. Er wusste genau, wie verlegen ihn solche Szenen machten. Es war dann ganz schwer, wieder in ein normales Gespräch zurückzufinden.

Henry begann, die Maultaschen in die köchelnde Brühe zu versenken.

»Um Gottes willen, Opa, hör auf. Zehn Maultaschen! Wer soll denn die essen?«

»Die Sandra kommt nachher noch. Und wenn welche übrig bleiben, kann man sie ja in der Pfanne aufbrate und a paar Eier drüber schlagen!«

Peter entkorkte eine Flasche Weißwein, während sein Opa die Brühe mit dem Löffel noch mal kostete.

»Jetzt will ich bloß hoffen, dass du heut Abend keinen Einsatz mehr hast«, sagte der Alte.

»Wischnewski hat mir freigegeben. Übrigens *du* hast morgen einen.«

»Einen was?«

»Einen Einsatz. Zusammen mit Wischnewski. Er hat gefragt, ob ich dich ausleihe.«

»Hä?«

»Leihopa. Den hat es schon mal gegeben. Auf der Bühne.«

»Jetzt schwätz koin Galimathias, Kerle. Was soll des bedeute?«

»Z'erscht sagscht du mir, wie du hier reingekommen bist.«

»Du hast mir doch oft gnueg von deim Freund Manuel erzählt. Wie ich hier ankomme bin, hab i z'erscht denkt, ich trink da drübe bei dem Spanier a Viertele, und dann ruf ich dich im Büro an, wo du mich findest. Inzwische hab ja sogar i ein Handy! Aber no ischt so a schwarzer Kerle auftaucht, hat mit vier Bäll romjongliert, und da han i denkt: Ha, den kennscht doch, wenn auch nur aus Erzählunge. Er kommt übrigens auch gleich nachher zum Maultascheessen.«

Opa Henry machte das verschmitzte Gesicht, das Peter so sehr an ihm liebte. Sein Großvater sah dann wie ein Lausbub aus. »Wie er an mei'm Tischle vorbeikomme ischt, hab ich g'sagt: ›Sie müsset der Manuel sein.‹ Er hat seine Bäll eig'fange, einen Stuhl an den Tisch herzoge, und dann hat er g'sagt: ›Dann müssen Sie der Opa Henry sein.‹ Ja und dann hat ein Glas das andere gegeben, bis ich hab hier rüber müsse, weil ich doch hab koche wolle.«

»Den Schlüssel hast du also von Manuel.«

Später sollte Peter noch oft sagen: ›Den Abend werde ich nie vergessen.‹ Um neun Uhr kam Sandra. Sie küsste ihren entfernten Cousin ohne Umstände auf den Mund. Eine halbe Stunde später trudelte Manuel ein. Er hatte eine Ukulele dabei, auf der er grade eine alte Schlagerschnulze spielte, zu der Sandra und Opa Henry aus Leibeskräften sangen, als das Telefon im Flur klingelte. Peter verließ das Wohnzimmer und meldete sich. Es war Hanna Iglau, die Peter nur fragen wollte, ob der Opa gut angekommen sei. »Außerdem wollte ich dir eine . . .«, sie kam nicht mehr dazu, ›gute Nacht wünschen‹ zu sagen, weil just in diesem Augenblick Sandra, Manuel und Opa Henry in einer Art Polonäse vom Wohnzimmer in die Küche marschierten, um aus allem, was Peters Kühlschrank hergab, eine Nachspeise zuzubereiten. Sie sangen dabei lauthals: »Die Liebe ist ein seltsames Spiel, sie kommt und geht von einem zum andern . . .« Hanna knallte am anderen Ende der Leitung den Hörer auf die Gabel.

Eine Stunde später hatte es sich Sandra bei Manuel auf dem Sofa kuschelig gemütlich gemacht. Opa Henry war im Sessel eingeschlafen. Peter stand in der Küche und war mit dem Abwasch beschäftigt. Plötzlich klingelte es laut und anhaltend an der Tür. Peter öffnete. Hanna stand auf der Schwelle und stieß ihm den Kater unsanft in die Arme. »Da!«

»Komm rein«, sagte Peter. »Von Opa Henrys Maultaschen ist noch eine da.«

Die Einladung kam so überraschend für Hanna, zumal Peter nicht einmal einen Anflug von Verlegenheit zeigte, dass sie völlig überrumpelt war. Vorsichtig trat Hanna Iglau in den Flur. Sie lugte um den Türbalken ins Wohnzimmer, sah den schlafenden Henry im Sessel und auf dem Sofa Sandra in den Armen von Manuel, der sofort begeistert schrie: »Hanna! Das ist ja klasse, dass du noch kommst!«

»Wieso ›noch kommst‹? Ich war nicht eingeladen.«

Opa Henry war aufgewacht. Müde sagte er: »Keiner war eingeladen, i hab bloß g'sagt, wenn se Honger hent, sollet se komme.«

Manuel klatschte mit der Hand auf die Sitzfläche neben sich. »Da wär noch ein Platz!«

Hanna schüttelte den Kopf. »Ich geh lieber zu Peter in die Küche.«

»Und ich geh ins Bett«, sagte Opa Henry.

»Dann gehen wir noch ein bisschen zu mir«, sagte Manuel zu Sandra. »Du hast ja noch keine Wohnung, oder?«

»Ich bin bei einer Freundin«, sagte Sandra. »Aber du darfst mich gerne nach Hause bringen.«

So kam es, dass Peter und Hanna schon nach kurzer Zeit auf dem Ausziehsofa ihre zweite Liebesnacht erlebten, während Opa Henry nebenan in Peters Schlafzimmer laut schnarchte.

6

Besonders munter waren Hanna und Peter nicht, als sie pünktlich um neun Uhr zum Dienst erschienen. Aber Hanna war so fröhlich wie lange nicht mehr. Peter dagegen war schon den ganzen Morgen wortkarg gewesen. Er hatte die Nacht zwar nicht weniger genossen als Hanna, aber er fürchtete sich vor dem, was daraus werden konnte. Dass Hanna ihn beim Frühstück verwöhnt hatte und anschließend sogar noch schnell das Geschirr abwusch, war ihm unangenehm. Es wirkte auf ihn, als wolle sie Besitz von ihm ergreifen. Dasselbe hatte er schon empfunden, als Hanna ihn fast mütterlich gefragt hatte, wie er denn geschlafen habe. Er gehörte zu den Männern, welche die Fürsorglichkeit einer Frau leicht als Bevormundung begriffen.

Opa Henry war dann in die Küche geschlurft gekommen. Bevor Peter aufstehen konnte, holte Hanna eine Tasse aus dem Schrank und goss dem Alten Kaffee ein. »Milch? Zucker?«

»Nur Zucker. Zwei Löffel«, antwortete Peter für seinen Großvater.

»Mhm«, machte der. Er nahm die Tasse und ging wieder hinaus.

»Sie können doch ...«, rief Hanna. Aber Peter unterbrach sie: »Lass ihn. Er ist ein Morgenmuffel.«

Hanna fuhr Peter mit ihren gespreizten Fingern durch die Haare. »Und das hat er dir vererbt, hmm?«

»Ja, genau!«

Auf der Fahrt ins Präsidium hatte sich Peters Tristesse dann etwas gelegt. Dies war seit langem der erste Tag, an dem die Sonne schien. Die Temperaturen waren rasch gestiegen. Der Sommer schien sich zurückzumelden. Als sie auf dem Polizeiparkplatz aus dem Wagen stiegen, zog Peter Heiland seine Jacke aus, schob den rechten Zeigefinger in den Aufhänger und warf das Jackett über die Schulter.

Christine Reichert war schon da. Ihr Blick verriet den beiden sofort, dass etwas Schlimmes geschehen sein musste. »Christinchen, was machst denn du für ein Gesicht?«, sagte Peter. »Ist was passiert?«

»Frank Hülsdorff ist heute Nacht gestorben.«

Peter und Hanna war sofort klar, was das bedeutete. »Das ist, wie wenn dir in einem Prozess der Kronzeuge rausgeschossen wird«, sagte Peter.

»Ob seine Freundin schon Bescheid weiß?«, fragte Christine.

»Mein Gott«, rief Hanna, »das wäre ja dann meine Sache. Der Chef hat doch gesagt, ich soll mich um sie kümmern.«

»Weiß Wischnewski Bescheid?«

»Ja, er ist seit acht Uhr schon drüben im Raum der SoKo.«

»Ein richtiger Rückschlag«, sagte Wischnewski, als Peter und Hanna den Konferenzraum betraten. Im gleichen Augenblick meldete sich Hannas Handy. Dorothee war am Apparat. Sie rief aus dem Krankenhaus an. »Der Arzt hat mich benachrichtigt. Ich bin bei ihm gewesen, als er gestorben ist.« Dorothee Ziemers Stimme wirkte sogar jetzt noch kontrolliert.

»Konnte er noch etwas sagen?«, fragte Hanna.

»Ja. Wenn ich ihn richtig verstanden habe, hat er gesagt: ›Heike hat mich nicht verraten.‹ Und dann . . .«, jetzt brach ihre Stimme doch, »dann hat er noch gesagt, dass . . . dass er . . . dass er mich liebt.«

Dorothee schaltete ihr Telefon ab. Hanna ließ sich auf einen Stuhl sinken. Tränen waren in ihre Augen getreten. Die beiden Männer schauten sie fragend an. Schließlich wiederholte Hanna stockend, was sie gehört hatte.

Wischnewski kratzte sich im Nacken. »›Heike hat mich nicht verraten‹ – hilft uns das weiter? Erinnert ihr euch, was Dorothee Ziemer in dem Erosklub aufgeschnappt hat? Einer von den Russen wollte sich an Heike Schmückle heranmachen. Und Fahrenholtz hat ihn quasi ermuntert.«

Hanna suchte in ihren Notizen und las dann vor:

»›Frau Schmückle ist sehr verwöhnt. Sie liebt luxuriöse Geschenke, schöne Reisen und große Feste, auf denen sie die Königin sein kann‹, hat Arnold Fahrenholtz gesagt.«

Peter Heiland nahm das Wort: »Mal angenommen, dieser Russe hat eine Yacht gemietet und hat für Heike Schmückle einen Bootsausflug mit allen Schikanen organisiert. Auf hoher See ist die Sache dann aus dem Ruder gelaufen. Heike Schmückle hat dem Mann oder den Männern gedroht und musste deshalb sterben.«

»Deine Phantasien«, sagte Hanna.

»Nein, nein, lassen Sie mal«, ließ sich Wischnewski hören. »Man muss jede Idee erst einmal ernst nehmen und abklopfen. So aus der Welt ist das nicht.«

»Das heißt, wir müssen die russischen Geschäftspartner von Fahrenholtz auftreiben.« Hanna schüttelte den Kopf. »Ich halte das für einen Irrweg.«

»Trotzdem!«, sagte der Kriminalrat und beließ es dabei.

Peter rief bei Chemical Globe an, um zu erfahren, wann er Arnold Fahrenholtz einen Besuch abstatten könne.

»Es tut mir leid«, sagte die Chefsekretärin, »aber Herr Dr. Fahrenholtz ist krank. Er ist heute und die nächsten Tage nur zu Hause zu erreichen.«

»Na ja, so wichtig ist es dann auch wieder nicht«,

log Peter und machte sich auf den Weg zum Wildpfad im Grunewald.

Antonia Fahrenholtz beaufsichtigte in dem gepflegten Vorgarten einen Gärtner, der den Kompost umschichtete. Peter Heiland blieb im Auto sitzen und beobachtete sie. Antonia Fahrenholtz war eine wunderschöne Frau. Peter Heiland fiel spontan das Wort makellos ein.

Als er aus dem Auto stieg, wurde sie sofort auf ihn aufmerksam. Sie kam an das schmiedeeiserne Gartentor. »Wenn Sie zu meinem Mann wollen, der darf nicht gestört werden.«

»Ich habe aber eine gute Nachricht für ihn.«

»Gut, sagen Sie's mir, ich kann das meinem Mann ja dann mitteilen.«

»Nein, ich muss leider darauf bestehen, mit ihm selber zu sprechen.«

Im ersten Stock der Villa öffnete sich ein Fenster. Arnold Fahrenholtz erschien, schwer auf das Fensterbrett gestützt, und rief mit angestrengter Stimme: »Antonia, schick den Mann rauf zu mir.«

»Ich habe ihm grade gesagt, dass du nicht gestört werden darfst.«

»So ein Bandscheibenvorfall legt ja mein Gehirn nicht lahm.«

Antonia Fahrenholtz sagte leise zu sich selbst, aber immerhin so, dass es Peter Heiland verstehen konnte:

»Manchmal könnte man es aber annehmen.« Sie öffnete das Tor und trat einen Schritt zur Seite, um Peter vorbeizulassen. »Sie wissen, meine Billigung hat das nicht.«

Den Hausherrn fand er im ersten Stock in der Bibliothek. Fahrenholtz empfing ihn auf halbem Weg zwischen der Tür und einer Ottomane, die nahe am Fenster stand. Der dicke Mann stand gekrümmt da und stützte sich ungeschickt auf einen Stock. »Sehen Sie mich an«, sagte er, »ich sehe aus wie ein Fragezeichen!« Er bewegte sich langsam auf das Liegemöbel zu und ließ sich ächzend nieder. »Der Arzt sagt, ich soll mindestens dreißig Kilo abnehmen, damit nicht so viel Gewicht an meinem Rückgrat hängt.«

»Und? Schaffen Sie das?«

»Nie im Leben. Dafür esse ich viel zu gerne! Nehmen Sie doch Platz.«

Peter setzte sich auf einen hochlehnigen Stuhl. »Ich bin ein wenig überrascht, dass Sie mich heute so freundlich empfangen, Herr Fahrenholtz.«

»Inzwischen habe ich begriffen, dass wir – wenigstens teilweise – das gleiche Ziel haben. Sie und ich.«

»Jetzt machen Sie mich aber neugierig.«

»Ich will offen sein. Was die Entwicklung des UBS 7/12, das ist ein neuer Werkstoff . . .«

»Ich weiß«, sagte Peter und handelte sich einen überraschten Blick seines Gesprächspartners ein.

»Na gut. Wie auch immer. Die Entwicklung ist ins Stocken geraten. Ich habe den schweren Verdacht, dass Frau Schmückle ab einem bestimmten Moment Ergebnisse verschwinden ließ. Andere hat sie vermutlich verändert oder gefälscht. Jedenfalls passt plötzlich alles nicht mehr richtig zusammen. Wir sind da an einem Punkt, wo uns vermutlich nur noch Hülsdorff weiterhelfen kann.«

»Bestimmt nicht!«, sagte Peter Heiland.

»Wieso nicht? Man muss nur einen Weg finden, dass der Scheißkerl endlich wieder mit uns redet. Ich dachte, Sie könnten dabei vermitteln.«

Peter schüttelte den Kopf.

»Sie müssten es ja nicht umsonst tun«, sagte Arnold Fahrenholtz.

»Dafür ist es zu spät. Herr Hülsdorff ist in der letzten Nacht gestorben.«

»Was??« Fahrenholtz, der bislang fast bewegungslos auf dem Rücken gelegen hatte, fuhr herum. »Au, au, verdammt, mein Kreuz!« Mühsam und mit verzerrtem Gesicht richtete sich der dicke Mann auf. »Ich bin sicher, er hätte uns helfen können. Die Schmückle, dieses Miststück, hat ihm garantiert alle Ergebnisse unserer Forschungsarbeit in die Hände gespielt, und Hülsdorff ist so genial . . . also der war so genial . . . Zusammen mit seinen eigenen Erkenntnissen und bei seinen Fähigkeiten . . . Sagten Sie nicht, er hatte einen eigenen Reaktor aufgebaut?«

»Das wissen Sie doch ganz genau. Schließlich haben Sie ihn zerstören lassen.«

»Hören Sie doch endlich mit diesem Blödsinn auf.«

»Aber alles andere gibt keinen Sinn. Ich erzähle Ihnen, dass Hülsdorff weiterarbeitet, ich sage Ihnen sogar noch, wo. Wenige Stunden später wird er überfallen. Ganz offensichtlich wollte jemand aus ihm herausprügeln, wo er seine Ergebnisse aufbewahrte. Und er wollte verhindern, dass Hülsdorff weiterforscht. Deshalb hat er den Reaktor zerstört. Mir fällt beim besten Willen kein anderer ein, der daran ein Interesse gehabt haben könnte – außer Ihnen.«

Arnold Fahrenholtz ließ sich zurücksinken. »Ich gebe zu, das klingt schlüssig. Aber ich hab damit wirklich nichts zu tun.«

»Das glaube ich Ihnen nicht.«

»Dann lassen Sie's in Gottes Namen. Ich kann's ja wohl nicht ändern.« Fahrenholtz atmete schwer. Er versuchte sich ein wenig nach oben zu schieben. »Man denkt immer, wenn man die Lage verändert, lassen die Schmerzen vielleicht nach. Aber das stimmt nicht.«

»Gibt es dagegen keine Spritzen?«

»Doch! Aber die verkraftet mein Kreislauf nicht. – Passen Sie auf, Herr Heiland. Mir geht es um Folgendes: Sie werden im Lauf Ihrer Ermittlungen auf die Ergebnisse Hülsdorffs stoßen. Die Dateien müssen zu finden sein. Und dann sollten Sie sich klarmachen:

Das gehört alles uns. Es ist Eigentum unseres Unternehmens. Wir haben die Arbeiten finanziert. Frau Schmückle und Herr Hülsdorff waren Angestellte unseres Hauses. Dass sie das Know-how mitgenommen und damit weitergearbeitet haben, ist glatter Diebstahl.«

»Ja, so etwas Ähnliches haben Sie mir schon mal erzählt.«

»Also wäre es nur recht und billig, wenn Sie uns die Dateien zukommen lassen, sobald Sie sie gefunden haben.«

»Das wird dann ein Richter entscheiden.«

»Wir dürfen keine Zeit verlieren, Herr Heiland. Womöglich haben Sie die Dateien längst beschlagnahmt und wissen gar nicht, auf welchem Schatz, auf welchem Vermögen Sie da sitzen.«

Peter ging bewusst nicht darauf ein. Sollte Fahrenholtz doch glauben, was er wollte. Jedenfalls wusste Heiland jetzt, dass Hülsdorffs Forschungsergebnisse tatsächlich noch irgendwo versteckt sein mussten. Der Kommissar stand auf. »Wir müssen Ihren Bruder Marcel finden.«

»Ich hoffe, Sie haben verstanden, was ich Ihnen grade gesagt habe. Es wäre bestimmt nicht Ihr Schade, wenn Sie mit mir kooperieren würden. Überlegen Sie sich das gut!«

»Bitte sagen Sie mir, wo Ihr Bruder ist.«

»Woher soll ich das wissen?«

»Er hat dieses Haus als Adresse angegeben. Hier wollte er nach seiner Entlassung unterkommen.«

»Ich habe das gehört, aber das ist Unsinn.«

»Sind Sie so zerstritten?«

»Nein, aber wir haben uns schon lange nichts mehr zu sagen.« Er machte eine wegwerfende Geste. »Wenn Sie die Forschungsergebnisse von Hülsdorff haben, geben Sie sie raus! Wir dürfen unseren Vorsprung nicht verspielen. Zudem hängen da ein paar hundert Arbeitsplätze dran. Ich hoffe, Sie sind sich der Verantwortung bewusst.«

»Wie gut hat Ihr Bruder Marcel Heike Schmückle gekannt?«

»Gar nicht. Meines Wissens sind sich die beiden nie begegnet.«

»Frau Schmückle hat Ihren Bruder seit Anfang des Jahres regelmäßig in der Strafvollzugsanstalt besucht.«

»Was?« Fahrenholtz fuhr heftig auf. Seine Rückenschmerzen schien er vergessen zu haben, sonst hätte er bei dieser Bewegung noch heftiger aufschreien müssen als zuvor. »Das gibt's doch nicht. Dieses Miststück ist wohl vor gar nichts zurückgeschreckt?!«

»Tja«, machte Peter. »Ich hätte da noch eine Frage: Sie haben mit Frau Schmückle und vier russischen Geschäftsfreunden einen Abend in diesem Erosklub verbracht.«

»Ja, und?«

»Wissen Sie, ob es später noch mal einen Kontakt

zwischen Ihrer schönen Mitarbeiterin und den Russen gab?«

»Nein. Die vier sind am nächsten Tag abgereist. Ihr nächster Besuch steht erst in vier Wochen an. Und da wären wir dann wieder bei den CDs des Herrn Hülsdorff, die ich dringend brauche.«

Peter ging nicht darauf ein. »Worum ging es eigentlich damals in dem Prozess gegen Ihren Bruder Marcel? Ich meine, wofür genau ist Ihr Bruder verurteilt worden?«

»Steht doch in den Akten. Es war Mord.«

»Totschlag«, verbesserte Peter Heiland. »Und das Motiv?«

»Keine Ahnung. Ich erinnere mich nicht mehr daran. Irgendeine Eifersuchtsgeschichte. Ich hab mich darum nicht gekümmert.«

»Und das Opfer. Dieser Chemiker, wie hieß er gleich noch mal?«

»Martin Ehrmann«, sagte Fahrenholtz wie aus der Pistole geschossen und biss sich sofort auf die Unterlippe. Jetzt war er doch tatsächlich in die Falle dieses lächerlichen Kriminalkommissars getappt.

»Also erinnern Sie sich doch ganz gut«, sagte der auch prompt.

»Nein. Keine Ahnung, warum mir ausgerechnet dieser Name wieder eingefallen ist . . .«

»Das wäre für mich aber interessant!« Peter ließ Fahrenholtz nicht aus den Augen.

»Ich hab sonst eher Probleme, mich an Namen zu erinnern.« Fahrenholtz versuchte es mit einem unverbindlichen Plauderton.

»Es wird schon Gründe geben«, sagte Peter Heiland. »Wir werden dem nachgehen.«

»Herr Heiland!« Fahrenholtz' Ton wurde jetzt eindringlich. »Mir geht es um die Forschungsergebnisse. Wenn Sie uns helfen können . . .«

»Ja, ja, das habe ich doch verstanden!« Peter ließ bewusst offen, ob er dazu bereit sein würde. Er verließ Arnold Fahrenholtz.

Kaum hatte sich die Tür hinter dem Kommissar geschlossen, sprang der dicke Mann von der Ottomane auf – erstaunlich gelenkig und offenbar absolut schmerzfrei. Er riss den Telefonhörer von der Station auf einem Empiretischchen und wählte mit seinen kleinen, wulstigen Fingern eine elfstellige Nummer. »Hör zu, ich bin's. Arnold. Nein, ich bin nicht krank, aber solange es alle glauben, können wir die Leute noch hinhalten. Pass auf. Ich habe den starken Verdacht, dass die Polizei, also genauer: dieser Kommissar Heiland, genau weiß, wo die Dateien sind. Vielleicht haben die sie schon unter Verschluss.« Fahrenholtz wurde plötzlich ungehalten. »Das weiß ich auch nicht. Lass dir was einfallen.« Er schaltete das Telefon ab.

»Du bist und bleibst ein kleiner mieser Trickser.« Antonia stand unter der Tür. Ihre Haltung hatte etwas Herausforderndes. Die linke Hand ruhte auf der linken Hüfte, die sie nach vorne geschoben hatte.

»Ich werde mich mit dir nicht streiten«, sagte Arnold Fahrenholtz. »Dafür hast du selber viel zu viel Dreck am Stecken, Chérie!«

7

Am Nachmittag hatte es die Sonne vollends geschafft. Über Berlin wölbte sich ein hoher blauer Himmel. Als Heinrich Heiland zu Ron Wischnewski ins Auto stieg, sagte er: »Bei dem Wetter lässt sich's zur Not sogar hier aushalten.«

»Na, dann fahren wir doch über den Wannsee nach Kladow. Damit sie noch ein bisschen mehr von der Schönheit der Stadt erleben.«

Wischneski fuhr über Steglitz und Zehlendorf zum Anleger der Fähre am Wannsee. Viele Segler nutzten den schönen Tag, um ihre Boote noch einmal aufzutakeln. Die weißen Segel über dem blau schimmernden Wasser ergaben ein fröhliches Bild. Als der Wagen auf die Fähre rollte, sagte Opa Henry: »So ein schöner Tag und so schlimme Geschichten.«

»Das ist nun mal unser Beruf.«

»Ich war ja damals ganz dagegen, wie der Peter zur Polizei hat wollen. Sie wissen ja vielleicht, dass er ursprünglich einen anständigen Beruf g'habt hat.«

»Vermessungstechnik, ich weiß. Sonst redet er ja nicht viel über sich«, sagte Wischnewski. »Allerdings hat er mir einmal erzählt, dass er bei Ihnen aufgewachsen ist, nachdem seine Eltern gestorben waren.«

»Ja, ich war sozusagen Mutter und Vater in einer Person für ihn. Natürlich wächst man da sehr zusammen. Manchmal denk ich, *zu* sehr. Sonst tät er mir ja net so fehlen.«

»Ich hab auch einen Sohn«, sagte Wischnewski. »Der ist jetzt bald dreißig. Aber von dem hör ich nur etwas, wenn er Geld braucht.«

Die Fähre legte ab. Die beiden Männer stiegen aus dem Auto aus und gingen bis zur Absperrkette vor. Heinrich Heiland drehte sich um und schaute zum Land zurück. »Schöne Häuser stehen da.«

Wischnewski lächelte. »Ich hab schon gehört, es fällt Ihnen schwer, Berlin ein paar positive Seiten abzugewinnen.«

»Wissen Sie, man sagt immer, es gebe zwei Sorten Schwaben, die Weltläufigen und die Verhockten. Und ich gehör halt zur letzteren Sorte.«

»Na ja, viel rumgekommen bin ich auch nicht. Wir Berliner denken immer, warum sollen wir denn in die Welt hinaus, wir haben doch schließlich alles zu Haus.«

Der alte Heiland schmunzelte. »Wenn bei uns früher ein Langholzlaster über die Straße g'fahren ist, habet mir immer g'sagt: Das gibt Zahnstocher für Berliner.«

»Wir sind gar keine solchen Großmäuler«, antwortete Wischnewski.

Die Fähre legte an. Der Kriminalrat hielt es schon

jetzt für eine richtig gute Idee, den alten Mann mitgenommen zu haben. Heiland hatte ihn gar nicht gefragt, warum er ihn als Begleiter dabei haben wollte. Offenbar hielt der alte Schwabe das für ganz normal.

Als sie auf die Golfanlage zugingen, sagte der Kriminalrat: »Wir sagen erst mal nicht, dass wir von der Polizei sind.«

»In Ordnung!«, gab Heiland zurück und registrierte stillvergnügt, dass er jetzt offenbar schon in die Polizei eingemeindet war.

Diskret erkundigte sich Wischnewski bei einem Angestellten des Klubs, ob denn Oskar Fahrenholtz da sei.

»Drüben, am achtzehnten Loch. Er müsste also gleich hier sein. Gewöhnlich isst er noch etwas, trinkt ein Glas Weißwein und spielt dann noch eine zweite Runde. Sie sind sicher Freunde von ihm. Soll ich ihm Bescheid sagen, dass Sie da sind?«

»Nein, wir möchten ihn überraschen.«

Als Fahrenholtz und sein Caddy eine Viertelstunde später auf das Klubhaus zukamen, verzog sich Wischnewski. Opa Henry trödelte herum und wartete, bis Fahrenholtz an einem Tisch auf der Terrasse Platz genommen hatte, und setzte sich dann an einen Tisch dicht daneben. Er wirkte ein wenig wie ein Fremdkörper, denn er trug rustikale Cordsamthosen, schwere Stiefel, und als er jetzt seine Lodenjacke auszog, kamen darunter ein rot kariertes Hemd und dicke lederne Hosenträger zum Vorschein.

Unvermittelt sagte Opa Henry zu dem alten Fahrenholtz: »Ich hätt's vielleicht doch au no anfange solle.«

»Für Golf ist es nie zu spät«, sagte Fahrenholtz und sah seinen Nachbarn an.

»Und wir haben so schöne Plätze auf der Schwäbischen Alb.«

»Ach, Sie leben gar nicht in Berlin.«

Heinrich Heiland lachte. »Um Gottes willa, des wär a Straf' für mich.«

Fahrenholtz antwortete nicht. Er wendete sich wieder seinem Essen zu. Opa Henry ging zum Angriff über. »Sind Sie jetzt nicht der Herr Fahrenholtz?«

Der Kopf seines Nachbarn fuhr in die Höhe. »Kennen wir uns?«

»Ich hab mich vorhin erkundigt. Es ist nämlich . . . also meine Großnichte hat in Ihrem Betrieb g'schafft.«

»So, so.« Damit war für Fahrenholtz das Gespräch erledigt. Aber als Henry beiläufig fortfuhr: »Heike Schmückle hat se g'heiße. Sie ist auf tragische Weise ums Leba komme«, fiel das Besteck des alten Fahrenholtz klirrend auf den Teller.

Wischnewski war inzwischen aus dem Klubhaus getreten und näherte sich den beiden. Er konnte jetzt jedes Wort mithören.

Henry fuhr fort: »Ich will zu ihrer Beerdigung. Und ich dät für mei Leben gern den Kerle kenne lernen, der an allem schuld ist.«

Fahrenholtz fixierte Heiland aus schmalen Augen, sagte aber nichts.

»Ich kenn mich ja in Ihre Familienverhältnisse net aus«, fuhr Henry unbeirrt fort. »Aber dieser Marcel Fahrenholtz, ist das jetzt ein Neffe oder ein Sohn oder ein Enkel von Ihne?«

»Ich weiß nicht, was Sie das angeht.«

»Ha, grad sag ich Ihne doch, i dät den Kerle gern kenne lerne.«

»Heißt das, Sie unterstellen meinem Sohn Marcel, dass er am Tod Ihrer ... Ihrer Großenkelin oder was sie war, schuldig ist?«

»Großnichte«, erklärte Henry geduldig. »Ja ischer des etwa nicht?«

Fahrenholtz sprang auf und stieß seinen Stuhl zurück. »Ich verbitte mir solche Unterstellungen! Herr Ober, servieren Sie mir bitte dort drüben.« Er zeigte auf die entfernteste Ecke auf der Terrasse.

Fahrenholtz wechselte den Tisch, ohne Heinrich Heiland noch eines Blickes zu würdigen. Wischnewski zwinkerte Heiland zu, schlenderte über die Terrasse und blieb vor dem Tisch stehen, an den sich Fahrenholtz gerade gesetzt hatte.

»Darf ich?«, fragte der Kriminalrat und schickte sich an, Platz zu nehmen.

»Nein!«, blaffte Fahrenholtz.

Wischnewski setzte sich. »Wenn der Prophet nicht zum Berg kommt ... Wischnewski mein Name. Kriminalrat Wischnewski, LKA Berlin, achte Mordkommission.«

»Lassen Sie mich in Ruhe, mein Anwalt hat ja wohl deutlich gemacht, dass ich nicht gewillt bin, mit Ihnen zu reden.«

»Ich wollte es Ihnen ersparen, Sie polizeilich vorführen zu lassen.«

»Der Versuch ist ja sowieso gescheitert.«

»Nur bei Oberstaatsanwalt Hornung. Der Generalstaatsanwalt vertritt eine andere Rechtsauffassung.«

Fahrenholtz hob langsam den Kopf. Er hatte ein schmales, sonnengebräuntes Gesicht, das von vielen Furchen durchzogen war. Seine Lippen waren ungewöhnlich dünn. Die Mundwinkel zeigten nach unten. Die Falten, die von den Wangenknochen zum spitzen Kinn hin verliefen, hatten sich besonders tief eingegraben.

»Wir sind auf der Suche nach Ihrem Sohn Marcel.«

»Er hat für seine Tat gebüßt!«

»Ja sicher. Und ich hoffe sehr, er hat keine neue begangen.«

»Es ist ja bis heute noch nicht bewiesen, dass er damals den Ehrmann erschlagen hat«, blaffte der alte Fahrenholtz.

»Ihr Sohn hat seinerzeit vor Gericht gesagt: ›Einer muss es ja schließlich gewesen sein.‹ Klingt irgendwie seltsam, nicht wahr, eigentlich unbeteiligt.«

»Warum quälen Sie einen alten Mann mit diesen alten Geschichten?«

»Weil diese alten Geschichten offenbar viel mit unserer neuen Geschichte zu tun haben. Herr Fahrenholtz: Wenn Sie Kontakt zu Ihrem Sohn Marcel haben, und davon bin ich fest überzeugt . . .«

»Warum? Wie kommen Sie darauf?«

»Weil sie der einzige Mensch waren, der auch während Marcels Haft für ihn da war. Ihr anderer Sohn war ja wohl vollständig damit beschäftigt, den Betrieb zu führen.«

»Ganz recht! Für so eine Aufgabe braucht man den ganzen Mann.«

»Warum haben Sie eigentlich Ihrem Sohn Marcel nicht zugetraut, in der Firmenleitung mitzuarbeiten?«

Fahrenholtz fuhr auf. »Wer behauptet das?«

»Eine Zeugin, die es wissen muss!«

»Antonia?«

»Sie meinen Ihre Schwiegertochter?« Wischnewski war plötzlich sehr aufmerksam. »Die haben wir dazu nicht befragt. Aber Sie werden nicht bestreiten, dass die Information stimmt.«

Fahrenholtz nahm einen Schluck aus seinem Weinglas. »Ich kann Ihnen nur so viel sagen: Alles, was Sie da zusammenspekulieren, geht weit an der Wahrheit vorbei.«

»Ja, das will ich gerne glauben. Aber zu viel mehr

als Spekulationen sind wir zurzeit leider nicht in der Lage. Und trotzdem: Wir müssen einen heimtückischen und brutalen Mörder finden. Also was ist die Wahrheit? Herr Fahrenholtz, helfen Sie uns!«

»Vielleicht tu ich das sogar – irgendwann einmal.«

»Irgendwann ist zu spät!« Wischnewski erhob sich. »Schönes Wetter. Spielen Sie noch eine Runde?«

»Ja, ich warte nur noch auf meinen Partner.«

Wischnewski verbeugte sich leicht. »Und wenn Sie das nächste Mal eine Vorladung kriegen, kommen Sie bitte ins Präsidium. Weder Ihr Anwalt noch Herr Dr. Hornung werden verhindern können, dass ich Sie ansonsten polizeilich vorführen lasse. Schönen Tag noch.«

Als Wischnewski die Treppe von der Terrasse zu den Parkplätzen hinabging, wählte er auf seinem Handy Hanna Iglaus Nummer. Sie meldete sich sofort. »Ich habe Oskar Fahrenholtz grade vorgehalten, dass eine Zeugin uns gesagt hat, er habe seinem Sohn Marcel die Firmenleitung nicht zugetraut. Und darauf hat er wie aus der Pistole geschossen gefragt: ›Antonia?‹«

»Die Schwiegertochter?«

»Ja, genau. Plötzlich habe ich das Gefühl, die Frau spielt eine Rolle. Bitte nehmen Sie sich doch die Akten des Mordfalles Martin Ehrmann noch mal vor. Vielleicht finden Sie dort einen Hinweis.«

»Mach ich!«

Wischnewski ging weiter die Treppe hinunter. Dr. Hornung kam ihm entgegen. Er nahm immer zwei oder drei Stufen auf einmal und schien in Eile zu sein.

»Sie müssen nicht so rennen«, sagte Wischnewski. »Herr Fahrenholtz ist noch beim Hauptgang.«

Der Oberstaatsanwalt blieb abrupt stehen. »Ach, Sie sind es, Wischnewski. Haben Sie ihn etwa hier vernommen?«

»Ja, warum denn nicht?«

»Hat man Ihnen denn nicht gesagt . . .?«

»Doch, doch«, unterbrach der Kriminalrat den Oberstaatsanwalt. »Aber offenbar teilen weder der Polizeipräsident noch der Generalstaatsanwalt Ihre Meinung, Herr Dr. Hornung!«

Das Gesicht des Oberstaatsanwaltes lief rot an. Er ballte beide Fäuste. »Und das geht auf Ihre Initiative zurück?«

»Nein. Ich hatte gar nichts damit zu tun.«

Wischnewski stieg die Treppen vollends hinunter. Das konnte heikel werden, wenn Hornung beim Generalstaatsanwalt oder beim Polizeipräsidenten nachfragte. Aber so mutig war der nicht. Der zog den Kopf ein und war froh, wenn ihn keiner darauf ansprach. »Wenigstens diese Spekulation wird doch wohl aufgehen«, sagte Wischnewski leise vor sich hin.

Bei Wischnewskis Auto wartete Opa Henry. »Wenn der hier noch den ganzen Nachmittag Golf spielt, könnten Ihre Leute doch mal nachschauen, ob dieser Marcel net bei ihm daheim hockt.«

»In seiner Villa in Zeuthen, meinen Sie?«

»Oder auf seiner Yacht. Ihr schwätzet doch die ganze Zeit von einer Yacht.«

»Ja, aber die haben wir bis jetzt nicht gefunden. Und das Haus – ich meine, mit welcher Begründung sollen wir da reingehen? Ohne richterliche Durchsuchungsanordnung ist da gar nichts zu machen, und die kriegen wir nicht. Ich könnte das Haus natürlich observieren lassen.«

Diesmal fuhren sie über Gatow Richtung Spandau und dann auf der Heerstraße stadteinwärts.

»Ich hätt da noch so eine Idee«, sagte Heinrich Heiland.

Wischnewski sah skeptisch zu ihm hinüber. Der alte Mann wurde ihm langsam unheimlich.

»Wenn die schon glauben, ich sei ein Großonkel von Frau Schmückle, könnt man die dann net au glaube mache, sie hätt ihre Geheimnisse bei mir versteckt?«

»Und dann?«

»Dann kommet die garantiert aus ihre Löcher.«

Wischnewski schüttelte den Kopf. »Das hätte mit solider Polizeiarbeit nur wenig zu tun!«

Manchmal behauptete Opa Henry, zwischen ihm und seinem Enkel bestehe eine telepathische Verbindung. Wenn Peter nach längerer Zeit wieder einmal in Riedlingen auftauchte, um seinen Großvater zu besuchen, konnte er darauf wetten, dass der Alte ihn mit den Worten begrüßte: »Den ganzen Tag denk ich schon an dich. Ich hab genau g'wusst, dass du heut kommst!« Andererseits konnte es passieren, dass Peter in Schwierigkeiten war und sich sein Opa genau in solchen Momenten bei ihm meldete. Als er vor einem Jahr beinahe von dem Heckenschützen erschossen worden wäre, rief Heinrich Heiland keine halbe Stunde später an und fragte: »Was ischt mit dir? Geht's dir net gut?«

Aber Peter hätte es dennoch immer für einen schieren Zufall gehalten, dass er sich just in dem Moment dazu entschloss, nach Zeuthen zu fahren, als sein Großvater zu Wischnewski sagte: »Wenn der hier noch den ganzen Nachmittag Golf spielt, könnten Ihre Leute doch mal nachschauen, ob dieser Marcel net bei ihm daheim hockt.«

Peter stellte den Wagen ab, ging die Seestraße entlang, passierte die Villa von Oskar Fahrenholtz und nahm dann einen schmalen Stichweg, der zwischen zwei Grundstücken zum Ufer hinunterführte. Er fand einen Boostverleiher, der auf einem Gartenstuhl saß und Kreuzworträtsel löste.

»Nicht viel los«, sagte Peter.

»Die Saison ist rum.«

»Kann ich trotzdem ein Boot leihen?«

»Wenn Sie zahlen können.«

Der Mann erhob sich ächzend aus seinem Gartenstuhl, legte das Kreuzworträtselheft auf den Boden, beschwerte es mit einem Stein und ging zum Ufer hinunter. »Was könnte das sein«, fragte er auf dem Weg. »›Das andere Ich‹?«

»Alter Ego!«, antwortete der Kommissar prompt.

»Augenblick mal!« Der Bootesverleiher machte auf dem Absatz kehrt, rannte zurück, hob den Stein von dem Heft und ging in die Hocke. »Stimmt, Mann! Und jetzt passt alles drumrum auf einmal auch.«

»Ja, so ist das bei Kreuzworträtseln«, sagte Peter.

Der Bootsverleiher kam mit kurzen schnellen Schritten zurück, hob das Heck eines schmalen Ruderkahns an und schob ihn über den Kies ins Wasser. Plötzlich hielt er inne. »Die Schaumgeborene?«

Peter lachte. »Ich weiß es, aber ich sag's Ihnen nur, wenn Sie nicht gleich wieder wegrennen.«

»Gebongt!«, sagte der Mann, gab seiner Schirmmütze einen Stupser mit dem Zeigefinger, dass sie ein gutes Stück nach hinten rutschte, spuckte in die Hände und hievte den Kahn vollends ins Wasser.

»Aphrodite mit ph.«

»Danke.«

»Ich hätt auch 'ne Frage«, sagte jetzt Peter.

»Ja?«

»Wohnt nicht dort drüben der Oskar Fahrenholtz?«

»Doch.«

»Und wo liegt seine Yacht . . .?«

»Die Aurora?«

»Ach, so heißt sie?« Peter hatte Mühe, seine Erregung zu verbergen.

»Aurora heißt Morgenröte. Das hätt ich gewusst«, sagte der Bootsverleiher stolz.

»Gratulation.«

»Sie müssen wissen, meene Alte und ich . . . also meine Frau Erna und ich, wir rätseln immer um die Wette. Und mit nischt kann ick se mehr auf die Palme bringen, als wenn ick schneller bin als sie.«

»Wenn ich Ihnen bei Ihrem Rätsel noch was helfen kann . . .?«

»Ich denke, ick darf Ihnen nich uffhalten.«

»So eilig hab ich's dann auch wieder nicht.«

Der Bootsverleiher band den Kahn an einem Holzpfosten fest.

Das Kreuzworträtsel war ein Kinderspiel, und die drei anderen waren auch nicht schwerer. Peter Heiland stieg gewaltig in der Achtung des Bootsverleihers. Und der Kommissar gedachte dies auch auszunutzen, wenn er das Schiff wieder abgeben würde. Aber jetzt trieb er den Kahn erst einmal mit kräftigen Ruderschlägen aufs Wasser hinaus, schwenkte dann Richtung Süden und näherte sich so vom See her dem Anwesen des alten Fahrenholtz. Als er auf gleicher Höhe mit der Villa war, stellte er das Rudern ein und ließ die Riemen neben dem Boot im Wasser treiben. Bald schon schaukelte der Kahn ruhig im Wasser, ohne seine Position zu verändern.

Das Haus stand mit der Giebelseite zum See. Es war in einem freundlichen Ockerton gestrichen. Im Erdgeschoss war ein großer Wintergarten vorgebaut, der im ersten Stock durch eine geräumige Dachterrasse abgeschlossen wurde.

Peter Heiland nahm ein kleines Fernglas, nicht viel größer als ein Operngucker, aus der Innentasche seiner Windjacke, richtete es auf die Villa und justierte es. Vor dem Haus fiel das Gelände leicht ab. Am Ufer zog sich ein schmaler Steg ins Wasser hinein. Vermutlich wurde er im Sommer zum Baden genutzt. Ein Boot war dort nicht vertäut. Langsam wanderte Peter Heilands Blick über die Fenster der Giebelseite. Plötzlich entdeckte er im ersten Stock, direkt hinter der Terrassentür, eine Silhouette. Offenbar hatte die Person dort auch ihn entdeckt; denn Sekunden später wurde die Tür heftig aufgerissen. Peter hielt sein Fernglas auf den Mann gerichtet, der nun heraustrat. Es war Gerry Hettich, der Maler aus dem Atelier in Adlershof.

Peter griff sofort nach den Rudern und bewegte sie gegenläufig, sodass das Boot sich zu drehen begann. Schon nach Sekunden wendete er dem Mann auf der Terrasse den Rücken zu. Ein kurzer Blick nach hinten zeigte ihm, dass Hettich nun auch ein Fernglas an die Augen gesetzt hatte. Sorgfältig achtete Peter darauf, dem Mann auf der Terrasse sein Gesicht nicht zu zeigen.

Die Rückkehr zu dem Bootsverleiher war zunächst nicht so einfach; denn Peter musste die Ruder nach vorne stoßen, um sich aus Hettichs Blickfeld zu bringen, ohne dass dieser sein Gesicht sehen konnte. Erst als sich dichtes Buschwerk zwischen Fahrenholtz' Villa und das kleine Schiff geschoben hatte, konnte er das Boot wieder drehen und in gewohnter Weise, mit dem Rücken zum Bug, rudern.

»Das war aber'n kurzer Ausflug«, sagte der Bootsverleiher und reichte Peter die Hand, um ihm beim Aussteigen zu helfen.

»Ist doch schon ziemlich kalt da draußen«, antwortete der Kommissar. Sie zogen den Kahn gemeinsam aus dem Wasser auf das Geröll, und Peter sagte zögernd: »Ich hab dort drüben auf dem Balkon der Villa Fahrenholtz einen Mann gesehen. Und ich glaube, dass ich den kenne.«

»Einen Mann?«

»Ja, ich glaube, er ist Maler . . .«

Der Bootsverleiher ließ ihn nicht weiterreden. »Ach, den meinen Sie? Netter Kerl. Seit ein paar Wochen schaut er fast jeden Tag bei dem alten Herrn Fahrenholtz vorbei. Ich glaube, er wohnt drüben in Eichwalde.«

»Wissen Sie, wie er mit Nachnamen heißt?«

»Kerner, wie dieser Weichspüler im Fernsehen, Sie wissen schon, der spät am Abend immer die Talkshow macht und manchmal auch das Sportstudio.«

»Kerner? Sind Sie sicher? Nicht Hettich?«

»Also mir hat er sich mit Kerner vorgestellt. Seinen Ausweis hat er mir natürlich nicht gezeigt.«

»Mir auch nicht«, sagte Peter. »Wissen Sie auch seinen Vornamen?«

»Thomas. Er heißt Thomas.«

Peter hatte Mühe, diese verwirrenden Nachrichten zu verdauen. Thomas Kerner war Marcel Fahrenholtz' bester Freund im Knast gewesen. Peter Heiland wollte aber nicht weiter in den Bootsverleiher dringen. »Noch Fragen zu Ihren Kreuzworträtseln?«

»Ja, wie heißt denn Angst vor engen Räumen?«

»Klaustrophobie. Mit ph.« Peter hatte es jetzt eilig. Er salutierte mit dem Zeigefinger an der Stirn, spurtete den schmalen Stichweg hinauf. Als er gerade die Seestraße erreichte und nach links einbiegen wollte, sah er Thomas Kerner alias Gerry Hettich eilig aus der Villa Fahrenholtz kommen. Heiland verbarg sich hinter einem Campingbus, der am Straßenrand geparkt war. Von hier aus konnte er beobachten, wie Kerner die Straße heruntergesprintet kam und in den Stichweg einbog. Ob der Bootsverleiher ihn so beschreiben konnte, dass der Maler sich an ihre Begegnung in dem abgewrackten Industrieareal erinnerte, bezweifelte Peter. Er sprang in sein Auto und fuhr los.

»Gerry Hettich ist also aller Wahrscheinlichkeit nach identisch mit Thomas Kerner, Marcel Fahrenholtz' bestem Freund aus dem Knast. Und er trifft sich regelmäßig mit dessen Vater«, sagte Peter bei der abschließenden Sitzung der Sonderkommission für diesen Arbeitstag. Ron Wischnewski hatte damit begonnen, auf einem Block die Namen aufzuschreiben und ein Geflecht von Linien zu zeichnen. Aber das brachte kein Licht in seine Gedanken. Leise, wie zu sich selbst, sagte er: »Mir geht nicht aus dem Kopf, wie der alte Fahrenholtz plötzlich auf seine Schwiegertochter Antonia kam. Wieso glaubte er, dass sie uns die Informationen gegeben hat, die wir von seiner ehemaligen Sekretärin haben? Das heißt doch, dass Antonia Fahrenholtz irgendeine Rolle spielt.«

Hanna Iglau hob den Finger.

»Ja?«, bellte Wischnewski.

»Sie war in dem Prozess vor sechs Jahren als Zeugin geladen.« Hanna sah nicht hoch. Sie hatte ihren Blick fest auf ihre Notizen gerichtet. Trotzdem bemerkte sie, dass plötzlich alle Kollegen zu ihr hersahen. So viel Aufmerksamkeit machte sie verlegen. Hanna wischte sich kurz mit der Hand über die Stirn, ehe sie hinzufügte: »Heike Schmückle übrigens nicht.«

»Bevor Sie fortfahren, Frau Iglau: Was war dieser Ehrmann überhaupt für ein Mensch?«

»Wir haben ein Foto von ihm.« Hanna schob das Bild über den Tisch und las aus ihren Unterlagen vor: »Martin Ehrmann, geboren 1960 in Pirna, Chemiestudium Chemnitz, damals noch Karl-Marx-Stadt, und in Berlin an der Humboldt-Universität. Abschluss summa cum laude 1986. Kurz danach in den Westen geflohen. Tätigkeit am Institut für Nanotechnologie in Saarbrücken. 1990 Wechsel nach Berlin und Eintritt als Abteilungsleiter in die Firma Chemical Globe.«

»Gut aussehender Mann«, sagte Wischnewski und schob das Foto zu Peter Heiland weiter. »Verheiratet?«

»Nein. Alleinstehend.«

»Antonia Fahrenholtz ist also in dem Ehrmann-Prozess gehört worden?«

»Ja«, antwortete Hanna Iglau, »aber sie hat die Aussage verweigert.«

»Mit welcher Begründung?«

Endlich schaute Hanna Iglau auf. »Das ist interessant. Sie sagte, sie wolle niemanden belasten.«

»Und damit hat sich der Richter zufrieden gegeben?«

»Zunächst einmal hat der Staatsanwalt keine weiteren Fragen dazu gestellt. Und seltsamerweise hat auch Marcels Anwalt nichts daraus gemacht.«

»Das stinkt doch«, sagte Grabosch.

Peter Heiland nickte. »Als ob sich alle einig gewesen wären, dass nur Marcel der Täter gewesen sein konnte.«

Wischnewski warf den Bleistift, mit dem er bis jetzt rastlos Namen und Linien auf seinen Block gekritzelt hatte, auf den Tisch. »Mit dieser Antonia Fahrenholtz muss man reden.«

Jetzt meldete sich Peter. »Das würden aber am besten Sie machen, Chef.«

»So? Und warum?«

»Also ich zumindest fühle mich dieser Frau nicht gewachsen.«

»Na, Sie sind gut«, rief Wischnewski. »Ich fühle mich überhaupt keiner Frau gewachsen!«

Die Kollegin aus der Abteilung Eigentumsdelikte war die erste, die darüber leise kicherte. Doch schnell fielen auch andere ein, und am Ende gab es ein allgemeines befreiendes Gelächter, das der Kriminalrat durchaus genoss. Er sah Peter an. »Was würde Ihr Opa Henry jetzt sagen?«

Peter Heiland grinste. »'s ischt a Kleinigkeit, was d'Kender freut!«

8

Wischnewski hatte nach der Sondersitzung Peter Heiland und Hanna Iglau zu sich in sein Büro gebeten. »Ich habe mit dem Gefängnisdirektor Maushardt telefoniert. Kerner hat im Knast einen Malkurs absolviert. Er war der einzige, der bei einer Ausstellung ein paar Bilder verkauft hat. ›Begabter Mann‹, um Maushardt zu zitieren. ›Begabter Mann!‹ Und wissen Sie, wer sein Sponsor war?«

»Der alte Fahrenholtz, nehme ich an«, sagte Peter Heiland.

»Genau! Marcel muss seinen Vater darum gebeten haben.«

Peter nickte, dann sagte er langsam: »Thomas Kerner hat Heike Schmückle gekannt.«

»Wie kommen Sie darauf?«

»Er hat es mir gesagt.«

»Verstehe!«

Wischnewski resümierte, und Hanna Iglau schrieb eifrig mit: »Thomas Kerner hat sich unter dem Namen Gerry Hettich vor ein paar Wochen im Erdgeschoss dieses alten Industriebaus ein Atelier eingerichtet. Nehmen wir mal an, das Geld dafür hat er von einem Mann namens Fahrenholtz bekommen, wobei wir erst einmal offen lassen, ob der mit Vornamen Oskar, Arnold oder Marcel heißt. Nehmen wir weiter an, Kerner wurde dort platziert, um Frank Hülsdorff auszuspähen. Vielleicht sollte er sich mit dem Chemiker anfreunden, dessen Vertrauen gewinnen, um so zu erfahren, wie weit der Mann mit seinen Forschungen war. Die Tarnung als Maler ist ja wirklich nicht schlecht.«

»Moment!« Peter Heiland schrie es förmlich heraus.

»Was ist?«

»Das Telefonat. Augenblick!« Peter zog hastig einen Stapel Zettel aus seiner rechten Jackentasche – ein wildes Sammelsurium von Papieren. Ein paar davon flatterten auf den Boden hinab. »Ich hab's gleich.«

Wischnewski beobachtete seinen Mitarbeiter mit hoch gezogenen Augenbrauen.

»Da – da ist es ja schon.« Peter Heiland las vor: »›Frank hier. Ich muss dich unbedingt sprechen. Rede um Gottes willen mit niemandem über unser Projekt. Verstehscht, mit niemandem! Und am allerwenigsten mit unserem neuen Freund.‹ Das war auf Heike Schmückles Anrufbeantworter, und wir wissen, der Anrufer war Frank Hülsdorff!«

»Sammeln Sie Ihren Papierladen wieder ein!«, raunzte Wischnewski.

»Aber wer hat ihn nun dort untergebracht, um Hülsdorff zu observieren?«, fragte Peter ungeduldig.

Wischnewski hob beruhigend die Hände. »Wenn wir davon ausgehen, dass Marcel seinem Bruder Arnold die Position und das Geld neidete und dass er mit Kerner alias Hettich wirklich befreundet war, dann handelt Kerner im Auftrag von Marcel.«

»Aber wie passt Heike Schmückle dazu?«

Wischnewski kratzte sich am Kopf. »Der ›neue Freund‹ könnte auch Marcel Fahrenholtz gewesen sein.«

»Jetzt stimmt überhaupt nichts mehr zusammen«, stöhnte Peter Heiland. »Ich habe Gerry Hettich alias Thomas Kerner doch auf der Terrasse von Oskar Fahrenholtz' Villa in Zeuthen entdeckt.«

»Ja, ja«, sagte Wischnewski, »der alte Fahrenholtz muss uns auch noch ein paar Fragen beantworten. Vorher rede ich aber noch mit seiner Schwiegertochter.«

»Heute Abend noch?«, fragte Hanna.

»Ja, warum nicht?«

»Frau Schmidt hat vorhin angerufen, als Sie in Kladow auf dem Golfplatz waren.«

Wischnewski fixierte seine Mitarbeiterin. »Ja, und?«

»Ohne und. Nur so . . .« Hanna verließ etwas überhastet das Zimmer.

»Verstehen Sie das?«, fragte Wischnewski.

Heiland spielte den Unschuldigen. »Dass Frau Schmidt angerufen hat? Müsste ich das verstehen?«

Wischnewski hob den Kopf und schaute Peter Heiland in die Augen. »Was ist eigentlich los?«

»Nichts. Warum?«

»Na gut«, sagte Wischnewski. »Die Einvernahme von Oskar Fahrenholtz kann bis morgen warten . . .«

»Bestimmt«, antwortete Peter Heiland.

»Aber seine Schwiegertochter knöpfe ich mir heute noch vor.«

Wischnewski griff nach dem Telefonhörer und wählte. »Aber ich wäre jetzt gerne allein!«

»Ach ja. Natürlich«, sagte Heiland und ging schnell hinaus. Er hatte die Tür noch nicht ganz hinter sich zugezogen, da bekam Wischnewski schon Verbindung. »Schmidt«, meldete sich die Frau am anderen Ende der Leitung.

»Ich bin's, ähem, Wischnewski . . .«

»Oh, hallo!« Es klang erfreut.

»Haben Sie heute Abend schon etwas vor?«

»Nein. Aber ich freu mich, wenn Sie etwas mit mir vorhaben.«

Wischnewski räusperte sich. »Ja, also. Ich kenn da ein neues Lokal. Biscotti. Die Besitzer stammen aus Augsburg, aber sie kochen italienisch, und das sehr gut!«

»Wann und wo genau?«

»Sagen wir 19 Uhr 30. Ecke Pestalozzi- und Weimarer Straße in Charlottenburg.«

»Ich werde es finden!«

»Ja dann bis dann!«, stieß Wischnewski hervor.

»Ich freu mich«, kam es aus dem Hörer zurück.

Wischnewski legte auf, lehnte sich weit nach hinten, streckte seine massigen Beine unter den Schreibtisch. Unkomplizierter hatte er noch nie eine Verabredung zustande gebracht. »Sie freut sich«, sagte er leise. »Ja dann freu ich mich doch auch, verdammt noch mal!«

Peter war in den Raum der SoKo zurückgegangen. Er fragte Hanna Iglau, ob sie bereit sei, ihn nach Adlershof zu begleiten.

»Was ist denn das für eine Frage?« Hanna griff nach ihrer Jacke und ihrer Mütze und kam zur Tür.

Der Hof zwischen den Industriegebäuden war etwas abgetrocknet. Peter stoppte den Dienstwagen direkt neben dem hohen Fabrikschlot. Versteckt hinter einem halb zerfallenen Schuppen stand ein unauffälliger Kleinwagen. Aus dem schälte sich jetzt ein Mann heraus, der kaum kleiner war als Peter. Er hatte einen komplett kahl geschorenen Schädel und war höchstens fünfundzwanzig Jahre alt.

»Kriminalassistent Schöller. Keine besonderen Vorkommnisse.«

»Danke. Kennen wir uns?«, fragte Peter.

»Ich kenne die Kollegin Iglau. Deshalb wusste ich gleich Bescheid.«

Hanna lächelte dem Kahlkopf zu.

Sie betraten die Halle. Eine Ratte, die dicht hinter der Tür gesessen hatte, sah kurz zu ihnen auf und huschte dann ohne Eile davon.

»Niedlich«, sagte Hanna.

»Schade, dass wir sie nicht befragen können. Ratten sollen ja besonders kluge Tiere sein. Vielleicht hat sie ja etwas Wichtiges beobachtet.« Doch dann blieb Peter plötzlich stehen. »Kerner war auf Frank Hülsdorff angesetzt«, sagte er unvermittelt.

»Das ist unsere Theorie«, sagte Hanna.

»Wenn ihm nun Hülsdorff draufgekommen ist . . .?«

»Das könnte sein, ja.«

»Hülsdorff musste also die CDs so verstecken, dass Kerner sie nicht finden konnte.«

»Ja, ja . . .« Hanna wirkte plötzlich ungeduldig.

»Wo würde ein Mann wie Kerner nie suchen?«

»Ich merke schon, du denkst mal wieder um ein paar Ecken mehr als ich.«

Aber Peter ließ sich nicht rausbringen. »Also wo?«

»Woher soll ich wissen, wo dieser Kerner die CDs niemals vermuten würde?«

Peter stieß die Tür zu Kerners Atelier auf. »Hier! – Es ist ja nicht einmal jetzt abgeschlossen!«

Hanna hätte am liebsten gesagt: ›Du spinnst doch!‹ Aber sie erinnerte sich im gleichen Moment daran, wie oft Peter Heilands krumme Gedanken schon gradewegs zur Lösung eines Falles geführt hatten. Deshalb sagte sie nur: »Interessante Idee!«

Etwa um die gleiche Zeit stieß Ron Wischnewski das Gartentor zum Anwesen von Antonia und Arnold Fahrenholtz auf. Unter der Tür stand hoch aufgerichtet die Dame des Hauses. Wischnewski atmete tief durch. Er wusste selbst nicht, warum er aggressiv wurde, noch ehe ein Wort gesprochen war. »Kriminalrat Wischnewski«, stellte er sich vor.

»Die Polizisten geben sich hier die Klinke in die Hand. Aber, es tut mir leid, mein Mann ist nicht da.«

»Ich wollte auch zu Ihnen, gnädige Frau!«

»Zu mir? Das kann ich mir nicht vorstellen.«

»Es ist aber so. Kann ich reinkommen?«

»Ja, glauben Sie denn, dass das länger dauert?«

»Das hängt von Ihnen ab. Auf keinen Fall möchte ich zwischen Tür und Angel mit Ihnen sprechen.«

»Na gut«, sagte sie schnippisch und machte Platz, um ihn vorbeizulassen. »Gehen wir in den Salon. Geradeaus. Durch den Rundbogen.«

In den Salon hätte Wischnewskis Wohnung dreimal hineingepasst. »Suchen Sie sich einen Platz«, hörte er die Stimme von Antonia Fahrenholtz in seinem Rücken.

»Danke. Ich bleibe stehen.«

»Dann wollen Sie auch nichts trinken?«

»Danke nein.« Etwas Besseres als sizilianischen Roten im Biscotti konnten die hier auch nicht haben.

»Also?«, sagte Antonia Fahrenholtz mit schmalen Lippen.

»Wie ist Ihr Verhältnis zu Ihrem Schwiegervater?«

Antonia lachte auf. »Ich habe viele Fragen erwartet, aber diese nicht.«

»Welche Fragen haben Sie denn erwartet?«

Antonia Fahrenholtz biss sich auf die Unterlippe und beschloss, vor diesem Mann auf der Hut zu sein.

»Wie ist nun Ihr Verhältnis zu Oskar Fahrenholtz?«

»Wir haben seit mindestens fünf Jahren nicht mehr miteinander geredet.«

»Seit sechs, nehme ich an! Der Prozess liegt sechs Jahre zurück, Frau Fahrenholtz!«

Sie wandte sich ab und ging zu der riesigen Panoramascheibe, durch die man einen schönen Blick in den parkähnlichen Garten hatte.

»Sie waren als Zeugin geladen.«

»Ja.«

»Sie haben aber nicht ausgesagt.«

»Nein.«

»Können Sie mir erklären, warum nicht?«

»Nein.«

»Ihr Anwalt hat damals gesagt, Sie seien der psychischen Belastung nicht gewachsen. Ich hab das in den Akten nachgelesen.«

»Ja. Dann ist es ja gut.«

»Man muss kein Psychologe sein, um zu erkennen, dass Sie noch ganz anderen Belastungen gewachsen wären, gnädige Frau!«

Jetzt fuhr sie herum: »Was erlauben Sie sich?!«

»Tja«, machte Wischnewski, »was erlaube ich mir? Dass sich überhaupt jemand selber etwas erlaubt, ist für Sie vielleicht schwierig zu begreifen. Ihren Schwiegervater nehme ich da natürlich aus.«

Kleine rote Flecken erschienen auf den Wangen der schönen Frau Fahrenholtz. Ihre Augen waren schmal geworden. »Verlassen Sie mein Haus.«

»Es ist nicht Ihr Haus. Es gehört immer noch Ihrem Schwiegervater. Auch das haben wir ermittelt.« Wischnewski steckte beide Hände in die Hosentaschen. »Haben Sie nicht ausgesagt, weil Sie Ihren Schwager Marcel damit entlastet hätten?«

»Was wollen Sie überhaupt mit diesen alten Geschichten?«

»Sie sind der Schlüssel zu den Morden an Heike Schmückle und Frank Hülsdorff.«

»Das ist doch Unsinn!«

»Hat Marcel Fahrenholtz den Chemiker Martin Ehrmann getötet?«

»Er ist schuldig gesprochen worden, und er hat das Urteil angenommen!«

»Ja, er ist schuldig gesprochen worden, aber war er es auch?«

»Sie zweifeln an der Weisheit des Gerichts!« Frau Fahrenholtz bekam langsam wieder Oberwasser.

»Ich zweifle an der Glaubwürdigkeit der Zeugen, und leider muss ich auch an den Fähigkeiten meiner Kollegen zweifeln, die damals ermittelt haben.«

»Das ist dann aber Ihr Problem.«

»Wie Recht Sie doch haben«, Wischnewski grinste, »aber es könnte auch zu Ihrem werden. Wie verstehen Sie sich denn mit Ihrem Mann?«

»Wir lieben uns!«

Wischnewski lachte.

»Was gibt es da zu lachen?«, herrschte ihn Antonia Fahrenholtz an.

»Es klang so, als ob sie gesagt hätten: ›Es ist keine Butter mehr im Kühlschrank!‹ – Ich danke Ihnen. Ein bisschen hat mich das Gespräch nun doch weitergebracht. Ich finde den Weg hinaus allein.«

Grußlos verließ Wischnewski den Salon. Natürlich hätte er weiterfragen, tiefer bohren müssen. Aber an diesem Abend wollte er sich seine Laune nicht verderben lassen. Um nichts in der Welt. Dieser kalten Schönen würde er schon noch beikommen.

Auf dem Weg von der Haustür zum Gartentor wählte er auf seinem Handy die Nummer der SoKo. Grabosch meldete sich. »Ich will alles über Antonia Fahrenholtz wissen. Wo und wann ist sie geboren? Wer sind ihre Eltern? Wo ist sie zur Schule gegangen und so weiter und so weiter.«

»Wird gemacht, Chef«, sagte Grabosch, der auf so beängstigende Weise immer funktionierte. Wischnewski blieb am Gartentor stehen. Er fragte sich, warum er immer wieder diesen verqueren Schwaben Heiland dem wunderbar fehlerfreien Grabosch vorzog. Dann aber zwang er sich, an etwas anderes zu denken. Er würde jetzt nach Hause fahren, duschen, frische Kleider anziehen – hoffentlich fand er ein gebügeltes Hemd im Schrank – und so rechtzeitig zum Biscotti fahren, dass Friederike Schmidt ja nicht auf ihn warten musste.

Hanna stand vor einem Bild, das zwei Meter hoch und vier Meter breit war. »Der Mann muss eine ungeheure Wut haben«, sagte sie. Peter Heiland trat hinter sie und legte seine Hände auf ihre Schultern. Er konnte ohne Probleme über ihren Kopf auf das Gemälde schauen. »Aber es hat was«, fuhr Hanna fort.

»Ich hab noch mal mit dem Gefängnisdirektor telefoniert«, sagte Peter. »Er war richtig stolz auf seinen Exhäftling. In den letzten zwei Jahren hat ihn immer wieder ein Professor der Universität der Künste besucht und ›mit ihm gearbeitet‹. So hat er sich ausgedrückt, der Herr Dr. Maushardt. Dieser Professor muss auch eine Ausstellung organisiert haben, solange Kerner noch im Knast saß.«

»Schönes Resozialisierungsprogramm«, sagte Hanna.

»Nur hat es wohl wenig gebracht. Dieser Professor war übrigens mehrmals in Begleitung einer Frau im Knast erschienen.«

»Welcher Frau?«, wollte Hanna wissen.

»Maushardt sagt, er kenne sie nicht.«

»Der Professor muss uns sagen, wer das war.«

Peter nahm seine Hände von Hannas Schultern. »Du hast Recht, wir hätten den ermitteln und befragen müssen.«

»Aber das können wir doch noch.«

Er lächelte. »Auch damit hast du Recht.«

Sie hatten nun schon über zwei Stunden gesucht und nichts gefunden. Und so unübersichtlich war das Atelier nicht, dass man bei professioneller Suche ein Versteck hätte übersehen können. Im Grunde blieb nur noch eine Möglichkeit: An der Wand lehnten hintereinander gut zwanzig bemalte Leinwände in Holzrahmen. Peter begann, ein Bild nach dem anderen nach vorne zu kippen. »Willst du dir die jetzt alle anschauen?«, fragte Hanna.

»Nein, komm her, hilf mir mal. Wenn es zu viele werden, sind die saumäßig schwer!«

Hanna ging kopfschüttelnd zu ihm hinüber. Sie nahmen die Bilder, eins nach dem anderen, und stellten sie zur Seite. Als Peter das letzte umgekippt hatte, kam in der Wand dahinter eine Vertiefung zum Vorschein, die mit einem einfachen Holzbrett verschlossen war. Vermutlich war das früher einmal ein Rauchabzug gewesen. Peter suchte ein Werkzeug und fand einen Schraubenzieher. Den trieb er zwischen die Wandkante und das Brett. Das Holz sprang heraus. Peter Heiland pfiff durch die Zähne. Und Hanna sagte: »Du bist wirklich einmalig!«

Sauber geschichtet lagen da etwa zwanzig CDs auf zwei Stapeln. Sie waren nicht beschriftet, aber weder Peter noch Hanna zweifelten daran, dass es sich um die gesammelten Forschungsergebnisse von Frank Hülsdorff handelte.

Peter griff zum Handy.

»Du wirst doch jetzt nicht Wischnewski anrufen.«

»Warum denn nicht?«

»Weil er eine Verabredung hat.«

»Mensch, das hab ich ja total vergessen.« Peter wählte trotzdem, aber er bat Grabosch ein paar Mitarbeiter der Spurensicherung und des technischen Dienstes zu schicken. »Wir müssen einen sensationellen Fund sichern!«

»Sag bloß, ihr habt . . .?«

»Ja. Haben wir!«

Eine halbe Stunde später waren die Techniker am Werk. Hanna und Peter stiegen die Eisentreppe zu Hülsdorffs einstigem Labor hinauf. Wenn die beiden freilich geahnt hätten, was sie dort erwartete, hätten sie lieber gleich die Spurensicherung hoch geschickt.

Ron Wischnewski hatte schon um 19 Uhr 10 das Biscotti betreten, Heidrun und Micha begrüßt und den Platz an seinem Lieblingstisch gleich rechts in der Fensternische neben dem Eingang eingenommen. Er hatte grade ein Bier bestellt, als hinter dem Fenster

Friederike Schmidts Gesicht auftauchte. Sie war auch zu früh dran und hatte sich vorgenommen, noch ein wenig zu bummeln, bis es Zeit war. Aber jetzt, da sie Ron Wischnewski sah, kam sie rasch herein.

Sie lächelte. »So ist es, wenn man's nicht erwarten kann.«

»Schön ist das.« Wischnewski lächelte. »Und noch schöner ist es, wenn man das zugibt.«

Friederike war froh und erleichtert, dass Ron Wischnewski den Kontakt wieder aufgenommen hatte. Sie kannte seine Geschichte und seine Verletzungen, und sie war klug genug zu wissen, wie schwer es für diesen Mann sein musste, sich einer Frau zuzuwenden. Als sie sich vor einem Jahr zum ersten Mal begegnet waren, hatte er seine Geschichte erzählt, ohne sich zu schonen. Er gab sich allein die Schuld für das Scheitern seiner Ehe, und dass er so lebte, wie er lebte, verstand er wohl als Buße für sein Versagen. Die Woche über arbeitete er wie ein Tier. Ab Freitagabend überließ er sich dem Alkohol. Am Sonntag kämpfte er dann die Folgen nieder, rannte durch den Park, ging in die Sauna und spätestens um zehn Uhr ins Bett, damit er am Montagmorgen seinen Mitarbeitern gegenübertreten konnte, als ob er überhaupt keine Probleme hätte. Mit Friederike Schmidt hatte er dann zum ersten Mal seit langer Zeit ein anderes Wochenende verbracht. Aber es war zu keiner wirklichen Annäherung gekommen, obwohl sich beide nichts mehr gewünscht hatten als dies. Und dann war der dünne Faden zwischen ihnen abgerissen. Es war einfach still geworden. Diese Tage, in denen sie immer wieder das Telefon angestarrt und sich gefragt hatte: Warum ruft er denn nicht mehr an?, waren quälend gewesen. Sie fühlte sich verletzt. Dass auch er manchmal sein Telefon anstarrte, konnte sie sich vorstellen. Deshalb hatte sie auch zweimal versucht, ihn anzurufen, aber er hatte nicht abgenommen. Vielleicht hatte er einen seiner schrecklichen Kriminalfälle, die ihn vollkommen vereinnahmten, oder aber er war im Alkohol untergetaucht. Sie hatte es dann schnell aufgegeben. Vielleicht zu schnell.

Das sagte sie ihm jetzt, und er schüttelte seinen schweren Kopf. »Es ist ganz alleine meine Schuld gewesen. Umso glücklicher bin ich, dass Sie mich angerufen haben.«

Einen Moment überlegte Friederike Schmidt, ob sie Wischnewski sagen sollte, dass das gar nicht ihre Idee, sondern die von Peter Heiland und Hanna Iglau gewesen war. Aber in diesem Augenblick trafen sich ihre Blicke und verhakten sich förmlich ineinander. »Wie sind Sie bloß auf die Idee gekommen?«, fragte Ron Wischnewski.

›Das werde ich dir nicht verraten‹, dachte Friederike, und weil sie in Gedanken schon beim Du war, sagte sie: »Frag mich nicht aus wie eine Verdächtige, lass uns lieber endlich bestellen. Ich habe einen Bärenhunger!«

»Haben Sie . . . hast du mich jetzt grade geduzt?«
»Ja. Findest du nicht, es war an der Zeit?«
»Doch! – Du hast ja so Recht!«

Peter Heiland drückte die Tür zum Labor Frank Hülsdorffs auf. Hanna war noch drei oder vier Schritte zurück. Plötzlich schrie Heiland: »Bleib, wo du bist, Hanna!« Sie machte nur noch einen Schritt nach vorn und sah zwei Beine in dunkelblauen Tuchhosen, blaue Socken und sehr elegante Schuhe. Das alles registrierte sie mit der Professionalität einer Polizistin. Und sie begriff im gleichen Moment: Der Mann, zu dem die Hosen, die Socken und die Schuhe gehörten, musste an der Decke hängen.

Ihre Lippen begannen zu zittern, ihre Knie wurden weich. »Wer ist das?«, stieß sie hervor.

»Marcel Fahrenholtz«, sagte Peter Heiland. Und es kam ihm selbst höchst unnötig vor, dass er noch hinzufügte: »Lang hat er seine Freiheit nicht genießen können.«

»Jetzt müssen wir aber Wischnewski anrufen«, sagte Hanna. Sie saß auf der obersten Stufe der Eisentreppe und hatte ihr Gesicht mit beiden Händen bedeckt. Peter, der sich neben sie setzte, holte sein Mobiltelefon heraus und wählte. Kurz darauf zitierte er die Ansage: »Der Teilnehmer ist vorübergehend nicht erreichbar, bitte versuchen sie es später wieder.«

Hinter ihnen rumorte es. Der Gerichtsmediziner und seine Mitarbeiter waren eingetroffen. Die Männer und Frauen der Spurensicherung waren von Kerners Atelier heraufgekommen.

Peter sagte: »Langsam ergibt sich ein Bild, nur Heike Schmückle passt nicht hinein.«

»Vielleicht war sie ja wirklich auf der Yacht der Familie Fahrenholtz, oder?«, sagte Hanna, die sich nach Kräften bemühte, wieder in die Arbeit einzusteigen. »Wie hieß die noch mal?«

»Aurora!«

»Hast du nicht behauptet, du hättest die sogar gesehen?«

»Ja doch, das war am ...« Plötzlich hielt er inne und sprang so heftig auf, dass er beinahe die Balance verloren hätte und die schmalen Eisentreppenstufen hinuntergestürzt wäre. »Nicht nur gesehen, sogar fotografiert!«

»Und was ist daran so Besonderes?«

»Nicht nur der da drin«, Peter deutete mit dem Daumen über die Schulter, »ist auf dem Foto, sondern noch ein anderer Mann, und wenn mich nicht alles täuscht ...«

»Ja?«

»Ne, ich glaube, ich bilde mir das ein.«

»Jetzt rede schon. Bei dir muss man immer damit rechnen, dass selbst an den blödesten, also an den verrücktesten Gedanken was dran ist!«

»Ich muss nachschauen.«
»Sind die Bilder schon entwickelt?«
»Hanna! Es handelt sich um eine Digitalkamera!«
Die beiden wurden unterbrochen. Der Gerichtsmediziner, ein dünner Mann kurz vor der Pensionsgrenze mit einer Gesichtshaut, die wie gegerbtes Leder wirkte, kam den langen Korridor entlang und blieb auf dem eisernen Treppenabsatz stehen. »Der Täter hat ihm das Genick gebrochen, ich nehme an, mit einer Eisenstange, bevor er ihn aufgehängt hat. Genaueres nach der Obduktion.«
Peter war aufgestanden. »Todeszeitpunkt?«
»Ich sage doch grade, Genaueres nach der . . .«
»Wenigstens ungefähr?«, unterbrach ihn Heiland.
»Das muss mindestens acht Stunden her sein, eher sind es zwölf!«
»Danke. Das wollte ich wissen.«
Der Gerichtsmediziner und seine Begleitung stiegen die enge Eisentreppe hinunter.
Hanna, die noch immer auf der obersten Stufe saß, sah zu Peter Heiland auf. »Was glaubst du? Wer hat ihn umgebracht?«
»Vielleicht der, der ihm damals den Mord an Martin Ehrmann angehängt hat.«
»Es ist überhaupt nicht bewiesen, dass man Marcel Fahrenholtz den Mord ›angehängt‹ hat.«
»Sieht aber verdammt so aus!«
Peter versuchte erneut, Wischnewski zu erreichen.

Ron Wischnewski und Friederike Schmidt traten auf die Straße hinaus. Der Kriminalrat hatte sein Handy wieder eingeschaltet, nachdem sie sich von den Wirtsleuten verabschiedet hatten. Als es jetzt klingelte, tat es ihm leid. Er hatte grade zaghaft seinen Arm um Friederikes Schulter gelegt. »Ja?«, bellte er ins Telefon. »Was?« Er nahm unwillkürlich seinen Arm von den Schultern der Frau. »Sorgen Sie dafür, dass niemand etwas davon erfährt. Ich will dem Alten die Todesnachricht selber überbringen. Und Sie begleiten mich, Heiland. Nein, nicht jetzt. Morgen früh. Ich hole Sie ab. Wo war das noch mal . . .? Ja, ja, ich weiß, wo die Stargarder Straße ist. 7 Uhr 30. Klar. Und bis dahin absolutes Stillschweigen über den Mord! Auch und vor allem gegenüber Arnold Fahrenholtz und seiner Frau Antonia. Verstanden?!« Er schaltete das Telefon ab und atmete ein paar Mal tief durch.

»Ich würde es verstehen, wenn du jetzt wegmüsstest«, sagte Friederike Schmidt.

»Keine zehn Gäule bringen mich jetzt von dir weg«, entgegnete er.

»Das ist ja ein richtig tolles Kompliment«, sagte Friederike mit einem feinen ironischen Lächeln.

»Tut mir leid«, grummelte Wischnewski.

»Das muss es nicht. Ich finde es wunderbar.« Sie hatte sich dicht vor ihn gestellt. Nun erhob sie sich auf die Zehen und küsste ihn auf den Mund.

9

Heinrich Heiland hatte sich nach seinem Ausflug zum Kladower Golfplatz von Wischnewski am Bahnhof Zoo absetzen lassen. Dort nahm er den Bus Nummer 100, der ihm als ideales Vehikel für eine Stadtrundfahrt empfohlen worden war. Man löste einen Fahrschein und konnte auf der Tour vor allem durch den Osten der Stadt überall aussteigen, wo man Lust bekam, etwas zu besichtigen. So viel Stadt! Opa Henry hatte sich auf diese Weise viele Stunden herumgetrieben. Wenn man ihn gefragt hätte, wie lange er nun schon in dieser nicht enden wollenden Stadt unterwegs war, hätte er nicht antworten können. Aber plötzlich war er unendlich müde und erschlagen von den vielen Eindrücken. Es waren nicht nur die Gebäude, die in den Himmel schießenden Hochhäuser am Potsdamer Platz zum Beispiel, sondern auch die unzähligen dahinhastenden Menschen, die Heiland verwirrten. Keiner schien den anderen wahrzunehmen. Ihre Gesichter waren verschlossen. Jeder schien nur irgendein Ziel im Kopf zu haben, das er möglichst schnell erreichen wollte. Wenn Heinrich Heiland staunend stehen blieb, wurde er unweigerlich angerempelt. Die darauf folgende Entschuldigung klang jedes Mal gleichgültig.

Die Sonne ging gerade unter und spiegelte sich nur noch in der metallisch blitzenden Kugel des Fernsehturms am Alexanderplatz, als Heinrich Heiland auf den ehemaligen Palast der Republik zuging, der nur noch eine riesige Abbruchbaustelle darstellte. Der alte Mann blieb stehen. Ihm war, als müsste er Monate Zeit haben, um ein Bild von dieser riesigen Stadt zu gewinnen. Plötzlich hatte er Heimweh. Er sehnte sich nach seinem Häuschen und seinem kleinen Garten in Riedlingen. Kurz entschlossen stieg er in ein Taxi und ließ sich zu Peters Wohnung fahren.

Heinrich Heiland schloss die Tür der kleinen Wohnung auf, bückte sich, um die Schnürsenkel seiner schweren Schuhe zu lösen, stieg aus den Schuhen und hängte seine Lodenjacke an die Garderobe. Er wollte sich ein Stündchen hinlegen. Zuerst ging er aber noch in die Küche, füllte ein Glas unter dem Wasserhahn und trank es in einem Zug aus. Auf Strümpfen schlurfte er ins Wohnzimmer. Ein Mann saß in Peters Sessel. Er hatte den Kater Schnurriburr auf dem Schoß und eine Pistole in der Hand, die er jetzt auf den alten Mann richtete. Henry starrte den Fremden an, ohne etwas zu sagen. Der Eindringling hatte die Wohnung offenbar durchsucht. Schubladen und Schranktüren standen offen.

»Sie sollten Ihre Schuhe wieder anziehen«, sagte der Fremde, »wir müssen gleich weg.«

»Ich bin müd«, sagte Heinrich Heiland. »So müd, dass es mir grad egal ischt, ob Sie mich erschießen oder net.« Er ließ sich mit einem Seufzer auf das Sofa sinken.

»Sie sind Heilands Großvater, stimmt's?«, fragte der Mann.

Opa Henry nickte nur. Er hatte die Beine nebeneinander gestellt, die Unterarme auf die Schenkel gelegt und den Oberkörper weit vorgebeugt. Er musterte den Eindringling. »Was wollet Sie?«

»Etwas, was Ihr Enkel mir geben kann. Und vielleicht sind Sie da ein ganz gutes Pfand.«

»Was soll des sei, was der Peter haben soll?«

Der junge Mann stand auf. Der Kater sprang mit einem unwilligen Miauen auf den Boden hinab und verschwand in Peters Schlafzimmer. »Los, ziehen Sie Ihre Schuhe an und kommen Sie mit.«

»Und wenn ich mich weigere?«

Mit ein paar schnellen Schritten war der Eindringling bei Opa Henry. Er schlug mit dem Lauf der Waffe zu. Heinrich Heiland spürte einen stechenden Schmerz an seiner Stirn. Blut quoll aus seiner Schläfe und rann langsam über die linke Wange zum Kinn hinunter, ehe es auf sein kariertes Hemd tropfte. Eine kräftige Hand packte Heinrich Heiland am Hals und zog ihn hoch.

Zehn Minuten später traten Heinrich Heiland und Thomas Kerner alias Gerry Hettich auf die Stargarder

Straße hinaus. Heilands Gesicht war nur notdürftig vom Blut gereinigt. Sein Entführer trug Henrys Lodenjacke über dem Arm, darunter hatte er die Pistole verborgen, die er dem alten Mann in die Seite bohrte.

Manuel parkte im gleichen Moment Peters Wagen auf der anderen Straßenseite. Als er Opa Henry entdeckte, wollte er rasch aussteigen, um ihn zu begrüßen. In diesem Augenblick verrutschte die Lodenjacke über Kerners Arm, und die Waffe wurde sichtbar. Manuel zog sein Handy aus der Tasche und wählte Peter Heilands Nummer.

Peter Heiland und Hanna Iglau waren noch einmal ins Präsidium gefahren. Hanna hatte sich bereit erklärt, den Bericht zu schreiben. Peter wollte sich die Ergebnisse der laufenden Ermittlungen ansehen. Im Raum der Sonderkommission saßen außer ihnen mindestens zehn Kolleginnen und Kollegen, die Zeugenaussagen studierten und bewerteten, Informationen verglichen, Protokolle tippten oder am Telefon recherchierten.

Peters Telefon klingelte. »Manuel hier«, die Stimme des Freundes klang aufgeregt. »Irgend so ein Arschloch entführt grade deinen Opa.«

»Lass die Witze«, sagte Peter.

»Scheiße, das ist mein Ernst, Mann«, stieß Manuel atemlos hervor. »Der Typ hat eine Waffe, und dein Großvater ist an der Stirn verletzt. Jetzt bugsiert er ihn in ein Auto.«

Peter begriff, dass es Manuel ernst war. »Beschreib den Mann!«

Hanna war zu Peter getreten und sah zu ihm auf. Er war bleich geworden und atmete ungewöhnlich schnell. »Was ist passiert?« Peter winkte heftig ab.

»Gut!«, sagte der Kommissar jetzt ins Telefon. »Ich glaube, ich weiß, wer der Mann ist. Jetzt das Fahrzeug. Vor allem das Kennzeichen.«

»Ein Jeep. Cherokee. Nummer B-ZS 2344.«

Peter wiederholte die Angaben, und Hanna notierte sie. »Sofort 'ne Fahndung rausgeben«, flüsterte er ihr zu.

»Soll ich hinterher?«, tönte jetzt Manuels Stimme aus dem Hörer.

»Wenn du das schaffst.«

»Bin schon unterwegs.«

»Lass dein Handy an«, rief Peter.

»Okay!«

Grabosch kam in den Konferenzraum. Er blieb bei Peter und Hanna stehen. »Was ist los?«

»Gerry Hettich hat meinen Opa entführt.«

»Was?«

»Aber warum?«, fragte Hanna. »Was kann der von ihm wollen?«

»Nicht von ihm, von mir«, sagte Peter Heiland, »da steckt Arnold Fahrenholtz dahinter! Er ist der Meinung, dass wir die Forschungsergebnisse von Hülsdorff haben. Das hat er mir ja auf den Kopf zugesagt.

Es sieht so aus, als arbeite Hettich oder Kerner oder wie der heißt für ihn.«

Manuels Stimme quäkte aus dem Handy.

»Ja?« Peter riss das Gerät ans Ohr.

»Sorry, Alter, aber er hat mich abgehängt.«

»Wo bist du jetzt?«

»Unter den Linden, in einer Baustelle. Er ist mit dem Jeep einfach über einen Sandhaufen und durch eine Baugrube gebrettert. Das macht deine Karre natürlich nicht mit. Ich stecke fest.«

»Scheiße!«, schrie Peter wütend.

»Jetzt fährt er Richtung Prenzlauer Allee«, rief Manuel.

»Ich gebe das gleich weiter«, sagte Peter.

»Ey«, schrie Manuel, »ich komm wieder frei. Rückwärts. Scheiße, nu komm schon, du blöde Karre. Ja, ja . . . Geschafft! Ich versuch ihn einzuholen!«

»Aber pass auf dich auf!«

»Logisch!« Im Hintergrund hörte man das Aufheulen des Motors.

Peter unterrichtete die anderen in knappen Worten.

Plötzlich übertönte Hannas Stimme alle anderen. »Was??«, schrie sie ins Telefon. »Wiederholen Sie das bitte noch mal.« Sie hörte zu und starrte dabei Grabosch und Peter Heiland kopfschüttelnd an. »Danke«, sagte sie ins Telefon und schaltete ab. »Der Cherokee ist auf Heike Schmückle zugelassen.«

Thomas Kerner alias Gerry Hettich steuerte den Jeep mit der linken Hand. Mit der rechten hielt er weiter seine Waffe auf Heinrich Heiland gerichtet, der mit ausdruckslosem Gesicht nach vorne starrte. Opa Herny hatte keine Angst. Er ärgerte sich nur. Vor allem darüber, dass er sich von Sandra hatte überreden lassen, mit nach Berlin zu kommen. Plötzlich begann Heinrich Heiland leise vor sich hin zu singen: »Es tanzt ein Bibabutzemann in unserm Kreis herum widibum . . .«

»Aufhören«, stieß Kerner zwischen den Zähnen hervor.

»Er rüttelt sich, er schüttelt sich . . .«

»Ich hab gesagt, du sollst aufhören.«

»Und wenn net – schießet Sie dann?«

»Gut möglich!«

Henry sang weiter: »Er wirft sein Säcklein hinter sich . . .«

Thomas Kerner bohrte die Waffe tief in Heinrich Heilands Seite. Der Alte stöhnte auf, sagte dann aber fast beiläufig: »Was versprechen Sie sich eigentlich davon? Sie sind doch hinter den Forschungsergebnissen her, aber dann sind Sie jetzt auf dem Holzweg.« Tom bremste scharf. Der Wagen blieb mit quietschenden Reifen stehen. Laut hupend raste ein Pkw an ihnen vorbei, der im letzten Moment noch hatte ausweichen können. Kerner fuhr wieder an und ließ den Jeep in eine Haltebucht für die Busse der BVG rollen. Das Wartehäuschen war leer.

»Was wissen Sie davon?«

»Also mein Enkel hat die net! Ganz bestimmt net. Ich weiß genau, dass die Polizei vergeblich danach sucht. Wahrscheinlich so wie Sie. Oder Ihre Hintermänner, ob die nun Fahrenholtz oder sonst wie heißen.«

Langsam hob Kerner seine Waffe und zielte auf die Stirn von Heinrich Heiland.

Manuel hatte nach etwa drei Kilometern, die er ohne jede Rücksicht auf die Verkehrsregeln über die Prenzlauer Allee gerast war, den Cherokee wieder entdeckt. Er atmete aus, als ob er die ganze Zeit die Luft angehalten hätte, und meldete über das Handy, an dessen anderem Ende nun Hanna Iglau war: »Ich hab ihn wieder.«

Hanna und Peter Heiland waren jetzt in der Einsatzzentrale. »Manuel hat den Jeep wieder«, rief Hanna in die Runde.

Peter nahm ihr das Telefon aus der Hand und fragte: »Standort?«

»Höhe Ahlbecker Straße links, rechts das Planetarium«, kam es aus dem Hörer.

Der Einsatzleiter gab die Daten in den Computer ein. Auf dem überdimensionalen Stadtplan an der Wand leuchtete eine Lampe auf. Mit ruhiger Stimme gab der Beamte durch: »Spree 1 an alle, Spree 1 an alle, gesuchtes Fahrzeug Prenzlauer Allee, Höhe Ahlbecker Straße.«

»Was wissen Sie?«, herrschte Kerner Opa Henry an.

»Nix, was Ihne was nütze könnt . . .«

Auf der Gegenfahrbahn rollte ein Streifenwagen der Polizei vorbei. Thomas Kerner sah ihn aus den Augenwinkeln. Plötzlich schaltete der Polizeiwagen das Blaulicht ein. Sein Martinshorn begann loszuheulen.

»Das gilt uns«, sagte Heinrich Heiland. Da hatte Tom schon in den ersten Gang geschaltet und das Gaspedal durchgedrückt. Der Jeep machte einen Satz und schoss davon.

Manuel hatte angehalten und war im Begriff auszusteigen. Er griff nach seinem Rucksack auf der Rückbank. In diesem Augenblick raste der Cherokee los und an ihm vorbei. Manuel sprang hinter das Steuer zurück und nahm die Verfolgung auf. Hinter sich hörte er das jaulende Martinshorn des Polizeiwagens.

»Ich werde wahnsinnig!« Peter tigerte mit kurzen, schnellen Schritten in der Einsatzzentrale auf und ab.

»Bitte, Kollege«, sagte der Einsatzleiter. »Bewahren Sie Ruhe.«

»Ruhe bewahren?«, schrie Peter.

Hanna legte eine Hand auf seinen Arm.

»Wenn ich wenigstens was tun könnte.«

»Können Sie«, ließ sich der Einsatzleiter wieder hören, »halten Sie den Mund!«

Aus dem Lautsprecher ertönte eine Stimme: »Er ist weg!«

»Was???«, schrie Peter.

»Wie weg?«, fragte der Einsatzleiter mit ruhiger Stimme.

»Ein Möbelwagen. Der ist rückwärts aus einer Hofeinfahrt gestoßen . . .«

»Fahren die denn nicht mit Signal und Blaulicht?«, fragte Peter. Aber da rief Hanna: »Manuel ist wieder dran!«

»Augenblick«, sagte der Einsatzleiter ins Mikrofon. Hanna schaltete auf Lautsprecher.

»Er steht jetzt in der Treskowstraße, auf einem Parkplatz vor einer Werkstatt. Aber die ist nicht mehr in Betrieb.«

Wieder leuchtete ein Punkt auf dem Stadtplan auf.

»Irgendwo eine Hausnummer?«, fragte Hanna.

»Warte mal, ja, da hängt eine: Siebzehn!«

Der Lichtpunkt bewegte sich um wenige Zentimeter.

»Er soll sich ruhig verhalten«, rief der Einsatzleiter.

»Ich kümmere mich jetzt mal um die Sache«, hörte man Manuels Stimme.

Peter riss Hanna das Telefon aus der Hand und schrie hinein: »Bleib, wo du bist. Unsere Leute sind gleich da!«

»Ja, ja«, gab Manuel zurück. »Die waren schon mal da.«

Die Verbindung riss ab.

Manuel war an dem Jeep vorbeigefahren, hatte etwa dreißig Meter weiter angehalten und war ausgestiegen. Jetzt marschierte er auf dem Gehweg neben der Fahrbahn zurück. Aus seinem Rucksack hatte er drei seiner bunten Bälle herausgezogen. Im Gehen jonglierte er. Gleichzeitig beobachtete er den Cherokee, der noch immer auf dem Parkplatz stand.

»Ich glaube Ihnen kein Wort!«, stieß Kerner zwischen den Zähnen hervor.

»Glaubet Se's oder lasset Se's bleibe!« Opa Henry sah nach vorne. Manuel war nun nur noch wenige Schritte entfernt. Er blieb vor dem Kühler des Jeeps stehen, fing seine Bälle nacheinander auf und steckte sie in den Rucksack zurück. Dann trat er zur Fahrertür und klopfte gegen die Scheibe.

»Was ist denn das für ein Clown?«, sagte Kerner.

Manuel sah aus den Augenwinkeln, dass sich ein Polizeifahrzeug näherte. Er fasste den Griff und riss die Fahrertür auf. »Sie müssen da weg, ein Bus kommt.« Unwillkürlich wendete Kerner seinen Kopf. Die Waffe verrutschte nach hinten, Opa Henry schob seinen Körper nach vorne. Der Lauf der Pistole drückte sich tief in die Rückenlehne des Beifahrersitzes. Manuel erfasste die Situation blitzschnell. Er schlug seine Handkante mit aller Kraft gegen den Hals Kerners. Ein Schuss löste sich. Das Geschoss bohrte sich in das Polster der Rückenlehne. Kerner sackte für einen Moment in sich zusammen. Die

Waffe fiel in den Fußraum, und Opa Henry stellte seinen klobigen Schuh darauf. Manuel packte Kerner mit der einen Hand an der Schulter, mit der anderen an den Haaren und zog ihn halb aus dem Auto heraus. Im gleichen Augenblick stoppte der Streifenwagen der Polizei neben ihm. Manuel grinste: »Ihr braucht nur noch zuzugreifen, Jungs, es ist serviert.«

10

Heinrich Heiland saß am Küchentisch, als Peter und Hanna die Wohnung in der Stargarder Straße betraten. Der alte Henry hatte offenbar noch Zeit gehabt, in einem Gemüsegeschäft einzukaufen. Jedenfalls schnippelte er Tomaten, Gurken, Paprika und einen weißen Rettich in eine Salatschüssel.

»Sag mal, du bist wohl durch gar nichts aus der Ruhe zu bringen«, sagte Peter und lehnte sich gegen den Türbalken.

»Frag lieber net«, sagte Opa Henry. »Ich hab die Hosen gestrichen voll g'habt. Nur, ich hab's net zugegeben!« Er lächelte Hanna an, die nun neben Peter auftauchte.

»Du hast Angst g'habt? Jetzt gibst du aber an, Opa Henry!«, sagte sein Enkel.

»Ich wollt's mir nicht eingestehen, aber es war dann doch so. Der Mann ist zu jeder Schandtat bereit. Ich bin sicher, bei dem ist der Tod billig zu haben.«

»Was sagen Sie da?« Hanna kam einen Schritt in die Küche herein.

»Der ist eiskalt, glaub mir, Mädle. Dem hätt's wirklich gar nix ausg'macht, mich umzubringe.«

Peter setzte sich auf der anderen Seite an den Küchentisch. »Sieht so aus, als ob er genau das heute schon bewiesen hätte.«

»Hä?«, machte Opa Henry.

»Marcel Fahrenholtz ist ermordet worden. In Frank Hülsdorffs Atelier. Kerner muss ihn dorthin bestellt haben – wenn er es war. Unter irgendeinem Vorwand.«

»Aber den hat er ja leicht finden können, schließlich waren die beiden im Knast die besten Kumpels, und Marcel Fahrenholtz hat Thomas Kerner vertraut.« Hanna Iglau setzte sich jetzt ebenfalls an den Tisch.

»Marcel Fahrenholtz hätte aber gewarnt sein sollen«, sagte Peter.

»Warum?« Opa Henry legte das Messer weg und wischte seine Hände an einem Küchenhandtuch ab.

»Die beiden haben im Knast fast jeden Tag gepokert. Und meistens hat Fahrenholtz verloren. Die Knackis, mit denen ich gesprochen habe, sind überzeugt gewesen, dass Kerner notorisch falsch gespielt hat.«

»Und der Fahrenholtz hat das net g'merkt?«, fragte Opa Henry ungläubig.

»Vielleicht hat er es ja gemerkt«, meinte Peter, »aber Geld hat ja keine Rolle gespielt für ihn. Vielleicht hat er Thomas Kerner sogar dafür bewundert, dass der ein so besonders guter Falschspieler war. Könnte sein, dass er das für eine Qualität hielt, die ihm draußen nützlich sein konnte.«

Hanna sagte zu Opa Henry: »Er denkt immer zwei, drei Ecken weiter als die anderen.«

»Wo der Bub das wohl herhat?«, gab Opa Henry verschmitzt zurück. »Kann ich Knoblauch in den Salat machen?«

»So viel du willst«, sagte Peter.

Und der Großvater sagte: »Des ischt aber net wenig!«

»Macht nix. Was gibt's denn zu dem Salat?«, wollte Peter wissen.

»Bubaspitzle und Saitewürscht.«

»Und wer kommt noch zum Essen?«

»Hä?«

»Du lädst doch immer a paar Leut ein.«

»Mensch, das hab ich ganz vergessen. Der Manuel hat mir doch immerhin das Leben gerettet.«

Peter winkte ab. »Der kommt von ganz allein, wenn er will.«

»Denkst du an die Fotos?«, fragte Hanna.

Peter stand auf, beugte sich zu ihr hinab, gab ihr einen Kuss und verließ die Küche.

Opa Henry gab Essig und Öl an den Salat. »Du magst ihn, gell?«, sagte er zu Hanna.

»Haben Sie etwas dagegen?«

»Ganz im Gegeteil! Ich find, ihr passet prima zusammen.«

»Hoffentlich denkt er das auch.«

»Ach, der Peter.« Heinrich Heiland seufzte. »Der woiß doch oft selber net, was er denkt!«

»Redet ihr über mich?« Peter erschien unter der Küchentür. Er hatte eine Digitalkamera in der Hand und ließ die Bilder durchlaufen. »Das ist das Bild«, sagte er plötzlich. »Aber das muss ich erst auf den Computer überspielen.«

Fünf Minuten später beugten sich alle drei über den Bildschirm.

»Des ischt der Cluvemichel!«, rief Opa Henry plötzlich und tippte mehrfach auf den Bildschirm.

»Nicht, Opa, das macht Flecken.«

Hanna fragte gleichzeitig: »Cluvemichel?«

»A Lomp, a Saukerle, ein ganz übler Zeitgenosse.«

»Das ist also der Mann, der dich entführt hat? Bist du ganz sicher?«, fragte Peter.

»Deswege muscht no lang net Hochdeutsch mit mir schwätza.«

»Ischers oder ischers net?«

»Er ist es!«

»Thomas Kerner alias Gerry Hettich«, sagte Peter fast feierlich. »Er war also auf dem Schiff, auf dem möglicherweise Heike Schmückle umgebracht wurde.«

»Warum soll die Frau denn auf dem Schiff umbracht worde sein?«

»Sie wurde in der Ostsee nicht weit von Heringsdorf und Ahlbeck von Fischern gefunden. Und es gibt eine Verbindung zwischen ihr und Kerner und auch zwischen ihr und Marcel Fahrenholtz. Und dieses Schiff war in der fraglichen Nacht aller Wahrscheinlichkeit nach draußen auf See.«

»Ja und?« Opa Henry war keineswegs zufrieden. »Es fahren doch bestimmt auch noch andere Schiffe vor der Ostseeküste rum.«

Peter verdrehte die Augen. »Opa! Ich hab dir doch grad g'sagt . . .«

»Zeig des Bild noch amal!«

Peter holte das Foto auf den Bildschirm zurück, und Opa Henry beugte sich weit nach vorn.

»Was ist das, was da hinten dran hängt?«

»Ein Motorboot. Mit dem fährt man an Land, wenn man draußen ankert.«

»Und wenn jetzt der Mörder mit seinem Opfer in diesem Boot . . .? Ich mein, da hätt's keine Zeugen gegeben.«

Die beiden jungen Leute starrten den alten Heiland an. »Du spinnst«, sagte Peter.

»Überhaupt nicht«, meldete sich Hanna. »Dein Opa denkt genau so, wie du sonst denkst. Du sagst doch selber immer: ›Man muss in unserem Beruf in der Lage sein, immer auch das Unmögliche für möglich zu halten.‹«

»So unmöglich ischt des doch gar net!«, sagte Opa Henry.

Peter nickte widerwillig. »Ja, sicher. Wir müssen mit Marstaller telefonieren.«

»Und wer ischt des?«, wollte Opa Henry wissen.

»Der Kommissar aus Anklam, der den Fall aufgenommen hat.«

11

Der Sommer schien endgültig zurückgekehrt zu sein. Peter Heiland lehnte an einem Laternenpfahl und wartete. Punkt 7 Uhr 30 fuhr Ron Wischnewski heran. Peters Blick ging zu seiner Wohnung im ersten Stock hinauf. Hanna Iglau stand hinter dem Fenster und hatte den Kater Schnurriburr auf dem Arm. Opa Henry schlief bestimmt noch. Peter winkte kurz, ehe er zu seinem Chef in dessen Dienstwagen stieg. Die Begrüßung war knapp.

Erst als sie auf der Schnellerstraße waren, sagte Wischnewski: »Sieht so aus, als ob wir in die Zielgerade einbiegen würden.«

»Ein bisschen viel Optimismus«, sagte Peter.

»Sonst eigentlich nicht meine Art.«

Peter grinste. »Vielleicht haben Sie ja heute Grund!«

»Wie kommen Sie denn auf so was?«

»Intuition!«

Sein Chef warf einen forschenden Blick zu ihm herüber. Peter sah geradeaus. Es verging eine ganze Zeit, ehe Wischnewski plötzlich und zu seiner eigenen Überraschung sagte: »Ja, ich geb's zu, ich hatte wirklich einen schönen Abend gestern Abend.«

»Freut mich«, sagte Peter. »Ich auch.« Danach berichtete er seinem Chef über seinen Fund auf dem Foto: »Sie sind eindeutig beide darauf zu erkennen: Marcel Fahrenholtz und Thomas Kerner. Wir müssen dieses Schiff finden. Ich bin sicher, dass unsere Spurensicherung entscheidende Hinweise entdecken wird.«

»Vielleicht brauchen wir die gar nicht mehr«, sagte Wischnewski.

Nach weiteren zehn Minuten fragte er: »Wie geht's Ihrem Großvater?«

»Der ist happy. Sein einziges Problem ist, dass ihm die Leute in Riedlingen vielleicht nicht glauben werden, was er hier in Berlin erlebt hat.«

»Er muss es nur überzeugend genug erzählen.«

»Das kann er. Verlassen Sie sich drauf.«

Das Funktelefon meldete sich. Peter nahm ab und stellte den Lautsprecher an. Am anderen Ende war Grabosch. »Ich hab die Ermittlungen über Antonia Fahrenholtz. Soll ich?«

Peter sah Wischnewski fragend an. Der nickte nur.

»Leg los!«, sagte Peter.

»Antonia Fahrenholtz, geborene Uhlig. Geboren 1960 in Pirna . . .«

»Moment«, unterbrach Wischnewski so laut, dass auch Grabosch ihn hören konnte. »Pirna, da war doch schon mal was . . .«

»Weiß nicht«, sagte Peter.

Grabosch meldete sich wieder: »Martin Ehrmann ist ebenfalls in Pirna geboren.«

»Und das haltet ihr für einen Zufall?«, fragte Wischnewski aufgeregt.

Peter hob die Schultern. »Ich weiß nicht, wie viele Einwohner Pirna hat.«

»Prüfen Sie das nach, Grabosch. Nicht wie viele Einwohner die Stadt hat, sondern ob es irgendeine Verbindung zwischen Antonia Fahrenholtz, geborene wie noch mal . . .?«

»Uhlig«, kam es aus dem Lautsprecher.

»Ja. Ob es zwischen ihr und Ehrmann eine Verbindung gibt.«

»Mach ich. Soll ich fortfahren?«

Wischnewski nickte, und Peter sagte ins Telefon: »Wir bitten darum.«

»Also: Vater Lagerarbeiter, Mutter Verkäuferin. Ab 1974 machte Antonia Uhlig eine Lehre als Schneiderin. 1978 Gesellenprüfung bestanden. 1979 gewann Antonia den Schönheitswettbewerb ›Miss Harmonie‹ von Pirna. Schönste Frau aller Musik- und Gesangvereine des Bezirks. 1980 Anstellung in der Kostümabteilung am Theater Meiningen. Hochzeit mit dem Schauspieler Dietmar Hochstett 1985. Geschieden 1989. 1990 Umzug nach Berlin. Anstellung als Hostess beim Begleitservice Honest Berlin. 1995 Empfangsdame bei der Firma Chemical Globe. 15. Mai 2001 Heirat mit Arnold Fahrenholtz.«

»Wenn das keine Karriere ist«, sagte Ron Wischnewski.

Grabosch schloss ab: »Ihr Vater lebt in einem Altersheim in Pirna. Ihre Mutter ist im vorigen Jahr gestorben. Die Tochter hat sich in den letzten Jahren, nach der Aussage eine Nachbarin, nicht mehr um ihre Eltern gekümmert.«

»Danke«, sagte Peter ins Telefon. »Könntest du noch versuchen, Marstaller in Anklam zu erreichen? Die Aurora hatte ein leistungsfähiges Motorboot im Schlepp. Es könnte sein, dass Heike Schmückle und ihr Mörder auch mit dem unterwegs waren.«

»Okay. Mach ich.« Grabosch legte auf.

»Wie kommen Sie denn darauf?«, fragte Wischnewski seinen Beifahrer.

»Die Bilder«, sagte Peter. »Die Situation auf der Aurora wirkte auf mich in keiner Weise angespannt, und das Foto hat dies auch bestätigt.«

»Interessant«, sagte Wischnewski. »Alle Achtung. Sie machen sich langsam, Schwabe.«

Peter räusperte sich. »Da muss ich aber gleich Wasser in den Wein gießen. Ich habe, glaub ich, einen Fehler gemacht.«

»Das wäre dann allerdings nicht der erste«, brummte Wischnewski.

»Thomas Kerner ist mehrfach im Gefängnis von einem Kunstprofessor besucht worden, und der war ein paar Mal in Begleitung einer Dame.«

»Ja, und?«

»Der Gefängnisbeamte wusste nicht, wer die Frau war. Und ich hab's versäumt, den Professor ausfindig zu machen, um ihn zu fragen.«

»Und jetzt?«

»Hanna kümmert sich darum.«

»Gut«, sagte Wischnewski. Peter sah überrascht zu ihm hinüber. »Wie hat Ihr Stuttgarter Chef immer gesagt?«, fragte der Kriminalrat.

»Der Bienzle? ›Nur wer nicht arbeitet, macht keine Fehler.‹«

»Sehen Sie. Vielleicht war es ja auch ein Fehler, dass wir den alten Fahrenholtz nicht gestern Abend noch aufgesucht haben. Aber das werden wir ja jetzt gleich erfahren.« Peter kam nicht mehr dazu, sich über Wischnewskis überraschende Milde zu wundern; denn in diesem Augenblick stoppte der Kriminalrat den Wagen vor Fahrenholtz' Grundstück.

Peter trat ans Gartentor und klingelte. Im ersten Stock erschien das Gesicht des alten Fahrenholtz und verschwand wieder.

»Sie werden sehen, der macht uns nicht auf«, sagte Peter.

»Keine Bange, der macht auf!«, sagte Wischnewski.

Tatsächlich öffnete sich die Haustür, und Oskar Fahrenholtz kam den Plattenweg entlang. »Sie schon wieder?«, blaffte er.

»Ich habe eine schlechte Nachricht«, sagte Wischnewski.

»Ich käme nicht auf die Idee, eine gute von Ihnen zu erwarten.«

Wischnewski ließ sich nicht beirren. »Können wir reinkommen?«

»Nein!«

Der Kriminalrat beugte sich weit über das hüfthohe Gartentor. »Ihr Sohn ist tot, Herr Fahrenholtz.«

Der Kopf des alten Mannes schoss ruckartig nach vorne, so dass sich die Gesichter der beiden Männer sehr nahe kamen. »Mein Sohn? Welcher?«

»Marcel!«

Die Veränderung, die schlagartig mit Oskar Fahrenholtz vor sich ging, ließ Peter Heiland den Atem anhalten. Die Hände des alten Mannes verkrampften sich um das Holz des Gartentors, sein Gesicht verlor alle Farbe. Seine Augen füllten sich mit Tränen. Er begann zu zittern, und seine Beine drohten unter ihm wegzusacken.

»Nein«, stieß er hervor, »das ist nicht wahr!«

»Sie können sich bei mir darauf verlassen, dass ich die Wahrheit sage!«

Fahrenholtz griff mit flatternden Händen nach dem Türöffner, der offenbar an einer versteckten Stelle neben dem Tor angebracht war.

Wischnewski drückte das Tor auf. Schweigend gingen sie ins Haus. Peter kam es wie Ironie vor, dass der

Zeuthener See ausgerechnet jetzt unter dem sonnigen Himmel in einem so intensiven Blau leuchtete, als ob er mit der Riviera wetteifern wollte. In der Mitte des Gewässers zog ein Schubverband mit Kohlelastkähnen seine Bahn Richtung Berlin.

Die drei Männer nahmen in einer Sitzecke im Wintergarten der Villa Platz. Hier wirkte alles kleiner und gediegener als in dem Prachtbau im Grunewald, den Antonia und Arnold Fahrenholtz jetzt bewohnten. Der Blick ging auf den See hinaus.

Oskar Fahrenholtz saß sehr aufrecht. Sein Gesicht war noch immer wächsern, seine Kiefer mahlten unablässig.

»Sie wohnen alleine hier?«, fragte Wischnewski.

Der Alte nickte.

»Thomas Kerner . . .«

Oskar Fahrenholtz wendete ruckartig den Kopf in Peters Richtung. »Was ist mit dem?«

»Wir gehen davon aus, dass er der Mörder Ihres Sohnes ist.«

»Thomas?«

»Haben Sie Thomas Kerner vertraut?«, fragte Ron Wischnewski.

Oskar Fahrenholtz ging nicht darauf ein. Kaum vernehmbar kam es zwischen seinen farblosen Lippen hervor: »Aber sie waren doch Freunde.«

»Mit Thomas Kerner kann man nicht befreundet

sein. Der Mann ist ein notorischer Falschspieler«, sagte Peter.

Es trat eine Pause ein. Niemand sprach. Oskar Fahrenholtz' Lippen begannen wieder zu zittern. Plötzlich schrie er: »Das ist nicht wahr. Ich glaube das nicht. Marcel ist nicht tot. Soll denn alles umsonst gewesen sein?« Er griff nach einem leeren Weinglas, das neben seinem Sessel auf einem kleinen Tischchen stand und wohl vom Abend zuvor übrig geblieben war. Klirrend zerbrach das Glas. Blut quoll zwischen den Fingern des alten Fahrenholtz hervor.

Peter Heiland stand auf, verließ den Raum und suchte die Küche.

Wischnewski ließ den Familienpatriarchen nicht aus den Augen. »Das alles hat mit damals zu tun. Mit dem Mord an Ehrmann, stimmt's?«

Oskar Fahrenholtz öffnete langsam die blutverschmierten Finger seiner rechten Hand. Die Glassplitter glitzerten in den Sonnenstrahlen, die durch die hohen Fenster hereindrangen. Peter kehrte mit einem nassen Handtuch zurück, setzte sich auf die Lehne von Fahrenholtz' Sessel und begann die Wunde behutsam zu reinigen.

Der Hausbesitzer nahm Peter das Handtuch aus der Hand und wickelte es um die blutenden Finger. »Marcel!« Es war, als riefe er in dem leeren Haus nach ihm. »Marcel! Warum bloß, warum?«

»Er hatte Ansprüche«, sagte Peter Heiland, »Ansprüche an seinen Bruder. Vielleicht wollte der sie nicht erfüllen.«

Oskar Fahrenholtz krümmte seinen sehnigen Körper nach vorne. Sein Gesicht verschwand beinahe zwischen seinen Knien. Die Arme baumelten links und rechts herunter bis fast zum Boden, als ob alle Kraft aus ihnen gewichen wäre.

Peter stand auf und wischte seine Finger an einem Papiertaschentuch ab. Er trat an das Fenster und sah in den Sonnenschein hinaus. »Marcel hat damals, vor sechs Jahren, womöglich einen Mord auf sich genommen, den er nie begangen hat«, sagte er leise, aber jedes Wort betonend.

Ruckartig richtete sich der alte Fahrenholtz auf. »Wer behauptet das?«

»Sagen Sie uns, ob es stimmt!«, sagte Peter Heiland.

Wischnewski lehnte sich in seinem Sessel zurück und schlug die Beine übereinander, bereit, seinem Mitarbeiter das Feld zu überlassen.

Der Körper des alten Mannes pendelte von links nach rechts und wieder zurück und wieder nach rechts und wieder nach links und wieder zurück – es wirkte so, als müsse Fahrenholtz eine schwere Last auf seinen Schultern transportieren.

Peter fuhr fort: »Marcel war zwar begabt, aber er hätte die Firma nicht leiten können. Zu unstet war er, zu sprunghaft.«

»Woher wollen Sie das wissen?«

»Anneliese Meinhardt, die viele Jahre Ihre Sekretärin war, hat uns das gesagt. Die Frau ist jetzt in einem Altersheim, aber sie ist noch hellwach.«

Oskar Fahrenholtz gab einen unartikulierten Laut von sich.

»Einem Kollegen von uns hat sie erzählt, Ihr Sohn Marcel sei besonders begabt, aber immer auch besonders gefährdet gewesen. Einen Großteil seiner Freizeit soll er in Spielbanken zugebracht haben.«

»Die Meinhardt. Die hat ihn doch kaum gekannt.«

Peter Heiland kramte in seiner rechten Jackentasche und brachte seine gesammelten Zettel hervor. Wischnewski verdrehte die Augen zur Decke, aber der Kommissar wurde erstaunlich schnell fündig. »Vielleicht doch«, sagte er und warf einen Blick auf ein kariertes Stück Papier. »Immerhin hat sie ihn als hochintelligenten Abenteurer bezeichnet, dem es nie an Charme, aber immer an Moral gefehlt habe. Zu unserem Kollegen hat sie wörtlich gesagt: ›Niemals hätte der Senior zugelassen, dass Marcel die Leitung der Firma in die Hände kriegt.‹«

»Vielleicht war das der Fehler«, sagte Fahrenholtz dumpf, aber sehr leise und wie zu sich selbst.

»Es stimmt also?«

»Der Mensch wächst mit seinen Aufgaben. Als ich damals angefangen habe, hat mir auch keiner zugetraut, dass ich aus der Klitsche mal 'ne Weltfirma mache. Vielleicht hätte ich mehr Vertrauen zu ihm haben müssen.«

»Die Erkenntnis kommt allerdings ein bissel spät«, sagte Wischnewski.

Fahrenholtz schien das gar nicht gehört zu haben. Noch immer schien es, als redete er nur mit sich selbst. »Ich war so froh, als er wieder hier war.«

»Aber er ist doch dann sehr bald losgeschippert. Mit der Aurora«, sagte Peter Heiland.

»Hätte ich ihn denn gleich wieder einsperren sollen?«

Peter schüttelte lächelnd den Kopf. »Noi, gwieß net!«

»Wie alt sind Sie?«, fragte Wischnewski plötzlich.

»Achtundziebzig.«

»Sie wirken ziemlich fit. Warum haben Sie die Firmenleitung abgegeben? Mit einundsiebzig. Ich schätze, Sie waren damals durchaus noch in der Lage, das Ruder in der Hand zu behalten. Man würde Ihnen das heute noch zutrauen.«

»Müssen wir jetzt darüber reden? Sie sagen mir, Marcel ist tot, und kommen dann mit solchen Fragen.«

»Es geht nicht anders«, sagte Wischnewski. »Ich bin fest davon überzeugt, dass alles miteinander zusammenhängt.«

»Ich war krank geworden. Das Herz. Jetzt ist alles wieder in Ordnung, aber damals musste ich mich operieren lassen. Ich habe fünf Bypässe bekommen, und kein Arzt konnte mir versprechen, dass ich jemals wieder arbeitsfähig würde.«

»Dieser Ehrmann? War der wichtig für die Firma?«

»Ach was. Der war ein Wissenschaftler wie hundert andere auch.«

»Wie Heike Schmückle zum Beispiel?«, fragte Peter dazwischen.

»Nein. Frau Schmückle war überragend. Eine Sonderbegabung. Man hätte sie in Ruhe arbeiten lassen sollen.«

»Und wer hat sie daran gehindert?«, wollte Wischnewski wissen.

Der alte Fahrenholtz wandte sein Gesicht dem Fenster zu und sah auf den See hinaus. Er antwortete nicht.

»Einer Ihrer Söhne?«

Fahrenholtz sah Wischnewski an. »Hören Sie auf, in unserer Familie herumzupopeln!«

Wischnewski ließ sich nicht aus der Ruhe bringen. »Sind Sie denn noch eine Familie?«

Wieder wandte der alte Mann den Blick ab. »Nein«, sagte er leise, »das sind wir nicht mehr. Und wenn mir jetzt auch noch Marcel genommen wurde . . .«

»Er hat Freunden gesagt, wenn er das Gefängnis hinter sich habe, wolle er von seinem Bruder seinen Anteil einfordern.«

»Ich hatte ihm versprochen, dass ich mich darum kümmern würde.«

»Und? Haben Sie das getan?«

»Am nächsten Wochenende sollten beide hier sein, um das Notwendige zu besprechen.«

»Das hat jemand rechtzeitig verhindert«, ließ sich Peter Heiland hören.

Wischnewski sagte zu Oskar Fahrenholtz: »Ich möchte Sie bitten, mit uns zu kommen.«

»Mich?«

»Nicht ins Präsidium, in den Wildpfad zu Ihrem Sohn Arnold und Ihrer Schwiegertochter.«

»Mit Antonia rede ich nicht. Was wollen Sie von ihr?«, stieß Fahrenholtz hervor.

»Ich kann mich irren«, sagte Wischnewski, »aber sie kann uns vielleicht helfen, die Wahrheit zu finden.«

»Antonia?«

Wischnewski kniff die Augen zusammen. »Was haben Sie eigentlich gegen Ihre Schwiegertochter?«

»An der ist alles Berechnung. Von Anfang an ist das so gewesen. Immer war sie nur auf ihren Vorteil bedacht.«

Peter nickte. »Ich habe so etwas vermutet. Jedenfalls bin ich ziemlich sicher, dass Ihre Schwiegertochter Ihren Mann nicht liebt.«

»Die liebt niemanden außer sich selbst«, gab der alte Fahrenholtz giftig zurück.

»Da kann man sich aber manchmal auch täuschen«, sagte Wischnewski. »Kommen Sie, Herr Fahrenholtz?«

Der alte Mann blieb noch einen Augenblick unschlüssig sitzen. Er starrte seine verletzte Hand an und schüttelte langsam den Kopf. »Ich habe mein Haus im Grunewald seit sechs Jahren nicht betreten, und ich habe es auch jetzt nicht vor.« Die hochfahrende, herrische Art, die er bei den ersten Gesprächen mit den Kriminalbeamten an den Tag gelegt hatte, war verschwunden. Die Nachricht vom Tod seines Sohnes Marcel schien ihn aller Kraft beraubt zu haben.

»Zwingen kann ich Sie nicht«, sagte Wischnewski. »Aber ich kann Sie bitten. Tun Sie's Ihrem Sohn Marcel zuliebe.«

Plötzlich gab sich Oskar Fahrenholtz einen Ruck und stemmte sich aus dem Sessel heraus. »Gut! Gehen wir! Ich will mir nur schnell etwas anderes anziehen.« Er verschwand in seinem Schlafzimmer.

Es war nicht schwer gewesen zu erfahren, wer der Kunstprofessor war, der Thomas Kerner gefördert hatte. Hanna hatte im Internet einen Artikel aus dem ›Tagesspiegel‹ gefunden, der über die Ausstellung mit Werken des Malers Gerry Hettich berichtete. Die einführenden Worte hatte der bekannte Maler, Professor Knut Köselitz, gesprochen.

An der Uni war Köselitz nicht zu erreichen, aber eine Mitarbeiterin wusste, dass er zurzeit zu Hause arbeitete.

Der Maler wohnte in Schmöckwitz, dem Nachbarort von Zeuthen. Auch er verfügte über ein Haus am

See. Es war früher einmal eine Bootswerkstatt gewesen, die sich der Kunstprofessor selber zum Wohnhaus ausgebaut hatte – ein flaches, barackenähnliches Gebäude mit nur teilweise erhaltenen Fachwerkwänden. Die Mauern zwischen den Balken waren an mehreren Stellen herausgebrochen und durch Glas ersetzt worden. Zum Wasser hin hatte der Maler unter den tief hängenden Zweigen einer Trauerweide ein ehemaliges Gewächshaus angebaut, das ihm als Atelier diente. Hanna konnte den Künstler durch das Glas sehen, als sie das Grundstück betrat. Köselitz stand breitbeinig vor einer riesigen Leinwand. Links von ihm ruhte auf zwei Böcken eine Holzplatte, auf der die Farbteller aufgestellt waren. Hanna klopfte gegen die Tür, aber offenbar war der Maler so sehr in seine Arbeit vertieft, dass er sie nicht hörte. Durch das Glas konnte sie erkennen, wie er die Farben mit einem ungewöhnlich breiten Pinsel und weit ausholenden Bewegungen auftrug.

Hanna öffnete die Tür. Köselitz spürte den Luftzug und wendete sich um. Er war vielleicht 1,80 Meter groß und kräftig gebaut. Hanna schätzte ihn auf Anfang sechzig. Er stieß den Pinsel in ein Wasserglas. »Was ist los?«

»Hanna Iglau, ich bin Kriminalkommissarin bei der achten Mordkommission in Berlin.«

»Na, das ist doch mal was anderes. – Mordkommission. Jetzt bin ich aber neugierig. Wer ist denn ermordet worden?«

»Marcel Fahrenholtz!«

»Was? Machen Sie bitte keine schlechten Witze, junge Frau.«

»Haben Sie ihn gut gekannt, Herr Professor Köselitz?«

»Ja ... nein, wann kennt man einen Menschen gut?« Er zog seine Schürze aus. »Sie meinen es offenbar ernst.«

»Soll ich mich ausweisen?« Hanna griff nach ihrem Dienstausweis. Aber Köselitz winkte ab. »Wie ist es passiert?«

»Wissen Sie, wo ich Thomas Kerner finden kann?«

»Keine Ahnung. Er ist ein verdammt undankbarer Zeitgenosse. Kaum war er aus dem Knast raus, hat es ihn einen feuchten Kehricht interessiert, dass ich mich so für ihn eingesetzt habe. Also – Sie können das ja nicht wissen, aber ich habe ...«

»Doch, ich weiß«, unterbrach ihn Hanna. »Sie haben ihm die Ausstellung ermöglicht, und Sie haben ihn auch sonst gefördert.«

»Aber wie können Sie das wissen? Er hat nicht unter seinem richtigen Namen ausgestellt.«

»Nein, er nannte sich Gerry Hettich, warum eigentlich?«

»Das war so eine Marotte von ihm. Tom war fest davon überzeugt, dass Künstler ein Pseudonym brauchen. Vielleicht wollte er auch nur nicht, dass irgendwer unter dem Namen Thomas Kerner nachforscht und darauf kommt, dass er wegen schwerer Körperverletzung und versuchtem Totschlag im Knast gesessen hat. Sein Großvater mütterlicherseits hieß Hettich, und Kerner hat mal einen Hund besessen, der Gerry hieß.«

Hanna dachte bei sich, wer immer behauptet hat, Maler und Bildhauer seien besonders schweigsame Menschen, konnte Köselitz nicht gekannt haben. »Wer hat Sie denn mit Kerner zusammengebracht?«

»Oskar Fahrenholtz. Sein Sohn Marcel hat ihn darum gebet...« Köselitz brach unvermittelt ab. »Marcel ist wirklich umgebracht worden?«

»Ja, und wir müssen davon ausgehen, dass Ihr Schützling der Täter ist.«

»Thomas Kerner? Das glauben Sie im Ernst?«

»Es gibt eine Menge Indizien, die dafür sprechen.«

»Aber warum? Alles, was der ist, ist er doch durch Marcel Fahrenholtz und dessen Vater geworden.«

»Vielleicht grade deshalb.«

Der Maler fixierte die Kommissarin. Ihr fiel auf, dass seine Augen fast schwarz waren. »Ja«, sagte er, »so etwas kann man sich natürlich vorstellen.«

»Wissen Sie, was er nach seiner Entlassung gemacht hat?«

»Oskar Fahrenholtz hat sich um ihn gekümmert. Er hat ihm eine kleine Wohnung in Eichwalde gemietet, keine drei Kilometer von hier. Aber dort ist er eigentlich nie anzutreffen.«

»Aber er hätte es von dort aus leicht, den Kontakt zu Ihnen zu halten.«

»Einmal war er noch hier. Nur noch ein einziges Mal. Ich dachte, er kommt, um weiterzulernen, und ich wäre auch bereit gewesen, ihn weiter als meinen Schüler zu akzeptieren. Er hätte hier arbeiten können. Aber er wollte nur wissen, ob Bilder aus seiner Ausstellung verkauft wurden. Ich war in dem Fall ja auch so etwas wie sein Agent.«

»Und? Wurden welche verkauft?«

»Ja, vier Stück zu Preisen zwischen 400 und 1200 Euro. Er wollte das Geld sofort haben. Etwas anderes hat ihn nicht interessiert. – So viel zum Thema Dankbarkeit!«

»Haben Sie ihn gefragt, wofür er das Geld so nötig brauchte?«

»Das hat er ganz von alleine erzählt. Er plane eine große Sache und brauche das Geld als Anfangskapital. Mehr hat er nicht gesagt. Dann hat er sich noch wegen der Provision mit mir gestritten. Dass ich Ausgaben hatte, hat er durchaus zugegeben, aber er sagte: ›Sie brauchen das Geld doch nicht. Es trifft ja wohl keinen Armen.‹ Da hatte ich dann echt die Schnauze voll. Andererseits wusste ich ja, dass er zu Gewalttaten neigte oder doch zumindest geneigt hatte. Sonst wäre er ja nicht im Gefängnis gelandet. Ich habe ihm angeboten, die Provision zu halbieren, und damit war er dann einverstanden.« Köselitz seufzte. »Manchmal wird man für seine Gutmütigkeit und Menschenfreundlichkeit bestraft.«

»Haben Sie denn Marcel Fahrenholtz noch mal gesehen?«, fragte Hanna Iglau.

»Ja. Er wollte die Ausstellung sehen. Sie hing ja noch ein paar Wochen im Palais am Festungsgraben. Ich habe ihn dorthin begleitet. Anschließend hat er mich in das Restaurant eingeladen, das im gleichen Hause ist.«

»Hat er über seine Pläne geredet?«

»Na ja, wir haben einen guten österreichischen Blaufränkischen getrunken, und es ist nicht bei einer Flasche geblieben. Da ist er dann so nach und nach ein wenig gesprächiger geworden.«

»Bitte, erzählen Sie!«

»Ich weiß nicht . . .«

»Wenn Sie Marcel Fahrenholtz gemocht haben, sollten Sie mir alles sagen, was er Ihnen erzählt hat.«

Köselitz ging zu einem einfachen Holzschrank, der über einer Werkbank hing, und öffnete eine Tür. Er brachte eine Flasche und zwei Gläser hervor. »Trinken Sie ein Glas Roten mit mir?«

Hanna sah auf die Uhr. Es war grade mal halb elf Uhr am Vormittag.

»Vielleicht dient es ja der Wahrheitsfindung«, sagte der Maler.

»Ja, dann!«

»Man braucht nur eine vernünftige Ausrede.« Der

Kunstprofessor goss ein. Er reichte Hanna ein Glas und prostete ihr mit dem anderen zu. Sie stellten ihre Gläser auf der Werkbank ab, und Köselitz schob der Kommissarin mit dem Fuß einen runden Hocker hin. »Setzen Sie sich!«

Hanna ließ sich nieder und nahm noch einen zweiten Schluck. Köselitz machte einen kleinen Sprung und hockte sich auf die Werkbank neben sein Glas. Er baumelte mit den Beinen. »Ich kann Ihnen sagen, mich hat fast der Schlag getroffen, als Marcel Fahrenholtz sagte: ›Ich hab sechs Jahre für eine Tat im Gefängnis gesessen, die ich nicht begangen habe.‹ – ›Ein Justizirrtum?‹, habe ich gefragt. ›Nein, eigentlich nicht‹, sagte er, ›wir haben die Justiz quasi gezwungen, sich zu irren.‹ Ich muss ihn angestarrt haben wie ein Blödian. Er hat laut aufgelacht und gesagt: ›Vergessen Sie's. War nur ein Witz!‹ Aber ich könnte schwören, es war kein Witz.«

»Ja«, sagte Hanna, »da haben Sie sicher Recht. Wir haben schon die ganze Zeit so etwas vermutet.«

»Man muss sich fragen, für wen nimmt ein junger Mann so eine Tat auf sich?«

»Für seinen Bruder?«

Köselitz schüttelte den Kopf. »Nein. Höchstens für eine Frau.«

Hanna war geneigt, dem Maler zu glauben. »Da wären wir bei meinem eigentlichen Thema«, sagte Hanna.

»Ich dachte, das hätten wir abgehakt.«

»Sie haben Thomas Kerner mehrmals im Knast besucht. Und ein paar Mal war auch eine Frau dabei.«

»Ja, Frau Fahrenholtz, warum fragen Sie?«

»Antonia Fahrenholtz?«

»Ja. Sie interessiert sich sehr für Kunst.«

»Hat sie Thomas Kerner besucht oder ihren Schwager Marcel?«

»Marcel? Nein! Sie hat zwar ein paar Mal versucht, auch ihn zu sprechen, aber er hat es immer abgelehnt.«

»Sie war also vor allem an den Kunstwerken von Kerner interessiert?«

»Genau so war's.«

»Und Sie hatten da niemals Zweifel?«

»Warum hätte ich die denn haben sollen? Für mich lief alles völlig normal.«

»Hatte Antonia Fahrenholtz irgendeine Vermittlungsfunktion zwischen Marcel und dessen Vater Oskar Fahrenholtz?«

»Nein, überhaupt nicht. Wenn ich's recht weiß, reden der Alte und sie gar nicht miteinander.«

»Das gibt keinen richtigen Sinn«, sagte Hanna Iglau. »Ist Antonia Fahrenholtz auf Sie zugekommen? Ich meine, hat Frau Fahrenholtz Sie gebeten, sie ins Gefängnis mitzunehmen?«

»Ja, allerdings.«

»Und hat sie dort auch manchmal mit Thomas Kerner alleine gesprochen?«

»Ja, sicher. Herr Maushardt, also der Gefängnisdirektor, legte immer größten Wert darauf, sich mit mir auszutauschen, wenn ich dort zu Besuch war. Er hat eine kleine unbedeutende Sammlung weitgehend unbekannter Impressionisten.« Köselitz lachte. »Er hatte wohl das Gefühl, je länger er mit mir darüber redete, umso wertvoller würde ich diese Sammlung einschätzen. Aber ich habe ihm den Gefallen nicht getan.«

»Und während dieser Gespräche war Frau Fahrenholtz mit Thomas Kerner alleine in der Besuchszelle?«

»Ja, sagte ich doch.«

Hanna machte sich ein paar Notizen in ein Büchlein, das sie immer bei sich trug. Dann wechselte sie noch einmal das Thema: »Hat Marcel Fahrenholtz Ihnen gesagt, was er für Pläne für die Zeit nach seiner Entlassung hatte?«

»Erst wollte er sich erholen, und danach wollte er voll ins Geschäft einsteigen, wie er sich ausgedrückt hat. ›Dann‹, hat er gesagt, ›dann, Herr Professor, kann ich Sie auch reichlich für alles belohnen, was Sie für Tom getan haben.‹ Ich habe nur gelacht und gesagt: ›Mein Lohn sind die Bilder, die entstanden sind.‹« Köselitz hob sein Glas, leerte es in einem Zug. »Marcel war sehr fröhlich an jenem Tag. Er wirkte ruhig und selbstbewusst wie ein Mann, der genau weiß, was er will.« Köselitz goss sein Glas noch mal voll.

»Sterben wollte er bestimmt nicht.« Er nahm einen Schluck und bekräftigte noch einmal: »Bestimmt nicht!«

Hanna gab ihre Erkenntnisse sofort nach Verlassen des Ufergrundstücks in Schmöckwitz telefonisch an Peter Heiland durch. Der nahm das Gespräch im Auto entgegen. Er kramte nacheinander drei oder vier Zettel aus der Tasche und fand einen, der auf der Rückseite noch nicht beschriftet war. Auf dem machte er sich Notizen. Zwei andere flatterten in den Fußraum hinab. Wischnewski fuhr. Oskar Fahrenholtz saß auf dem Rücksitz. Der Kriminalrat, der immer wieder einen Blick in den Rückspiegel warf, sah, dass das Gesicht des Alten wie versteinert war.

Nachdem Hanna aufgelegt hatte, gab Peter Heiland Hannas Bericht leise an seinen Chef weiter. Zum Schluss sagte er: »Marcel Fahrenholtz hat zu dem Kunstprofessor gesagt, dass er sechs Jahre unschuldig im Gefängnis gesessen habe.«

»Haben Sie grade von Marcel gesprochen?« Oskar Fahrenholtz beugte sich mit steifem Rücken nach vorne. Seltsamerweise schien der alte Mann all seine Beweglichkeit, die er auf dem Golfplatz noch demonstriert hatte, verloren zu haben.

»Nichts Wichtiges«, sagte Wischnewski rasch. Und zu Peter Heiland: »Am besten kommt Frau Iglau auch in den Wildpfad. Grabosch und zwei Beamte sollen sich Kerner schnappen und ebenfalls dorthin bringen. Ich will jetzt alle beieinander haben.«

Fahrenholtz hatte sich wieder zurückgelehnt und die Augen geschlossen.

Peter wählte Graboschs Nummer. Der ließ ihn erst mal gar nicht zu Wort kommen. »Bevor ich in Anklam anrufen konnte, hat sich Marstaller bei uns gemeldet«, sagte er. »Die Aurora liegt in Uckermünde in einer kleinen Werft.«

»Das ist von Usedom nur runde zwanzig Kilometer stromabwärts. Seit wann liegt sie da?«, fragte Peter.

»Seit dem Tag, an dem die Leiche von Heike Schmückle gefunden wurde.«

»Und das Beiboot?«

»Ja, ja, wir haben alles in deinem Sinne veranlasst. Das kleine Motorboot wurde genau so kriminaltechnisch untersucht wie die Yacht. Die ist allerdings innen wie außen inzwischen abgebeizt und neu gestrichen worden.«

»Da freut sich die Spurensicherung«, sagte Peter.

»Die freut sich tatsächlich. In dem Beiboot sind nämlich Blutspuren gefunden worden. Es wird allerdings ein bisschen dauern, bis wir wissen, ob die von Heike Schmückle sind.«

»Danke«, sagte Peter und gab seinem Chef im Flüsterton Bericht. Der alte Mann auf der Rückbank schien sich nicht mehr dafür zu interessieren. Er hatte die Augen geschlossen. Dass er nicht schlief, erkannte man lediglich daran, dass seine Kiefer unablässig mahlten und dass die blauen Adern an seinen Schläfen immer deutlicher hervortraten.

Peter rief Hanna Iglau an und bat sie, in den Grunewald zu kommen. Da hatten sie grade das Roseneck erreicht, und Wischnewski steuerte den Dienstwagen in die Hagenstraße. Plötzlich sagte der Kriminalrat mit einem grimmigen Grinsen: »Dr. Hornung will ich auch dabei haben. Er hat ja das Verfahren an sich gezogen, nun soll er es auch leiten, wie es sich für einen Staatsanwalt gehört!«

Oskar Fahrenholtz stöhnte auf. »Ich hätte niemals hierher ziehen sollen. Die Gegend hat noch nie zu mir gepasst.«

»Warum denn nicht?«, fragte Peter Heiland.

»Ich komme von unten, junger Mann. Aus der Kohlenkiste – hat meine Schwiegertochter einmal gesagt.«

»Aber die hatte wirklich keine Veranlassung, hochmütig zu sein«, warf Wischnewski ein. »Schließlich war ihr Vater ein einfacher Lagerarbeiter.«

»Was?« Der Alte riss die Augen auf.

»Wussten Sie das nicht?«

»Ja woher denn?«

Wischnewski wandte den Kopf. »Kennen Sie denn die Schwiegereltern Ihres Sohnes nicht?«

»Nein. Antonia hat gesagt, sie leben nicht mehr.«

»Sie hat sich also ihrer Eltern geschämt und sie verleugnet«, stellte Peter Heiland fest. »Der Vater Ihrer

Schwiegertochter lebt in einem Altersheim in Pirna. Seine Frau ist letztes Jahr gestorben.«

»Und uns hat sie erzählt . . .« Fahrenholz unterbrach sich.

»Was hat sie erzählt?«

»Ach«, sagte der alte Fahrenholtz nur und machte eine wegwerfende Geste.

Wischnewski bog in den Wildpfad ein. Peter drehte sich zu Fahrenholtz um und wiederholte seine Frage: »Was hat sie Ihnen erzählt?«

Fahrenholtz schien ihn gar nicht gehört zu haben. Er schüttelte unablässig den Kopf wie eine mechanische Puppe. »Und alles ihretwegen!«, sagte er. Und dann noch mal: »Und alles ihretwegen!«

Wischnewski ließ den Wagen ausrollen, schaltete den Motor aus und drehte sich zu Oskar Fahrenholtz um. »Es ging in dem Prozess vor sechs Jahren also um Antonia Fahrenholtz, geborene Uhlig.«

»Dazu sage ich nichts.«

»Ich glaube, das ist auch nicht mehr nötig«, gab Ron Wischnewski zurück.

Peter stieg als Erster aus.

»Ihre Zettel«, rief Wischnewski und deutete in den Fußraum. »Womöglich sind das unsere wichtigsten Akten.«

Peter beugte sich in den Fußraum hinein, klaubte die Blättchen zusammen und dachte: ›Der Wischnewski hat mehr Humor, als wir alle glauben.‹

12

Peter Heiland und Ron Wischnewski nahmen Oskar Fahrenholtz in ihre Mitte. Er wirkte sehr klein zwischen den beiden. Als Peter klingeln wollte, sagte er: »Lassen Sie das« und zog einen Schlüssel aus der Tasche. Er öffnete das schmiedeeiserne Gartentor und schritt voran zur Haustür. Auf dem kurzen Weg fragte er: »Sie stammt also aus Pirna?«

»Ja«, sagte Peter. »Wussten Sie das nicht?«

»Mein Gott, hat uns dieses Weibsstück verladen!«

Auch die Haustür öffnete der alte Fahrenholtz mit seinem Schlüssel. Kopfschüttelnd sagte er. »Warum haben die eigentlich nie das Schloss auswechseln lassen?«

Niemand antwortete. Oskar Fahrenholtz stieß die Tür auf.

»Was war denn das für ein Geräusch?«, hörten sie Antonias Stimme.

»Das war ich!«, rief Oskar Fahrenholtz in das weitläufige Haus hinein.

Jetzt hörte man schnelle Schritte auf der Treppe. Antonia erschien in einem dunkelbraunen Hausanzug aus Seide. Dazu trug sie hochhackige Pantöffelchen in der gleichen Farbe. »Papa!«, rief sie.

»Ich habe dir immer gesagt, du sollst mich nicht so nennen«, herrschte Oskar Fahrenholtz seine Schwiegertochter an.

Antonia schien die beiden Polizisten erst jetzt wahrzunehmen. »Was wollen *Sie* denn schon wieder hier?«

»Lass mal«, sagte der alte Fahrenholtz. »Die habe ich zu meinem Schutz mitgebracht. Ich will nicht, dass es mir geht wie Marcel.«

»Was ist mit Marcel?« Antonias Stimme hatte plötzlich einen schrillen Ton.

»Tja, was ist mit Marcel?« Oskar Fahrenholtz richtete sich auf, und plötzlich wirkte er nicht mehr so alt und nicht mehr so klein wie noch vor wenigen Minuten.

»Er ist tot«, sagte Wischnewski, ohne die Hausherrin aus den Augen zu lassen.

»Unsinn! Was bezwecken Sie damit?«

»Wo ist Ihr Mann?«, fragte Peter Heiland.

»In der Sauna.«

»Und wo ist die?«

»Im Untergeschoss.«

Peter machte sich auf den Weg.

»Kommen Sie«, sagte Oskar Fahrenholtz zu Wischnewski, »gehen wir in den Salon.« Er tat so, als wäre Antonia gar nicht vorhanden. »Hier lang!«

Auf dem Weg sagte er: »Als ich jung war, dachte ich immer, nur Friseure hätten einen Salon.«

Antonia lachte hysterisch auf.

»Bei dir in Pirna wird es nicht anders gewesen sein!«, fuhr Oskar sie an.

Antonia blieb abrupt stehen. »Was sagst du da?«

Oskar Fahrenholtz winkte nur geringschätzig ab. »Das ist jetzt auch nicht mehr wichtig.«

Im Souterrain der Villa befand sich eine richtige Badelandschaft. Ein blau gekachelter Pool, um den ein breiter Gang mit arkadenähnlichen Bögen lief, bildete den Mittelpunkt. Am oberen Ende des Schwimmbeckens ging es durch einen Rundbogen zu mehreren Duschen, einem Tauchbecken und einem Whirlpool. Rechts davon befand sich die geräumige Sauna, die mindestens zwölf Menschen Platz bot. Peter trat an die Tür und warf einen Blick durch das Fenster. Arnold Fahrenholtz saß auf der untersten Stufe. Er war schweißüberströmt. Den Kopf hatte er tief gebeugt, sodass das Kinn fast auf dem kugelförmigen Bauch auflag. Peter klopfte. Fahrenholtz hob den Kopf. Er stand mühsam auf und trat heraus.

»Herr Heiland? Haben Sie die CDs gefunden?«

»Ja, haben wir«, sagte Peter. »Frank Hülsdorff hatte sie zwar raffiniert versteckt, aber wir sind gestern darauf gekommen, wo.«

»Sehr gut!« Fahrenholtz schlüpfte in ein Paar weiße Badelatschen und tappte zur Dusche. Er nahm einen Schlauch und reichte ihn Peter. »Sie könnten mich grade mal abspritzen.«

›Der ist gewohnt, dass ihm alle zu Diensten sind‹, dachte Peter Heiland.

Arnold Fahrenholtz drehte den Wasserhahn auf, und Peter richtete den Schlauch auf die Fettwülste im Rücken des nackten Mannes. »Hoch und tief«, kommandierte Fahrenholtz und tänzelte um die eigene Achse. Schließlich drehte er den Hahn wieder ab und stieg in das Tauchbecken. Als er seinen Kopf zum zweiten Mal aus dem kühlen Nass streckte, prustete er: »Ich bin sicher, wir kommen ins Geschäft.«

»Ja, das bin ich auch«, sagte Peter. »Ziehen Sie sich bitte etwas an. Kriminalrat Wischnewski und Ihr Vater warten im Salon.«

»Mein Vater? Machen Sie Witze?«

»Nein, die Situation ist für nichts weniger geeignet als für Scherze, Herr Fahrenholtz.«

Der kleine dicke Mann schlüpfte in seinen Bademantel und folgte dem Kommissar.

Im Salon stand Oskar Fahrenholtz an der riesigen Panoramascheibe und starrte in den Garten hinaus. »Was ist mit den Rosen?«, fragte er.

»Die brauchen zu viel Pflege«, antwortete Antonia. »Du siehst ja, wir haben großflächig Rasen angepflanzt – original englischen Rasen.«

Oskar Fahrenholtz drehte sich zu seiner Schwiegertochter um. »Warum hast du eigentlich deine Eltern nie hierher eingeladen?«

»Du weißt doch . . .«

»Ja, ich weiß, dass dein Vater ziemlich ärmlich in Pirna in einem Altersheim wohnt und dass deine Mutter erst letztes Jahr gestorben ist. Du solltest dich schämen, aber dazu bist du ja wohl kaum in der Lage!«

»Vater, was redest du denn da?« Arnold Fahrenholtz stand unter dem Rundbogen. Der flauschige Bademantel ließ ihn noch dicker erscheinen, als er ohnehin schon war.

Oskar Fahrenholtz machte ein paar Schritte auf seinen Sohn zu, blieb dann aber stehen und sagte: »Marcel ist tot!«

»Wer sagt das?«

»Ich sage das!«, schrie der alte Fahrenholtz. »Und ich will wissen: Hast du etwas damit zu tun?«

»Ich bitte dich!« Arnold Fahrenholtz bemühte sich auf skurrile Weise noch immer um eine Art Plauderton.

»Wir werden das klären«, ließ sich Wischnewski hören.

Im gleichen Augenblick klingelte es an der Haustür. Antonia sagte in gekünsteltem Ton zu ihrem Mann: »Erwartest du noch Besuch?«

»*Wir* erwarten Besuch«, sagte Peter Heiland und ging zur Haustür. Auf dem Gartenweg standen Grabosch, Hanna Iglau und zwei uniformierte Beamte. Die beiden Schutzpolizisten hielten Thomas Kerner an den Armen fest. Seine Handgelenke waren mit Handschellen auf dem Rücken gefesselt.

»Kommt rein!«, sagte Peter.

Arnold Fahrenholtz, der noch immer seinen Bademantel trug, saß in einem Sessel. Sein Vater stand noch immer vor dem Fenster zum Garten. Wischnewski hatte auf einem Empiresofa Platz genommen, das an der Längsseite des Raumes stand. Die Beamten der Schutzpolizei flankierten den Rundbogen, der zum Eingangsbereich des Hauses führte. Peter Heiland stand an einem Sideboard, das als Hausbar zu dienen schien. Jedenfalls standen Flaschen in vielen Formen und Farben auf dem Möbel. Thomas Kerner, der noch immer gefesselt war, hatte sich auf die vordere Kante eines Stuhls gesetzt. Rechts und links von ihm standen Grabosch und Hanna Iglau. Antonia Fahrenholtz ging mit kurzen Schritten auf und ab.

»Wir warten, bis der Herr Oberstaatsanwalt da ist«, sagte Wischnewski. Es blieb ein paar quälende Augenblicke still. Plötzlich sagte Oskar Fahrenholtz: »Den brauchen wir nicht. Wir haben ihn damals gebraucht. Jetzt nicht mehr!«

»Vater!«, rief Arnold entsetzt.

»Hören Sie nicht auf ihn«, sagte Antonia zu Wischnewski.

Peter Heiland trat auf Antonia zu. »Wie gut haben Sie Martin Ehrmann gekannt?«

»Wen?«

»Ihren Freund aus Pirna.« Peter sah zu Wischnewski hinüber. Der Chef nickte ihm aufmunternd zu.

»Sie kannten ihn schon lange, nicht wahr? Vermutlich verehrte er Sie schon, als Sie noch die Schönheitskönigin der Musikvereinigung Harmonie in Pirna waren.«

»Was war das?«, fragte Arnold Fahrenholtz.

»Sie haben ihn wieder getroffen und . . .«, Peter fuhr zu Arnold Fahrenholtz herum, »hat Ihre Frau Ihnen den Mann empfohlen?«

»Und wenn schon?« Arnold Fahrenholtz legte seine rechte Wade in einer betont lässigen Bewegung über sein linkes Knie. Dass dabei unter dem Bademantel seine Männlichkeit sichtbar wurde, entging ihm, den anderen freilich nicht. Peter schenkte es sich zu sagen: ›Einer, der so ausgestattet ist, muss sich nicht wundern, wenn seine Frau sich nach anderen Männern umschaut!‹ Laut sagte er: »Wir gehen davon aus, dass es bei der Auseinandersetzung, die zu Ehrmanns Tod führte, um Sie ging, Frau Fahrenholtz.«

»Vermuten Sie, was Sie wollen«, schnappte Antonia.

»Worum geht es hier eigentlich?«, ließ sich Kerner hören. Aber niemand beachtete ihn.

Peter warf wieder einen Blick zu Ron Wischnewski hinüber, der Kriminalrat signalisierte seinem Mitarbeiter, er solle ruhig weitermachen. Peter fühlte sich überfordert, aber er hatte keine andere Wahl. »Der Prozess gegen Marcel Fahrenholtz war eine Farce«, sagte er ein wenig zu pathetisch und wendete sich an den Familienpatriarchen: »War es nicht so, Herr Fahrenholtz?«

»Doch«, sagte der alte Mann mit erstaunlich fester Stimme. »In meinem ganzen Leben habe ich niemals einen ähnlich schlimmen Fehler gemacht.«

»Vater! Bitte sei still!«, schrie Antonia.

Oskar Fahrenholtz beachtete sie nicht. »Ich habe zu Marcel gesagt, du musst die Schuld übernehmen. Wir werden dir das hundert- und tausendmal vergüten!«

»Mein Gott, kann ihm denn keiner das Maul stopfen!«, sagte Arnold Fahrenholtz.

Wischnewski meldete sich: »Herr Kerner könnte das, aber dem sind ja zum Glück die Hände gebunden.«

In diesem Augenblick klingelte es erneut an der Haustür. »Das ist jetzt wohl der Herr Oberstaatsanwalt Dr. Hornung«, sagte Grabosch.

»Lassen Sie ihn rein«, kommandierte Wischnewski. »Er soll uns erzählen, welche Rolle er bei dem schäbigen Handel gespielt hat.«

»Das wissen Sie doch längst«, sagte Oskar Fahrenholtz. »Wir haben ihn gekauft. Er war gar nicht einmal so teuer, wie ich gedacht hatte.«

Arnold Fahrenholtz sprang auf und rannte auf seinen Vater zu. Er packte ihn an den Revers seines Jacketts. »Willst du wohl endlich still sein?«

Thomas Kerner begann zu lachen.

Peter Heiland fasste Arnold Fahrenholtz an den Schultern und zerrte ihn von seinem Vater weg. »Marcel hat sich also freiwillig bereit erklärt, für sechs Jahre in den Knast zu gehen?«

»Ja«, sagte Oskar Fahrenholtz. »Es war seine einzige Chance.«

»Wieso das denn?«, fragte plötzlich Hanna Iglau.

»Er wäre unter seinen Schulden erstickt! Und ich habe ihm gesagt, ich helfe ihm da raus, wenn er den Preis dafür bezahlt. Es war das Beste für alle. Ich konnte den Betrieb wegen meiner Krankheit nicht führen. Arnold aber konnte das. Hätte ich da zulassen sollen, dass er wegen einer solchen Unbesonnenheit für Jahre im Gefängnis verschwindet und die Firma den Bach runtergeht? Haben Sie auch nur die geringste Ahnung, was das bedeutet hätte?« Oskar Fahrenholtz schien mit jedem Wort zu wachsen. Es war, als kehrten alle seine verlorenen Kräfte zurück. »Ich hatte die Verantwortung Jahrzehnte lang getragen. Ich habe dieses Unternehmen aufgebaut, aus kleinsten Anfängen. Und plötzlich stand alles auf dem Spiel. Für uns alle war es so am besten. Auch für Marcel, der sich nur immer weiter in sein Unglück hineingestrudelt hätte. Er war ja so haltlos damals. Ich wusste, im Gefängnis würde er sich fangen. Er hätte nach seiner Entlassung ganz neu beginnen können. Und das genau hatte ich mir damals auch so vorgestellt: Er würde reifer werden, einsichtiger und härter gegen sich und andere.«

Wischnewski erinnerte sich an sein Gespräch mit dem pensionierten Richter. »Sie haben damals keine Sekunde des Prozesses versäumt. Sie saßen immer am gleichen Platz. Der Richter Stepanek vermutet, dass Sie mit dem Justizbeamten, der für die Sicherheit zuständig war, ein Arrangement getroffen haben. Er hat mir erzählt, Sie hätten Ihren Sohn Marcel während des ganzen Prozesses keinen Moment aus den Augen gelassen.«

»Ganz recht!«, sagte Oskar Fahrenholtz.

Peter Heiland sagte weich: »Sie hatten große Pläne – Sie und Ihr Sohn Marcel?«

»Ja, wir mussten nur noch Arnold davon überzeugen. Aber das konnte nicht schwierig sein . . . habe ich gedacht. Schließlich verdankte Arnold seinem Bruder unendlich viel.«

Wischnewski stand auf. »Also Klartext: Martin Ehrmann ist es gelungen, Sie, Frau Fahrenholtz, für sich zu gewinnen. Ihr Mann konnte das nicht zulassen. Es kam zu einer Auseinandersetzung im Labor, und Ihr Mann hat seinen Rivalen erschlagen. Ihr Schwiegervater hat dann seinen jüngeren Sohn dazu gezwungen, die Schuld auf sich zu nehmen, damit der Firma der Chef erhalten blieb?«

»Was ist denn das für eine krude Theorie«, erklang die Stimme des Oberstaatsanwaltes vom Eingang her.

Wischnewski fuhr zu ihm herum: »Und Sie waren von Anfang an mit eingebunden, Herr Dr. Hornung!«

»Was erlauben Sie sich?«

Wischnewski winkte nur ab. »Herr Fahrenholtz hat es uns bereits bestätigt. Wörtlich hat er gesagt, er habe Sie gekauft!«

»Das haben Sie nicht gesagt!«, fuhr der Oberstaatsanwalt Arnold Fahrenholtz an.

»Nein, *ich* habe das gesagt!«, meldete sich Oskar Fahrenholtz. »Man muss wissen, wann man verloren hat. Ich werde nichts mehr verheimlichen. Aber ich will wissen, wer Marcel auf dem Gewissen hat.« Er trat dicht vor seinen Sohn Arnold hin.

»Wir gehen davon aus, dass Herr Kerner den Mord begangen hat«, sagte Peter Heiland so sachlich wie möglich.

Oskar Fahrenholtz schüttelte den Kopf. »Er hat es vielleicht getan. Aber wer war verantwortlich?« Er nahm den Kopf seines Sohnes zwischen beide Hände. »Sag's mir, Arnold!«

»Du meinst wirklich, ich hätte den Auftrag gegeben, meinen eigenen Bruder zu ermorden?«

»Ich frage dich!« Es klang wie ein Hilferuf.

»Frag doch ihn!« Arnold Fahrenholtz deutete auf Thomas Kerner. Er löste sich von seinem Vater und fuhr zu Kerner herum. »Habe ich von Ihnen verlangt, meinen Bruder zu töten?«

»Das nicht!«, sagte Kerner plötzlich. »Sie wollten nur von mir, dass ich bei Hülsdorff die Unterlagen raushole.«

»Und wer wollte verhindern, dass Marcel und Heike Schmückle zusammenarbeiten?«

»Das war sie«, sagte Kerner und deutete auf Antonia.

»Soll das heißen, Sie hatten zwei Auftraggeber?«, fragte Peter Heiland.

»Herr Fahrenholtz hat seine Frau zu mir in den Knast geschickt. Sie sollte mich für ihn anwerben. Das Angebot war so verlockend, dass ich es einfach nicht ablehnen konnte.«

»Sie reden sich um Kopf und Kragen«, zischte Antonia.

»Schon möglich. Aber was habe ich zu verlieren?«

»Sie haben Recht«, sagte Peter Heiland. »Sie haben alles verloren, als Sie Ihren Freund Marcel zum ersten Mal verraten haben.«

Thomas Kerner senkte seinen Kopf. »Ja, da haben Sie leider Recht!«

»Also Frau Fahrenholtz kam zu Ihnen ins Gefängnis, vermeintlich weil sie sich für Ihre Kunst interessierte?«, nahm Peter Heiland den Faden wieder auf.

»Jetzt Augenblick mal!« Antonias Stimme bekam einen schrillen Ton.

»Sie sind jetzt still!«, herrschte Peter Heiland sie an.

Dann wendete er sich wieder Kerner zu. »Marcel hat Ihnen bis zuletzt vertraut, stimmt das?«

»Ja. Er hat mich zu seinem Vater geschickt, und der hat mir sehr großzügig geholfen.«

»Aber Dankbarkeit ist nun mal nicht Ihre Sache«, sagte Wischnewski, der jetzt auch aufgestanden war.

Peter Heiland ließ Kerner nicht aus den Augen. »Wann hat Marcel Fahrenholtz bemerkt, dass Sie ein falsches Spiel mit ihm getrieben haben?«

»Ich denke, nachdem die Zeitungen über den Tod von Heike Schmückle berichtet hatten. Er meldete sich und wollte sich unbedingt mit mir treffen.«

»Und?«

»Ich bin ihm aus dem Weg gegangen. Er wollte ja dann wohl auf eigene Faust an die Unterlagen ran.«

»Ja, er war bei Dorothee Ziemer und hat ihr hart zugesetzt. Da muss er schon geahnt haben, dass Sie ihm sein Spiel verderben wollten. Vermutlich hat er geglaubt, Sie und Hülsdorff steckten unter einer Decke. Nach Heike Schmückles Tod und dem Überfall auf Hülsdorff sah er seine Chance nur noch in einem Alleingang. Wahrscheinlich hat er auch schon die CDs in Hülsdorffs Labor gesucht. Und danach bei Dorothee Ziemer. Aber bei ihr waren sie nicht. Die waren bei Ihnen.«

»Bei mir?« Kerner starrte Peter an. »Was quatschen Sie denn da?«

»Hülsdorff hat die CDs in Ihrem Atelier versteckt.

In einem Hohlraum hinter Ihrem Bilderstapel. Ich hab sie selbst dort gefunden.«

»Ja, so kann es gehen«, sagte Wischnewski. »Frau Fahrenholtz, Sie hatten also einen Plan, und der war eigentlich perfekt.«

»Könnte man so sagen«, antwortete Kerner.

»Wollen Sie diesem Kerl noch länger zuhören?«, schrie Antonia. Dann packte sie Dr. Hornung am Arm. »Können Sie diesen Schwachsinn nicht unterbinden?«

»Wussten Sie, dass Heike Schmückle Ihren Freund Marcel Fahrenholtz regelmäßig im Gefängnis besucht hat?«, fragte plötzlich Hanna Iglau Thomas Kerner.

»Ja, natürlich. Er hatte keine Geheimnisse vor mir.«

»Hat er Ihnen auch erzählt, was die beiden vorhatten?«

»Ja. Da gab es diesen Hülsdorff. Er und Heike Schmückle wollten Marcel zu sich ins Boot holen. Hülsdorff hatte erstklassige Verbindungen in die USA. Frank Hülsdorff, Marcel und Heike hätten mit den Amis gemeinsam eine Konkurrenzfirma aufgezogen und Chemical Globe in kürzester Zeit auf null gebracht. Und dann hätten sie den Laden von Marcels Bruder billig übernommen.«

»Aber warum wollte Marcel das? Sein Vater hatte ihm doch angeboten, nach seiner Haftverbüßung alles wieder gutzumachen.«

»Im Knast hat Marcel begriffen, dass er absolut die

Arschkarte gezogen hatte. Anfänglich glaubte er noch, seine Familie würde ihn auffangen. Aber außer seinem Vater hat sich ja keiner um ihn gekümmert. Marcel hasste seinen Bruder, und seine Schwägerin hasste er noch mehr. Keinen Tag hätte er mit denen zusammenarbeiten können. Immer wieder hat er gesagt: ›Mein Vater konnte nicht anders. Er hat keinen anderen Ausweg gesehen. Er hat auch begriffen, welche Opfer ich gebracht habe. Aber Arnold und Antonia würden mich am liebsten tot sehen.‹ Mir hat sich das schon nach den ersten zwei, drei Gesprächen mit Antonia bestätigt.«

Dr. Hornung meldete sich zu Wort: »Das wird man natürlich alles aufarbeiten müssen. Uns war ja absolut nichts von diesen Machenschaften bekannt.«

Peter Heiland hatte das Gefühl, einschreiten zu müssen, bevor der Faden verloren ging. Er trat nun auf Kerner zu. »Sie haben Heike Schmückle umgebracht, weil Frau Fahrenholtz das gefordert hat.« Das klang nicht wie eine Frage, sondern wie eine Feststellung.

»Und wann und wo soll das gewesen sein?«, fragte Kerner.

Peter wusste genau, dass er sich auf sehr dünnem Eis bewegte. »Im Motorboot, mit dem Sie Heike Schmückle zur Yacht Aurora bringen sollten, die weit draußen vor der Insel Usedom ankerte.«

Thomas Kerner zeigte Wirkung. Seine Augenlider flatterten, sein Gesicht lief rot an. Er sah zu Boden.

Peter, der plötzlich fühlte, dass er auf dem richtigen Weg war, stieß nach: »Unsere Spurensicherung hat Blutspuren in dem Motorboot gefunden. Das Blut stammt von Heike Schmückle.« Er war sich sehr wohl bewusst, dass er das vielleicht niemals würde beweisen können. Dennoch fuhr er fort: »Es sind auch genügend andere Spuren gefunden worden, die es uns leicht machen werden, Ihre Anwesenheit auf dem Boot nachzuweisen. Marcel hatte Sie gebeten, Heike Schmückle an Land abzuholen. Als sie zum Schiff zurückkehrten, sagten Sie vermutlich, die junge Frau sei nicht angekommen.«

Peter ließ von Kerner ab und wendete sich Antonia zu. »Damit war Ihre erste Bedingung erfüllt, Frau Fahrenholtz.«

»Sie sind ja wahnsinnig«, zischte sie.

Peter beachtete sie nicht weiter, sondern ging zu dem kleinen dicken Hausherrn weiter. »Als Sie nach einem Mann suchten, der Hülsdorff unter Druck setzen sollte, wusste Ihre Gattin Rat, stimmt's?«

Arnold Fahrenholtz sah Peter nur an, sagte aber nichts. Peter richtete das Wort nun wieder an Kerner. »Sie sagten doch, er sei Ihr Auftraggeber gewesen.«

»Ja. Aber die Unterlagen hätten wir ja auch gebraucht.«

»Wir?«

»Nun, Frau Fahrenholtz eben.«

»Sie wären also mit im Geschäft gewesen?« Peter

beugte sich weit vor. »Die Frau wollte Heike Schmückle und Marcel Fahrenholtz beseitigen, die Forschungsunterlagen bei Hülsdorff herausholen und dann . . .?«

Arnold Fahrenholtz sprang plötzlich auf. »Jetzt Moment mal, soll das heißen . . .?«

Peter Heiland sagte zu Kerner: »Antworten Sie. Wäre Arnold Fahrenholtz der nächste auf Ihrer Liste gewesen?«

»Ist ja wohl logisch«, antwortete Kerner. »Frau Fahrenholtz hatte gesagt, um ihn solle ich mir keine Gedanken machen. Er sei ja ein Mörder, der noch immer frei herumlaufe, und er habe das Unglück seines Bruders verschuldet.«

»Das hat sie über ihren eigenen Mann gesagt?«, fragte Wischnewski.

Kerner lachte. Er machte jetzt fast den Eindruck, als genieße er die ganze Veranstaltung. »War doch kein schlechter Plan. Wenn ihr Alter tot gewesen wäre, hätte sie sowieso alles geerbt. Marcel war auch aus dem Weg geräumt . . .«

Ein Schuss fiel. Niemand hatte mehr auf den alten Oskar Fahrenholtz geachtet. Dass er unter seinem Jackett eine Pistole trug, war weder Wischnewski noch Peter Heiland aufgefallen. Die Situation war ja auch nicht so gewesen, dass man ihn hätte nach Waffen durchsuchen müssen, als sie die Villa in Zeuthen verließen.Die Pistole musste er eingesteckt haben, als er in sein Schlafzimmer gegangen war, um sich umzuziehen.

Thomas Kerner kippte nach vorn. Blut quoll aus seinem Mund. Ein zweiter Schuss traf Antonia Fahrenholtz und warf sie gegen die Wand. Erst danach konnte Grabosch dem alten Fahrenholtz die Waffe aus der Hand schlagen. Oskar Fahrenholtz war ein sicherer Schütze. Beide starben, ehe der Notarzt kam.

***

Heinrich Heiland und sein Enkel Peter standen auf dem Lehrter Bahnhof, der jetzt Hauptbahnhof hieß, und warteten auf den Zug nach Stuttgart.

Der alte Heiland sah zum Kanzleramt und zum Reichstag hinüber. Schwere graue Wolken hingen dicht über der Stadt. »Schrecklich, dieses Berlin«, sagte Peters Großvater.

»Tut mir leid, was dir passiert ist.« Peter legte kurz seine Hand auf den Arm des alten Mannes.

»Ich hab's ja überlebt.«

»Jetzt komm, Opa Henry, so cool, wie du tust, bist du dann auch wieder net!«

»›Cool‹ scho glei gar net. Was mit dem alte Fahrenholtz passiert ischt, tut mir richtig weh! Er hat alles verlore, was er jemals g'habt hat. Beide Söhne und sein ganzes Lebenswerk.« Opa Henry seufzte. »Was d'Mensche de Mensche antun könnet. Und am End sogar sich selbst.«

»Hätten meine Kollegen damals, vor sechs Jahren, nicht den Falschen zum Mörder gemacht . . .«

»So isches halt«, sagte der Alte. »Nur wer nix schafft, macht koine Fehler.«

Sein Blick ging wieder zum Regierungsviertel hinüber. »Sie kann natürlich au sehr schön sei, eure Stadt«, sagte er überraschend.

»Komm halt amal wieder«, sagte Peter.

»Z'erscht kommscht aber du wieder amal hoim!«

»Versprochen«, sagte der Enkel.

»Grüß mir die Hanna und den Wischnewski.«

»Mach ich.«

»Die sind ja gar ned so übel«, sagte der Großvater.

»Nein, die sind echt in Ordnung!«, gab Peter zurück.

Opa Henry kniff ein Auge zu. »Vor allem die Hanna!«

»Und der Manuel?«

»Der ist mir sowieso richtig ans Herz g'wachse.«

Der Zug fuhr ein. Beide machten einen zaghaften Ansatz, sich zu umarmen, ließen es dann aber.

ENDE